S0-BTR-075

dtv

Dieses Buch enthält in englisch-deutschem Paralleldruck neun Kriminalerzählungen oder Kriminaletten oder Whodunits oder Penny Shockers britischer Autoren. Sie sind ganz unterschiedlich lang: von Spotlight bis Fast-Roman. Inwiefern sie «klassisch» sind – und zugleich: nach welchen Gesichtspunkten die Auswahl getroffen worden ist –, darüber gibt ein kurzes Nachwort des Herausgebers Auskunft. Für den Leser-Appell auf Seite 1 eines Taschenbuchs genügt der Hinweis, daß es lauter interessante erst- oder einmalige Fälle sind.

Classical Detective Stories

Klassische Detektivgeschichten

Herausgegeben von Andreas Nohl

Deutscher Taschenbuch Verlag

dtv zweisprachig · Edition Langewiesche-Brandt
herausgegeben von Kristof Wachinger

Original-Anthologie
1. Auflage 1993. 5. Auflage Juni 2001
Deutscher Taschenbuch Verlag GmbH & Co. KG, München
www.dtv.de
Copyright-Nachweise Seite 298
Umschlagkonzept: Balk & Brumshagen
Umschlagbild: «Themse, Westminster Bridge» (Ausschnitt)
von André Derain (1906)
Gesamtherstellung: Kösel, Kempten
Gedruckt auf säurefreiem, chlorfrei gebleichtem Papier
ISBN 3-423-09310-2. Printed in Germany

An anomaly which often struck me in the character of my friend Sherlock Holmes was that, although in his methods of thought he was the neatest and most methodical of mankind, and although also he affected a certain quiet primness of dress, he was none the less in his personal habits one of the most untidy men that ever drove a fellow-lodger to distraction. Not that I am in the least conventional in that respect myself. The rough-and-tumble work in Afghanistan, coming on the top of natural Bohemianism of disposition, has made me rather more lax than befits a medical man. But with me there is a limit, and when I find a man who keeps his cigars in the coal-scuttle, his tobacco in the toe end of a Persian slipper, and his unanswered correspondence transfixed by a jack-knife into the very centre of his wooden mantelpiece, then I begin to give myself virtuous airs. I have always held, too, that pistol practice should be distinctly an openair pastime; and when Holmes, in one of his queer humours, would sit in an armchair with his hairtrigger and a hundred Boxer cartridges and proceed to adorn the opposite wall with a patriotic V. R. done in bullet-pocks, I felt strongly that neither the atmosphere nor the appearance of our room was improved by it.

Our chambers were always full of chemicals and of criminal relics which had a way of wandering into unlikely positions, and of turning up in the butter-dish or in even less desirable places. But his papers were my great crux. He had a horror of destroying documents, especially those which were connected with his past cases, and yet it was only once in every year or two that he would muster energy to docket and arrange them; for, as I have

Eine Ungereimtheit, die mir häufig im Wesen meines Freundes Sherlock Holmes auffiel, war dies: Obwohl er in seinen Denkprozessen der klarste und konsequenteste aller Menschen war und obwohl er auch eine Neigung zu einer gewissen zurückhaltenden Förmlichkeit der Kleidung hatte, so war er nichtsdestoweniger in seinen persönlichen Gewohnheiten einer der unordentlichsten Menschen, die je ihre Mitbewohner zur Verzweiflung brachten. Nicht daß ich selber in dieser Hinsicht im geringsten förmlich bin. Die draufgängerische Tätigkeit in Afghanistan, die noch dazu auf eine natürliche Anlage zur Boheme traf, hat mich weit nachlässiger gemacht, als es für einen Mediziner gut ist. Doch alles hat seine Grenzen, und wenn ich jemandem begegne, der seine Zigarren im Kohleneimer aufbewahrt und seinen Tabak in der Fußspitze eines persischen Pantoffels und der seine unbeantwortete Korrespondenz mit einem Taschenmesser genau in der Mitte der hölzernen Kamineinfassung aufspießt, dann fange ich an, mir tugendhaftes Gebaren zuzulegen. Zudem war ich immer der Meinung, daß Pistolenschießen durchaus eine Kurzweil im Freien sein sollte, und als Holmes in einer seiner absonderlichen Launen sich anschickte, von seinem Sessel aus mit seiner hochempfindlichen Waffe und rund hundert Boxer-Patronen die Wand gegenüber mit einem patriotischen V. R. aus Kugeleinschlägen zu schmücken, da hatte ich die deutliche Empfindung, daß dies weder der Luft noch dem Aussehen unseres Zimmers förderlich sei.

In unseren Räumen lagen immer überall chemische Präparate und Überbleibsel aus Kriminalfällen herum, die sich typischerweise in die unmöglichsten Winkel begaben und etwa in der Butterdose auftauchten oder an noch weniger wünschenswerten Orten. Aber seine Papiere waren für mich das Ärgste. Er brachte es einfach nicht fertig, Schriftstücke zu vernichten, insbesondere solche, die mit seinen früheren Fällen zusammenhingen, aber es geschah nur alle ein oder zwei Jahre, daß er die Tatkraft aufbrachte, sie dokumentarisch zu

mentioned somewhere in these incoherent memoirs, the outbursts of passionate energy when he performed the remarkable feats with which his name is associated were followed by reactions of lethargy during which he would lie about with his violin and his books, hardly moving save from the sofa to the table. Thus month after month his papers accumulated until every corner of the room was stacked with bundles of manuscripts which were on no account to be burned, and which could not be put away save by their owner.

One winter's night, as we sat together by the fire, I ventured to suggest to him that, as he had finished pasting extracts into his commonplace book, he might employ the next two hours in making our room a little more habitable. He could not deny the justice of my request, so with a rather rueful face he went off to his bedroom, from which he returned presently pulling a large tin box behind him. This he placed in the middle of the floor, and, squatting down upon a stool in front of it, he threw back the lid. I could see that it was already a third full of bundles of paper tied up with red tape into separate packages.

"There are cases enough here, Watson," said he, looking at me with mischievous eyes. "I think that if you knew all that I had in this box you would ask me to pull some out instead of putting others in."

"These are the records of your early work, then?" I asked. "I have often wished that I had notes of those cases."

"Yes, my boy, these were all done prematurely before my biographer had come to glorify me." He lifted bundle after bundle in a tender, caressing sort of way. "They are not all successes, Watson," said he. "But there some pretty little problems among them. Here's the record of the Tarleton murders, and the case of Vamberry, the wine

ordnen; denn wie ich schon an irgendeiner Stelle in diesen losen Blättern erwähnt habe, folgten den Ausbrüchen leidenschaftlicher Spannkraft, in denen er die ungewöhnlichsten Glanzstücke vollbrachte, die sich mit seinem Namen verknüpfen, ein gegenteiliges Verhalten der Teilnahmslosigkeit, in dem er sich mit seiner Violine und seinen Büchern abgab und kaum bewegte, außer vom Sofa zum Tisch. So häuften sich seine Papiere von Monat zu Monat, bis jede Zimmerecke mit Bündeln von Schriftstücken vollgestopft war, die auf gar keinen Fall verbrannt und die auch nicht weggeräumt werden durften, außer durch ihren Besitzer.

An einem Winterabend, als wir zusammen vorm Feuer saßen und er eben damit fertig war, Ausschnitte in sein Notizbuch zu kleben, wagte ich, ihm vorzuschlagen, ob er nicht die nächsten beiden Stunden darauf verwenden sollte, unser Zimmer ein bißchen bewohnbarer zu machen. Die Berechtigung meines Ansinnens konnte er nicht leugnen, und so begab er sich mit einem fast reumütigen Gesicht in sein Schlafzimmer, von wo er alsbald zurückkehrte, eine große Blechkiste hinter sich herziehend. Die setzte er mitten im Zimmer ab, und dann ließ er sich vor ihr auf einem Hocker nieder und klappte den Deckel auf. Ich sah sie schon zu einem Drittel mit Papier vollgestapelt, das mit rotem Band zu einzelnen Bündeln verschnürt war.

«Hier sind genügend Fälle, Watson», sagte er und sah mich schalkhaft an. «Ich glaube: wenn Sie wüßten, was ich alles hier in der Kiste habe, würden Sie mich bitten, einiges herauszuziehen statt anderes hineinzulegen.»

«Dies sind also die Zeugnisse Ihres frühen Schaffens?» fragte ich. «Schon oft habe ich mir gewünscht, Notizen über jene Fälle zu erhalten.»

«Ja, alter Junge. Diese hier haben sich vorzeiten abgespielt, noch bevor mein Biograph gekommen war, um mich zu verherrlichen.» Auf eine zarte, liebkosende Weise hob er ein Bündel nach dem anderen hoch. «Es sind nicht lauter Erfolge, Watson», sagte er, «doch einige hübsche Problemfälle sind dabei. Hier sind die Aufzeichnungen über die Tarleton-Morde, hier ist der Fall von Vamberry, dem Wein-

merchant, and the adventure of the old Russian woman, and the singular affair of the aluminium crutch, as well as a full account of Ricoletti of the club-foot, and his abominable wife. And here – ah, now, this really is something a little recherché."

He dived his arm down to the bottom of the chest and brought up a small wooden box with a sliding lid such as children's toys are kept in. From within he produced a crumpled piece of paper, an old-fashioned brass key, a peg of wood with a ball of string attached to it, and three rusty old discs of metal.

"Well, my boy, what do you make of this lot?" he asked, smiling at my expression.

"It is a curious collection."

"Very curious, and the story that hangs round it will strike you as being more curious still."

"These relics have a history, then?"

"So much so that they are history."

"What do you mean by that?"

Sherlock Holmes picked them up one by one and laid them along the edge of the table. Then he reseated himself in his chair and looked them over with a gleam of satisfaction in his eyes.

"These," said he, "are all that I have left to remind me of the adventure of the Musgrave Ritual."

I had heard him mention the case more than once, though I had never been able to gather the details.

"I should be so glad," said I, "if you would give me an account of it."

"And leave the litter as it is?" he cried mischievously. "Your tidiness won't bear much strain, after all, Watson. But I should be glad that you should add this case to your annals, for there are points in it which make it quite unique in the criminal records of this or, I believe, of any other country. A collection of my trifling achievements would

händler, hier das Wagestück der alten russischen Frau, hier der einzigartige Vorfall mit der Aluminiumkrücke, und hier ist ein vollständiger Bericht über Ricoletti, den Klumpfuß, und seine widerwärtige Frau. Und hier – ah ja! das ist wirklich ein bißchen was zum Tüfteln.»

Er fuhr mit seinem Arm tief in die Kiste und brachte eine kleine hölzerne Dose mit einem Schiebedeckel zum Vorschein, so eine zur Verwahrung von Kinderspielzeug. Daraus nahm er ein zerknittertes Stück Papier, einen altmodischen Messingschlüssel, ein Stöckchen, um das ein Schnurknäuel gewickelt war und drei rostige alte Metallscheibchen.

«Nun, alter Junge, was halten Sie von dieser Zusammenstellung?» fragte er und lächelte über meinen Gesichtsausdruck.

«Eine merkwürdige Sammlung!»

«Sehr merkwürdig, und die Geschichte, die ihr anhaftet, wird Ihnen noch merkwürdiger vorkommen.»

«Dieses Sammelsurium hat also eine Geschichte?»

«So sehr, daß es Geschichte verkörpert.»

«Was meinen Sie damit?»

Sherlock Holmes nahm einen Gegenstand nach dem anderen und legte sie der Reihe nach auf die Tischkante. Dann setzte er sich wieder in seinen Sessel und musterte sie mit einem zufriedenen Glanz in den Augen.

«Dies hier», sagte er, «ist alles, was ich behalten habe, zur Erinnerung an das Abenteuer um das Ritual der Musgrave.»

Ich hatte ihn schon mehr als einmal diesen Fall erwähnen hören, aber es war mir nie gelungen, Einzelheiten zu erfahren.

«Ich würde mich sehr freuen», sagte ich, «wenn Sie mir darüber berichteten.»

«Und die Unordnung lassen wie sie ist?» rief er schelmisch. «Ihr Sinn für Ordnung will doch nicht länger strapaziert sein, Watson. Andererseits würde es mich freuen, sollten Sie diesen Fall Ihrer Chronik beifügen, denn es kommen Einzelheiten darin vor, die ihn einzig machen in der Kriminalgeschichte dieses oder – wie ich glaube – jedes anderen Landes. Eine Sammlung meiner belanglosen Heldentaten

certainly be incomplete which contained no account of this very singular business.

"You may remember how the affair of the Gloria Scott, and my conversation with the unhappy man whose fate I told you of, first turned my attention in the direction of the profession which has become my life's work. You see me now when my name has become known far and wide, and when I am generally recognized both by the public and by the official force as being a final court of appeal in doubtful cases. Even when you knew me first, at the time of the affair which you have commemorated in 'A Study in Scarlet,' I had already established a considerable, though not a very lucrative, connection. You can hardly realize, then, how difficult I found it at first, and how long I had to wait before I succeeded in making any headway.

"When I first came up to London I had rooms in Montague Street, just round the corner from the British Museum, and there I waited, filling in my too abundant leisure time by studying all those branches of science which might make me more efficient. Now and again cases came in my way, principally through the introduction of old fellow-students, for during my last years at the university there was a good deal of talk there about myself and my methods. The third of these cases was that of the Musgrave Ritual, and it is to the interest which was aroused by that singular chain of events, and the large issues which proved to be at stake, that I trace my first stride towards the position which I now hold.

"Reginald Musgrave had been in the same college as myself, and I had some slight acquaintance with him. He was not generally popular among the undergraduates, though it always seemed to me that what was set down as pride was really an attempt to cover extreme natural diffidence. In ap-

wäre sicherlich unvollständig ohne einen Bericht über diese höchst außergewöhnliche Angelegenheit.

Sie erinnern sich vielleicht, wie die Geschichte um die ‹Gloria Scott› und mein Gespräch mit dem unglücklichen Mann, dessen Schicksal ich Ihnen erzählte, als erstes meine Aufmerksamkeit in die Richtung auf den Beruf gelenkt hat, der mein Lebensinhalt wurde. Sie sehen mich heute als einen Mann, dessen Name weit und breit bekannt ist und der in der Regel sowohl von der Öffentlichkeit als auch von der Amtsgewalt als letzte Instanz in zweifelhaften Fällen angesehen wird. Sogar als Sie mich kennenlernten, zur Zeit des Ereignisses, das Sie in der ‹Studie in Scharlach› in Erinnerung bringen, hatte ich mir schon eine beachtliche, wenn auch nicht sehr einträgliche Klientel geschaffen. Sie können sich deshalb kaum vorstellen, wie schwer es mir am Anfang fiel und wie lange ich abzuwarten hatte, bis ich endlich ein Vorankommen spürte.

Als ich in London begann, hatte ich eine Wohnung in der Montague Street, beim Britischen Museum gleich um die Ecke, und dort wartete ich und füllte meine allzu reichliche Mußezeit damit aus, daß ich alle jene Zweige der Wissenschaft studierte, die mich möglicherweise leistungsfähiger machten. Hin und wieder kamen mir Fälle über den Weg, meistens durch die Empfehlung ehemaliger Mit-Studenten, denn während meiner letzten Jahre auf der Universität wurde schon viel über mich und meine Arbeitsweise gesprochen. Der dritte von diesen Fällen war der um das Ritual der Familie Musgrave; auf die öffentliche Aufmerksamkeit, die durch die einzigartige Kette von Ereignissen erwuchs (und durch die bedeutenden Werte, die auf dem Spiel standen), führe ich es zurück, daß ich damals den ersten Schritt zu meiner heutigen Stellung hin tun konnte.

Reginald Musgrave war auf demselben College wie ich gewesen, und wir kannten uns flüchtig. Er war im allgemeinen nicht besonders beliebt bei den Studenten – nur mir kam es immer so vor, als ob das, was als Stolz ausgelegt wurde, in Wirklichkeit ein Versuch war, übermäßige angeborene Schüchternheit zu verdecken. In seiner Erscheinung war er

pearance he was a man of an exceedingly aristo-cratic type, thin, high-nosed, and large-eyed, with languid and yet courtly manners. He was indeed a scion of one of the very oldest families in the kingdom, though his branch was a cadet one which had separated from the northern Musgraves some-time in the sixteenth century and had established itself in western Sussex, where the Manor House of Hurlstone is perhaps the oldest inhabited build-ing in the county. Something of his birth-place seemed to cling to the man, and I never looked at his pale, keen face or the poise of his head without associating him with gray archways and mullion-ed windows and all the venerable wreckage of a feudal keep. Once or twice we drifted into talk, and I can remember that more than once he expressed a keen interest in my methods of observation and inference.

"For four years I had seen nothing of him until one morning he walked into my room in Montague Street. He had changed little, was dressed like a young man of fashion – he was always a bit of a dandy – and preserved the same quiet, suave man-ner which had formerly distinguished him.

"‹How has all gone with you, Musgrave?› I asked after we had cordially shaken hands.

"‹You probably heard of my poor father's death,› said he; ‹he was carried off about two years ago. Since then I have of course had the Hurlstone es-tate to manage, and as I am member for my district as well, my life has been a busy one. But I under-stand, Holmes, that you are turning to practical ends those powers with which you used to amaze us?›

"‹Yes,› said I, ‹I have taken to living by my wits.›

"‹I am delighted to hear it, for your advice at present would be exceedingly valuable to me. We have had some very strange doings at Hurlstone,

ein Mann von äußerstem aristokratischem Schlag, schlank, hakennasig und großäugig mit trägen und doch vornehmen Manieren. Er war auch wirklich der Sproß einer der allerältesten Familien im Königreich, obwohl ihre Linie ein jüngerer Ableger war, der sich von den Musgraves im Norden irgendwann im sechzehnten Jahrhundert abgespalten und im westlichen Sussex niedergelassen hatte, wo das Herrenhaus von Hurlstone vielleicht das älteste bewohnte Gebäude in der Grafschaft ist. Etwas von seiner Geburtsstätte schien an dem Mann zu haften: niemals konnte ich sein blasses, scharfgeschnittenes Gesicht oder seine Kopfhaltung ansehen, ohne zugleich an graue Gewölbegänge und Fenster mit kleinen Säulen und all die ehrfurchtgebietenden Überreste eines Adelssitzes zu denken. Hin und wieder kamen wir ins Gespräch, und ich kann mich erinnern, daß er mehr als einmal ziemliche Neugier an meiner Art des Beobachtens und des Folgerns zeigte.

Vier Jahre lang hatte ich nichts von ihm gehört, als er eines Morgens in mein Zimmer in der Montague Street trat. Er hatte sich kaum verändert, war wie ein junger Mann von Lebensart gekleidet – er hatte immer etwas von einem Dandy – und betrug sich so ruhig und verbindlich, wie es schon früher bezeichnend für ihn gewesen war.

‹Wie ist es dir so ergangen, Musgrave?› fragte ich, nachdem wir uns herzlich die Hände geschüttelt hatten.

‹Du hast wahrscheinlich vom Ableben meines armen Vaters gehört›, sagte er. ‹Er ist vor ungefähr zwei Jahren gestorben. Seitdem habe ich natürlich die Besitzungen von Hurlstone zu verwalten, und da ich zudem noch Abgeordneter für unseren Bezirk bin, ist mein Leben sehr arbeitsreich. Doch ich habe erfahren, Holmes, daß du die Fähigkeiten, mit denen du uns gelegentlich zum Staunen brachtest, beruflich verwendest.›

‹Ja›, sagte ich. ‹Ich bin dazu übergegangen, mich durch meinen Verstand zu ernähren.›

‹Das höre ich gern, denn dein Rat wäre für mich im Augenblick höchst wertvoll. Bei uns in Hurlstone haben sich einige sehr merkwürdige Dinge ereignet, und die Polizei war

and the police have been able to throw no light upon the matter. It is really the most extraordinary and inexplicable business.›

"You can imagine with what eagerness I listened to him, Watson, for the very chance for which I had been panting during all those months of inaction seemed to have come within my reach. In my inmost heart I believed that I could succeed where others failed, and now I had the opportunity to test myself.

"‹Pray let me have the details,› I cried.

"Reginald Musgrave sat down opposite to me and lit the cigarette which I had pushed towards him.

"‹You must know,› said he, ‹that though I am a bachelor, I have to keep up a considerable staff of servants at Hurlstone, for it is a rambling old place and takes a good deal of looking after. I preserve, too, and in the pheasant months I usually have a houseparty, so that it would not do to be short-handed. Altogether there are eight maids, the cook, the butler, two footmen, and a boy. The garden and the stables of course have a separate staff.

"‹Of these servants the one who had been longest in our service was Brunton, the butler. He was a young schoolmaster out of place when he was first taken up by my father, but he was a man of great energy and character, and he soon became quite invaluable in the household. He was a well-grown, handsome man, with a splendid forehead, and though he has been with us for twenty years he cannot be more than forty now. With his personal advantages and his extraordinary gifts – for he can speak several languages and play nearly every musical instrument – it is wonderful that he should have been satisfied so long in such a position, but I suppose that he was comfortable and lacked energy to make any change. The butler of

einfach nicht in der Lage, Licht in die Angelegenheit zu bringen. Es ist wirklich die ungewöhnlichste und unverständlichste Geschichte.›

Sie können sich vorstellen, wie begierig ich ihm zuhörte, Watson, denn ausgerechnet die Aufgabe, nach der ich all die Monate der Untätigkeit gelechzt hatte, schien in Reichweite gekommen zu sein. In meinem innersten Herzen war ich überzeugt, daß ich Erfolg haben würde, wo andere versagten, und jetzt hatte ich die Möglichkeit, mich selbst zu erproben.

‹Ich bitte Sie inständig, erzählen sie ganz genau›, rief ich.

Reginald Musgrave setzte sich mir gegenüber und zündete die Zigarette an, die ich ihm gereicht hatte.

‹Du mußt wissen›, sagte er, ‹daß ich, obwohl ich Junggeselle bin, einen beträchtlichen Stab an Bediensteten auf Hurlstone halten muß, denn es ist ein weiträumiges altes Anwesen und bedarf erheblicher Pflege. Auch hege ich Wild, und wenn die Fasanenjagd offen ist, gibt es immer eine Haus-Einladung über mehrere Tage, so daß es nicht gut wäre, zu wenig Hilfe zu haben. Alles in allem sind es acht Hausmädchen, der Koch, der Butler, zwei Kammerdiener und ein Bursche. Der Garten und die Ställe haben natürlich eigenes Personal.

Von diesen Angestellten war Brunton, der Butler, derjenige, der schon am längsten in unseren Diensten stand. Er war ein stellungsloser junger Schulmeister, als er von meinem Vater aufgenommen wurde, doch er war ein Mann von großer Tatkraft und Persönlichkeit und wurde bald in der Haushaltung völlig unersetzbar. Er war ein wohlgestalteter, gutaussehender Mann mit einer großartigen Stirn, und obwohl er an die zwanzig Jahre bei uns ist, kann er jetzt nicht älter als vierzig sein.

Mit seinen persönlichen Vorzügen und seinen außergewöhnlichen Gaben – er beherrscht mehrere Sprachen und spielt fast jedes Musikinstrument – ist es verwunderlich, daß er so lange in einer solchen Stellung zufrieden gewesen sein soll, doch nehme ich an, daß er sich wohlfühlte und ihm die Entschlußkraft fehlte, einen Wech-

Hurlstone is always a thing that is remembered by all who visit us.

"‹But this paragon has one fault. He is a bit of a Don Juan, and you can imagine that for a man like him it is not a very difficult part to play in a quiet country district. When he was married it was all right, but since he has been a widower we have had no end of trouble with him. A few months ago we were in hopes that he was about to settle down again, for he became engaged to Rachel Howells, our second housemaid; but he has thrown her over since then and taken up with Janet Tregellis, the daughter of the head game-keeper. Rachel – who is a very good girl, but of an excitable Welsh temperament – had a sharp touch of brain-fever and goes about the house now – or did until yesterday – like a black-eyed shadow of her former self. That was our first drama at Hurlstone; but a second one came to drive it from our minds, and it was prefaced by the disgrace and dismissal of butler Brunton.

"‹This was how it came about. I have said that the man was intelligent, and this very intelligence has caused his ruin, for it seems to have led to an insatiable curiosity about things which did not in the least concern him. I had no idea of the lengths to which this would carry him until the merest accident opened my eyes to it.

"‹I have said that the house is a rambling one. One day last week – on Thursday night, to be more exact – I found that I could not sleep, having foolishly taken a cup of strong café noir after my dinner. After struggling against it until two in the morning, I felt that it was quite hopeless, so I rose and lit the candle with the intention of continuing a novel which I was reading. The book, however, had been left in the billiard-room, so I pulled on my dressing-gown and started off to get it.

sel vorzunehmen. Der Butler auf Hurlstone ist etwas, woran sich alle unsere Besucher erinnern.

Aber dieses Muster von einem Mann hat einen Fehler. Er ist ein kleiner Don Juan, und du kannst dir vorstellen, daß diese Rolle für einen Mann wie ihn in einer friedlichen Landgegend nicht allzu schwer zu spielen ist. Als er verheiratet war, war alles gut, aber seit er verwitwet ist, hatten wir seinetwegen Ungelegenheiten ohne Ende.

Vor einigen Monaten hegten wir die Hoffnung, daß er drauf und dran war, wieder zur Ruhe zu kommen, denn er verlobte sich mit Rachel Howells, unserem zweiten Hausmädchen; dann hat er sie aber sitzen lassen und mit Janet Tregellis angebändelt, der Tochter des ersten Wildhüters. Rachel, ein sehr liebes Mädchen, doch von reizbarer walisischer Gemütsart, hatte einen heftigen Anfall von Gehirnfieber, und sie wandelt jetzt durchs Haus – oder sie tat es bis gestern – wie ein dunkeläugiger Schatten ihrer selbst. Das war unsere erste große Unruhe auf Hurlstone, doch eine zweite vertrieb sie aus unseren Gedanken, und die wurde durch das ehrlose Verhalten und die Entlassung des Butlers Brunton veranlaßt.

Und zwar ereignete sich folgendes: Ich sagte, daß der Mann Verstand hatte; eben dieser Verstand hat sein Verderben verursacht, denn er scheint ihn zu einer unersättlichen Neugier auf Dinge verleitet zu haben, die ihn nicht das geringste angingen. Ich hatte keine Ahnung davon, wie weit ihn dies trieb, bis der blanke Zufall mir die Augen öffnete.

Ich sagte schon, daß das Haus weiträumig ist. Eines nachts in der vergangenen Woche – genauer gesagt: Donnerstag nacht – merkte ich, daß ich nicht einschlafen konnte, da ich dummerweise nach dem Abendessen eine Tasse starken schwarzen Kaffee getrunken hatte. Nachdem ich mich bis morgens um zwei Uhr herumgequält hatte, sah ich ein, daß es völlig hoffnungslos war, und erhob mich, zündete die Kerze an und gedachte, in einem Roman, den ich angefangen hatte, weiterzulesen. Das Buch jedoch hatte ich im Billardzimmer zurückgelassen, so daß ich mir meinen Morgenrock überzog und mich aufmachte, es zu holen.

"‹In order to reach the billiard-room I had to descend a flight of stairs and then to cross the head of a passage which led to the library and the gun-room. You can imagine my surprise when, as I looked down this corridor, I saw a glimmer of light coming from the open door of the library. I had myself extinguished the lamp and closed the door before coming to bed. Naturally my first thought was of burglars. The corridors at Hurlstone have their walls largely decorated with trophies of old weapons. From one of these I picked a battle-axe, and then, leaving my candle behind me, I crept on tiptoe down the passage and peeped in at the open door.

"‹Brunton, the butler, was in the library. He was sitting, fully dressed, in an easy-chair, with a slip of paper which looked like a map upon his knee, and his forehead sunk forward upon his hand in deep thought. I stood dumb with astonishment, watching him from the darkness. A small taper on the edge of the table shed a feeble light which sufficed to show me that he was fully dressed. Suddenly, as I looked, he rose from his chair, and, walking over to a bureau at the side, he unlocked it and drew out one of the drawers. From this he took a paper, and, returning to his seat, he flattened it out beside the taper on the edge of the table and began to study it with minute attention. My indignation at this calm examination of our familiy documents overcame me so far that I took a step forward, and Brunton, looking up, saw me standing in the doorway. He sprang to his feet, his face turned livid with fear, and he thrust into his breast the chart-like paper which he had been originally studying.

"‹'So!' said. I. 'This is how you repay the trust which we have reposed in you. You will leave my service to-morrow.'

"‹He bowed with the look of a man who is ut-

Um das Billardzimmer zu erreichen, mußte ich die Treppe ein Geschoß hinabsteigen und dann das obere Ende des Flurs durchqueren, der zur Bibliothek und zur Gewehrkammer führte. Du kannst dir meine Überraschung vorstellen, als ich den Gang entlang schauend, einen Lichtschein sah, der aus der geöffneten Tür der Bibliothek fiel. Ich selbst hatte die Lampe gelöscht und die Tür geschlossen, bevor ich mich zu Bett begab.

Natürlich kam mir als erstes der Gedanke an Einbrecher. In den Gängen auf Hurlstone sind die Wände zum größten Teil mit alten Beutewaffen geschmückt. Ich holte mir ein Kriegsbeil herunter, stellte dann meine Kerze ab, schlich auf Zehenspitzen den Gang entlang und blickte verstohlen durch die geöffnete Tür.

Brunton, der Butler, war in der Bibliothek. Er saß voll bekleidet in einem Sessel, mit einem Stück Papier, das wie eine Karte aussah, auf den Knien; sein Kopf ruhte gedankenvoll in der aufgestützten Hand. Ich war sprachlos vor Verblüffung und beobachtete ihn aus der Dunkelheit. Eine kurze Kerze seitab auf dem Tisch warf ein schwaches Licht, gerade genug, um mir zu zeigen, daß er voll bekleidet war. Während ich so schaute, erhob er sich mit einem Mal aus dem Sessel, ging hinüber zu einem Sekretär an der Wand, schloß ihn auf und zog eine der Schubladen heraus. Aus ihr nahm er ein Papier, und dann kehrte er zu seinem Sitz zurück, faltete das Blatt auf dem Tisch, dort wo die Kerze stand, auseinander und begann es mit großer Aufmerksamkeit zu prüfen. Meine Empörung über diese gelassene Durchsicht unserer Familienurkunden war so übermächtig, daß ich einen Schritt vor tat – und Brunton, der den Kopf hob, sah mich im Türbogen stehen. Er sprang auf, sein Gesicht färbte sich blaß vor Schreck, und er schob das kartenähnliche Papier, mit dem er sich gerade eben beschäftigt hatte, in seine Westentasche.

'So!' sagte ich. 'Auf solche Weise erwidern Sie also das Vertrauen, das wir in Sie gesetzt haben! Sie werden morgen aus meinen Diensten scheiden.'

Er verbeugte sich mit der Miene eines Mannes, der völlig

terly crushed and slunk past me without a word. The taper was still on the table, and by its light I glanced to see what the paper was which Brunton had taken from the bureau. To my surprise it was nothing of any importance at all, but simply a copy of the questions and answers in the singular old observance called the Musgrave Ritual. It is a sort of ceremony peculiar to our family, which each Musgrave for centuries past has gone through on his coming of age – a thing of private interest, and perhaps of some little importance to the archaeologist, like our own blazonings and charges, but of no practical use whatever.›

"‹We had better come back to the paper afterwards,› said I.

"‹If you think it really necessary,› he answered with some hesitation. ‹To continue my statement, however: I relocked the bureau, using the key which Brunton had left, and I had turned to go when I was surprised to find that the butler had returned, and was standing before me.

"‹'Mr. Musgrave, sir,' he cried in a voice which was hoarse with emotion, 'I can't bear disgrace, sir. I've always been proud above my station in life, and disgrace would kill me. My blood will be on your head, sir – it will, indeed – if you drive me to despair. If you cannot keep me after what has passed, then for God's sake let me give you notice and leave in a month, as if of my own free will. I could stand that, Mr. Musgrave, but not to be cast out before all the folk that I know so well.'

"‹'You don't deserve much consideration, Brunton,' I answered. 'Your conduct has been most infamous. However, as you have been a long time in the family, I have no wish to bring public disgrace upon you. A month, however, is too long. Take yourself away in a week, and give what reason you like for going.'

niedergeschmettert ist, und schlich wortlos an mir vorbei. Die Kerze stand noch auf dem Tisch, und in ihrem Licht sah ich nach, welches Papier Brunton dem Sekretär entnommen hatte. Zu meiner Überraschung war es nichts von eigentlicher Bedeutung, sondern nur ein Duplikat der Fragen und Antworten des merkwürdigen alten Brauches, den man das Ritual der Musgrave nennt. Es ist eine Art Zeremonie, die nur unserer Familie eigen ist und die seit Jahrhunderten jeder Musgrave mit der Volljährigkeit durchgestanden hat – eine Sache mit rein familiärem Bezug, vielleicht von einer gewissen Bedeutung für Historiker, etwa wie die Heraldik unseres Wappens, doch von überhaupt keinem anwendbaren Wert.›

‹Auf dieses Papier sollten wir vielleicht später nochmals zurückkommen›, sagte ich.

‹Wenn du es wirklich für nötig hältst›, antwortete er mit leichtem Zögern. ‹Doch nun weiter mit meinem Bericht: ich verschloß den Sekretär, und zwar mit dem Schlüssel, den Brunton zurückgelassen hatte; als ich mich zum Gehen wandte, sah ich überrascht, daß der Butler zurückgekehrt war und vor mir stand.

'Mr. Musgrave, gnädiger Herr', sagte er mit einer Stimme, die heiser war vor Erregung, 'ich kann Schande nicht ertragen. Ich war immer im Leben stolz auf meine Stellung, und Schande würde mich töten. Mein Blut wird über Ihr Haupt kommen, gnädiger Herr – ganz sicher wird es das – sollten Sie mich zur Verzweiflung treiben. Wenn Sie mich nicht mehr behalten können nach dem, was geschehen ist, dann lassen Sie in Gottes Namen mich kündigen und in einem Monat gehen, als geschähe es freiwillig von mir aus. Das könnte ich ertragen, Mr. Musgrave, doch nicht hinausgeworfen zu werden vor all den Leuten, die ich so gut kenne.'

'Sie verdienen keine große Rücksichtnahme, Brunton', antwortete ich. 'Ihr Benehmen war äußerst niederträchtig. Da Sie jedoch lange Zeit in der Familie gewesen sind, möchte ich nicht öffentliche Schande auf Sie laden. Ein Monat jedoch ist zu lang. Entfernen Sie sich in einer Woche und geben Sie für Ihr Weggehen einen beliebigen Grund an.'

"‹'Only a week, sir?' he cried in a despairing voice. 'A fortnight – say at least a fortnight!'

"‹'A week,' I repeated, 'and you may consider yourself to have been very leniently dealt with.'

"‹He crept away, his face sunk upon his breast, like a broken man, while I put out the light and returned to my room.

"‹For two days after this Brunton was most assiduous in his attention to his duties. I made no allusion to what had passed and waited with some curiosity to see how he would cover his disgrace. On the third morning, however, he did not appear, as was his custom, after breakfast to receive my instructions for the day. As I left the dining-room I happened to meet Rachel Howells, the maid. I have told you that she had only recently recovered from an illness and was looking so wretchedly pale and wan that I remonstrated with her for being at work.

"‹'You should be in bed,' I said. 'Come back to your duties when you are stronger.'

"‹She looked at me with so strange an expression that I began to suspect that her brain was affected.

"‹'I am strong enough, Mr. Musgrave,' said she.

"‹'We will see what the doctor says,' I answered. 'You must stop work now, and when you go downstairs just say that I wish to see Brunton.'

"‹'The butler is gone,' said she.

"‹'Gone! Gone where?'

"‹'He is gone. No one has seen him. He is not in his room. Oh, yes, he is gone, he is gone!' She fell back against the wall with shriek after shriek of laughter, while I, horrified at this sudden hysterical attack, rushed to the bell to summon help. The girl was taken to her room, still screaming and sobbing, while I made inquiries about Brunton. There was no doubt about it that he had disappeared. His bed had not been slept in, he had been

'Nur eine Woche, Herr?' rief er verzweifelt. 'Vierzehn Tage – gestatten Sie wenigstens vierzehn Tage.'

'Eine Woche', wiederholte ich, 'und Sie dürfen sich damit als sehr nachsichtig behandelt betrachten.'

Demütig machte er sich mit tief gesenktem Kopf davon, wie ein gebrochener Mann, während ich das Licht löschte und in mein Zimmer zurückkehrte.

Die zwei Tage danach war Brunton dienstbeflissen in der Ausübung seiner Pflichten. Ich machte keine Anspielung auf das, was vorgefallen war, und wartete mit nicht geringer Neugier ab, wie er seine Schande bemänteln würde. Am dritten Morgen jedoch erschien er nicht, wie es seine Gewohnheit war, nach dem Frühstück, um meine Anweisungen für den Tag entgegenzunehmen. Als ich das Eßzimmer verließ, traf ich auf Rachel Howells, das Hausmädchen. Ich habe dir erzählt, daß sie sich erst kürzlich von einer Krankheit erholt hatte und so jämmerlich blaß und matt aussah, daß ich ihr Vorhaltungen machte, sie bei der Arbeit zu sehen.

'Sie gehören ins Bett', sagte ich. 'Treten Sie Ihren Dienst erst wieder an, wenn Sie kräftiger sind.'

Sie sah mich mit einer so eigentümlichen Miene an, daß mir der Verdacht kam, ihr Geist habe gelitten.

'Ich bin kräftig genug, Mr. Musgrave', sagte sie.

'Wir wollen abwarten, was der Arzt sagt', antwortete ich. 'Sie hören jetzt zu arbeiten auf, und wenn Sie hinuntergehen, geben Sie Bescheid, daß ich Brunton zu sehen wünsche.'

'Der Butler ist fort', sagte sie.

'Fort? Wohin?'

'Er ist fort. Keiner hat ihn gesehen. Er ist nicht in seinem Zimmer. Oh ja, er ist fort – er ist fort!' Sie fiel rücklings gegen die Wand unter krampfhaftem kreischenden Gelächter, während ich, entsetzt über diesen plötzlichen hysterischen Anfall, zur Glocke eilte, um Hilfe herbeizuläuten. Das Mädchen wurde in ihr Zimmer gebracht, immer noch schreiend und schluchzend, während ich Erkundigungen über Brunton einholte. Es konnte kein Zweifel bestehen, daß er verschwunden war. Sein Bett war unbenutzt. Seit er sich den

seen by no one since he had retired to his room the night before, and yet it was difficult to see how he could have left the house, as both windows and doors were found to be fastened in the morning. His clothes, his watch, and even his money were in his room, but the blacksuit which he usually wore was missing. His slippers, too, were gone, but his boots were left behind. Where then could butler Brunton have gone in the night, and what could have become of him now?

"‹Of course we searched the house from cellar to garret, but there was no trace of him. It is, as I have said, a labyrinth of an old house, especially the original wing, which is now practically uninhabited; but we ransacked every room and cellar without discovering the least sign of the missing man. It was incredible to me that he could have gone away leaving all his property behind him, and yet where could he be? I called in the local police, but without success. Rain had fallen on the night before, and we examined the lawn and the paths all round the house, but in vain. Matters were in this state, when a new development quite drew our attention away from the original mystery.

"‹For two days Rachel Howells had been so ill, sometimes delirious, sometimes hysterical, that a nurse had been employed to sit up with her at night. On the third night after Brunton's disappearance, the nurse, finding her patient sleeping nicely, had dropped into a nap in the armchair, when she woke in the early morning to find the bed empty, the window open, and no signs of the invalid. I was instantly aroused, and, with the two footmen, started off at once in search of the missing girl. It was not difficult to tell the direction which she had taken, for, starting from under her window, we could follow her footmarks easily across the lawn to the edge of the mere, where they van-

Abend zuvor in sein Zimmer zurückgezogen hatte, war er von niemandem gesehen worden. Dabei war es schwer vorstellbar, wie er das Haus verlassen haben konnte, da man sowohl Fenster als auch Türen am Morgen fest verriegelt gefunden hatte. Seine Kleider, seine Uhr, ja sogar sein Geld befanden sich in seinem Zimmer – nur der schwarze Anzug, den er gewöhnlich trug, fehlte. Seine Halbschuhe waren auch fort, aber die Stiefel waren da. Wohin konnte der Butler Brunton denn in der Nacht gegangen sein, und was war dann mit ihm geschehen?

Natürlich durchsuchten wir das Haus vom Keller bis zum Speicher, doch es gab keine Spur von ihm. Das Haus ist, wie ich schon sagte, ein Wirrwarr von Räumlichkeiten, besonders im eigentlich alten Flügel, der heutzutage so gut wie unbewohnt ist, doch wir durchstöberten jedes Zimmer und jeden Keller – ohne das geringste Anzeichen von dem Vermißten zu entdecken. Ich konnte mir nicht vorstellen, daß er weggegangen war und sein ganzes Eigentum zurückgelassen hatte, und dennoch, wo konnte er sein? Ich holte die Ortspolizei, doch das war ohne Erfolg. In der Nacht zuvor hatte es geregnet, und wir prüften den Rasen und alle Wege ums Haus herum, doch umsonst. So standen die Dinge, als ein neues Geschehen unsere Aufmerksamkeit völlig von diesem ersten Rätsel ablenkte.

Zwei Tage lang war Rachel Howells so krank gewesen, teils phantasierend, teils übererregt, daß eine Schwester zugezogen werden mußte, die nachts bei ihr zu wachen hatte. In der dritten Nacht nach Bruntons Verschwinden war die Schwester, die ihren Pflegling friedlich schlafen sah, in ihrem Armstuhl eingenickt; als sie früh am Morgen erwachte, fand sie das Bett leer, das Fenster offen und keine Spur von der Kranken.

Ich wurde auf der Stelle geweckt und machte mich mit den zwei Kammerdienern sofort auf die Suche nach dem vermißten Mädchen. Es war nicht schwer, die Richtung zu finden, die sie eingeschlagen hatte, denn von unter ihrem Fenster ausgehend konnten wir ihren Fußabdrücken im Rasen bis zum Rand des Weihers folgen,

ished close to the gravel path which leads out of the grounds. The lake there is eight feet deep, and you can imagine our feelings when we saw that the trail of the poor demented girl came to an end at the edge of it.

"‹Of course, we had the drags at once and set to work to recover the remains, but not trace of the body could we find. On the other hand, we brought to the surface an object of a most unexpected kind. It was a linen bag which contained within it a mass of old rusted and discoloured metal and several dull-coloured pieces of pebble or glass. This strange find was all that we could get from the mere, and, although we made every possible search and inquiry yesterday, we know nothing of the fate either of Rachel Howells or of Richard Brunton. The county police are at their wit's end, and I have come up to you as a last resource.›

"You can imagine, Watson, with what eagerness I listened to this extraordinary sequence of events, and endeavoured to piece them together, and to devise some common thread upon which they might all hang. The butler was gone. The maid was gone. The maid had loved the butler, but had afterwards had cause to hate him. She was of Welsh blood, fiery and passionate. She had been terribly excited immediately after his disappearance. She had flung into the lake a bag containing some curious contents. These were all factors which had to be taken into consideration, and yet none of them got quite to the heart of the matter. What was the starting-point of this chain of events? There lay the end of this tangled line.

"‹I must see that paper, Musgrave,› said I, ‹which this butler of yours thought it worth his while to consult, even at the risk of the loss of his place.›

"‹It is rather and absurd business, this ritual of ours,› he answered. ‹But it has at least the saving

wo sie dicht beim Kiesweg, der aus unserem Besitz hinausführt, verschwanden. Der See ist dort acht Fuß tief, und du kannst dir vorstellen, wie uns zumute war, als wir sahen, daß die Spur des armen wahnsinnigen Mädchens an seinem Ufer endete.

Natürlich holten wir sofort Schleppnetze und machten uns ans Werk, die sterblichen Überreste zu bergen. Doch der Leichnam war nicht auffindbar. Dagegen brachten wir einen Gegenstand von völlig unerwarteter Art an die Oberfläche. Es war ein Leinensack, der ein Knäuel altes verrostetes und fleckiges Metall und mehrere stumpffarbige Bruchstückchen von Kieseln oder Glas enthielt. Dieser merkwürdige Fund war alles, was wir aus dem Weiher holten, und obwohl wir gestern alle nur erdenklichen Nachforschungen und Erkundigungen anstellten, wissen wir weder etwas über das Schicksal von Rachel Howells noch über das von Richard Brunton. Die Distriktpolizei ist am Ende ihrer Weisheit, und ich bin zu dir als meiner letzten Rettung gekommen.›

Sie können sich vorstellen, Watson, mit welcher Spannung ich diesem außergewöhnlichen Aufeinander von Ereignissen lauschte und mich bemühte, sie in Zusammenhang zu bringen, den gemeinschaftlichen Faden ausfindig zu machen, an dem sie alle hängen könnten. Der Butler war verschwunden. Das Hausmädchen hatte den Butler geliebt, doch später Veranlassung gehabt, ihn zu hassen. Sie war walisischer Herkunft, wild und leidenschaftlich. Sie hatte sich kurz nach seinem Verschwinden schrecklich erregt. In den See hatte sie einen Beutel mit seltsamem Inhalt geworfen. Dies waren lauter Umstände, die mit in Betracht gezogen werden mußten – aber keiner schien ganz zum Kern der Sache zu gehören. Was war der Ausgangspunkt dieser Kette von Vorfällen? Erst dort lag das Ende dieses verworrenen Fadens.

‹Ich muß das Papier sehen, Musgrave›, sagte ich, ‹das deinem Butler so wichtig schien, daß er es selbst auf die Gefahr hin zu Rate zog, seine Stellung zu verlieren.›

‹Es ist eigentlich eine alberne Sache, unser Ritual›, antwortete er, ‹doch es hat wenigstens die seligmachende Gnade

grace of antiquity to excuse it. I have a copy of the questions and answers here if you care to run your eye over them.›

"He handed me the very paper which I have here, Watson, and this is the strange catechism to which each Musgrave had to submit when he came to man's estate. I will read you the questions and answers as they stand.

> Whose was it?
> His who is gone.
> Who shall have it?
> He who will come.
> Where was the sun?
> Over the oak.
> Where was the shadow?
> Under the elm.
> How was it stepped?
> North by ten and by ten, east by five and by five, south by two and by two, west by one and by one, and so under.
> What shall we give for it?
> All that is ours.
> Why should we give it?
> For the sake of the trust.

"‹The original has no date, but is in the spelling of the middle of the seventeenth century,› remarked Musgrave. ‹I am afraid, however, that it can be of little help to you in solving this mystery.›

"‹At least,› said I, ‹it gives us another mystery, and one which is even more interesting than the first. It may be that the solution of the one may prove to be the solution of the other. You will excuse me, Musgrave, if I say that your butler appears to me to have been a very clever man, and to have had a clearer insight than ten generations of his masters.›

der Altertümlichkeit zu seiner Entschuldigung. Ich habe eine Abschrift der Fragen und Antworten bei mir, wenn Dir daran liegt, einen Blick darauf zu werfen.›

Er reichte mir dieses Papier hier, Watson; dies also ist die merkwürdige Folge von Fragen, die jeder Musgrave über sich ergehen lassen mußte, wenn er ins Mannesalter kam. Ich will Ihnen die Fragen und Antworten vorlesen, so wie sie hier stehen:

Wessen war es?
Dessen, der dahinging.
Wem soll es gehören?
Dem, der kommen wird.
Wo stand die Sonne?
Über der Eiche.
Wo lag der Schatten?
Unter der Ulme.
Wie wurde geschritten?
Nördlich zehn und nochmals zehn, östlich fünf und nochmals fünf, südlich zwei und nochmals zwei, westlich einen und nochmals einen und darunter.
Was sollen wir dafür geben?
Alles unsrige.
Warum sollen wir es geben?
Um der Treuepflicht willen.

‹Die Handschrift trägt kein Datum, doch sie ist in der Schreibweise des mittleren 17. Jahrhunderts abgefaßt›, fügte Musgrave hinzu. ‹Ich fürchte aber, daß sie dir bei der Klärung dieses Geheimnisses nur wenig helfen kann.›

‹Immerhin›, sagte ich, ‹liefert es uns ein weiteres Geheimnis, und zwar eins, das noch spannender ist als das erste. Es könnte sein, daß die Lösung des einen sich als die Lösung des anderen herausstellt.

Nimm mir nicht übel, Musgrave, was ich jetzt sage: Ich habe den Eindruck, daß dein Butler ein sehr gescheiter Mann gewesen ist, daß er mehr Scharfblick hatte als zehn Generationen seiner Gebieter.›

"‹I hardly follow you,› said Musgrave. ‹The paper seems to me to be of no practical importance.›

"‹But to me it seems immensely practical, and I fancy that Brunton took the same view. He had probably seen it before that night on which you caught him.›

"‹It is very possible. We took no pains to hide it.›

"‹He simply wished, I should imagine, to refresh his memory upon that last occasion. He had, as I understand, some sort of map or chart which he was comparing with the manuscript, and which he thrust into his pocket when you appeared.›

"‹That is true. But what could he have to do with this old family custom of ours, and what does this rigmarole mean?›

"‹I don't think that we should have much difficulty in determining that,› said I; ‹with your permission we will take the first train down to Sussex and go a little more deeply into the matter upon the spot.›

"The same afternoon saw us both at Hurlstone. Possibly you have seen pictures and read descriptions of the famous old building, so I will confine my account of it to saying that it is built in the shape of an L, the long arm being the more modern portion, and the shorter the ancient nucleus from which the other has developed. Over the low, heavy-lintelled door, in the centre of this old part, is chiselled the date, 1607, but experts are agreed that the beams and stonework are really much older than this. The enormously thick walls and tiny windows of this part had in the last century driven the family into building the new wing, and the old one was used now as a storehouse and a cellar, when it was used at all. A splendid park with fine old timber surrounds the house, and the lake, to which my client had referred, lay close to the avenue, about two hundred yards from the building.

‹Ich verstehe dich nicht ganz›, sagte Musgrave. ‹Das Papier kommt mir überhaupt nicht brauchbar vor.›

‹Mir aber kommt es ungeheuer brauchbar vor, und ich denke, daß Brunton derselben Ansicht war. Er hatte es wahrscheinlich schon vor jener Nacht, in der du ihn ertappt hast, zu Gesicht bekommen.›

‹Sehr wohl möglich. Wir haben es nie furchtbar geheim gehalten.›

‹Er wollte vielleicht einfach nur sein Gedächtnis auffrischen, ein letztes Mal. So wie ich dich verstanden habe, hatte er eine Art Karte oder Zeichnung, die er mit der Handschrift verglich und die er in seine Tasche schob, als du erschienst.›

‹Das stimmt. Doch was könnte ihn an unserem alten Familienbrauch beschäftigt haben und was könnte dieses Gestammel bedeuten?›

‹Ich glaube, wir werden kaum große Schwierigkeiten haben, das herauszufinden›, sagte ich. ‹Mit deinem Einverständnis werden wir den nächsten Zug nach Sussex nehmen und uns an Ort und Stelle ein wenig in die Angelegenheit vertiefen.›

Am selben Nachmittag fanden wir uns in Hurlstone. Möglicherweise haben Sie Abbildungen dieses berühmten alten Bauwerks gesehen oder Beschreibungen gelesen; darum möchte ich meinen Beitrag auf den Hinweis beschränken, daß der Grundriß die Form eines L hat, wobei der lange Arm den neueren Teil und der kürzere den alten Kern bildet, aus dem der andere hervorgegangen ist. Über der niedrigen, mit schwerem Sturz versehenen Eingangstür in der Mitte dieses alten Teils ist das Datum 1607 eingemeißelt, doch Fachleute sind sich darüber einig, daß das Gebälk und die Steinmetzarbeit in Wirklichkeit noch viel älter sind. Die ungeheuer dicken Mauern und die winzigen Fenster dieses Teils haben im vorigen Jahrhundert die Familie bewogen, den neuen Flügel zu bauen; der alte wurde nun, wenn überhaupt, als Lagerhaus und Kellerei benutzt. Ein weitläufiger Park mit schönem alten Baumbestand umgab den Bau; der Teich, von dem mein Mandant gesprochen hatte, lag dicht an der Auffahrtsallee, etwa zweihundert Yards vom Haus entfernt.

"I was already firmly convinced, Watson, that there were not three separate mysteries here, but one only, and that if I could read the Musgrave Ritual aright I should hold in my hand the clue which would lead me to the truth concerning both the butler Brunton and the maid Howells. To that then I turned all my energies. Why should this servant be so anxious to master this old formula? Evidently because he saw something in it which had escaped all those generations of country squires, and from which he expected some personal advantage. What was it then, and how had it affected his fate?

"It was perfectly obvious to me, on reading the Ritual, that the measurements must refer to some spot to which the rest of the document alluded, and that if we could find that spot we should be in a fair way towards finding what the secret was which the old Musgraves had thought it necessary to embalm in so curious a fashion. There were two guides given us to start with, an oak and an elm. As to the oak there could be no question at all. Right in front of the house, upon the lefthand side of the drive, there stood a patriarch among oaks, one of the most magnificent trees that I have ever seen.

"‹That was there when your Ritual was drawn up,› said I as we drove past it.

"‹It was there at the Norman Conquest in all probability,› he answered. ‹It has a girth of twenty-three feet.›

"Here was one of my fixed points secured.

"‹Have you any old elms?› I asked.

"‹There used to be a very old one over yonder, but it was struck by lightning ten years ago, and we cut down the stump.›

"‹You can see where it used to be?›

"‹Oh, yes.›

"‹There are no other elms?›

Ich war bereits fest überzeugt, Watson, daß es hier nicht drei getrennte Rätsel gab, sondern nur ein einziges, und daß ich, wenn ich das Ritual der Musgrave richtig auslegen konnte, den Schlüssel in den Händen halten würde, der mich zur Wahrheit sowohl über den Butler Brunton als auch über das Hausmädchen Howells brächte. Also war mein ganzer Eifer dorthin gerichtet.

Warum war dieser Bedienstete so scharf darauf gewesen, die alte Familienformel zu entschlüsseln? Offensichtlich doch, weil er etwas in ihr sah, das all den Generationen von Landedelleuten entgangen war und wovon er sich einen eigenen Vorteil erwartete. Was war es nur, und wie hatte es auf sein Schicksal eingewirkt?

Als ich das Ritual las, war mir völlig klar, daß die Maßangaben auf eine Stelle hinwiesen, die das restliche Dokument andeutete, und daß, wenn wir jene Stelle finden könnten, wir auf dem besten Wege wären, das Geheimnis zu ergründen, das die alten Musgraves für so wichtig erachteten, daß sie es auf eine so merkwürdige Weise vor der Vergessenheit bewahrten. Zwei Anhaltspunkte waren mir für den ersten Schritt gegeben, eine Eiche und eine Ulme. Hinsichtlich der Eiche konnte es keine Zweifel geben. Direkt vor dem Haus zur Linken der Auffahrt stand ein Erzvater von Eiche, einer der herrlichsten Bäume, die ich je zu Gesicht bekommen habe.

‹Stand diese Eiche schon da, als euer Ritual abgefaßt wurde?› fragte ich, als wir vorbeifuhren.

‹Sie stand aller Wahrscheinlichkeit schon da zur Zeit der normannischen Eroberung›, antwortete er. ‹Ihr Umfang mißt 23 Fuß.›

Damit war einer meiner Ausgangspunkte gesichert.

‹Habt ihr auch alte Ulmen?› fragte ich.

‹Dort drüben hat immer eine gestanden, eine sehr alte, doch sie wurde vor zehn Jahren vom Blitz getroffen, und wir haben sie gefällt.›

‹Du weißt noch, wo sie stand?›

‹Aber ja.›

‹Und es gibt keine anderen Ulmen?›

"‹No old ones, but plenty of beeches.›

"‹I should like to see where it grew.›

"We had driven up in a dog-cart, and my client led me away at once, without our entering the house, to the scar on the lawn where the elm had stood. It was nearly midway between the oak and the house. My investigation seemed to be progressing.

"‹I suppose it is impossible to find out how high the elm was?› I asked.

"‹I can give you it at once. It was sixty-four feet.›

"‹How do you come to know it?› I asked in surprise.

"‹When my old tutor used to give me an exercise in trigonometry, it always took the shape of measuring heights. When I was a lad I worked out every tree and building in the estate.›

"This was an unexpected piece of luck. My data were coming more quickly than I could have reasonably hoped.

"‹Tell me,› I asked, ‹did your butler ever ask you such a question?›

"Reginald Musgrave looked at me in astonishment. ‹Now that you call it to my mind,› he answered ‹Brunton did ask me about the height of the tree some months ago in connection with some little argument with the groom.›

"This was excellent news, Watson, for it showed me that I was on the right road. I looked up at the sun. It was low in the heavens, and I calculated that in less than an hour it would lie just above the topmost branches of the old oak. One condition mentioned in the Ritual would then be fulfilled. And the shadow on the elm must mean the farther end of the shadow otherwise the trunk would have been chosen as the guide. I had, then, to find where the far end of the shadow would fall when the sun was just clear of the oak."

‹Keine alten, aber viele Buchen.›

‹Ich würde gerne sehen, wo die Ulme gestanden hat.›

Wir waren in einem Dogcart vorgefahren und mein Mandant führte mich gleich, statt mit mir das Haus zu betreten, an die unebene Stelle im Rasen, wo die Ulme gestanden hatte. Das war fast genau in der Mitte zwischen der Eiche und dem Haus. Meine Nachforschungen schienen voranzukommen.

‹Es ist wohl ausgeschlossen, in Erfahrung zu bringen, wie hoch die Ulme war?› fragte ich.

‹Das kann ich dir sofort sagen. Sie war vierundsechzig Fuß hoch.›

‹Woher weißt du das?› fragte ich überrascht.

‹Wenn mein damaliger Hauslehrer mir eine Aufgabe in Trigonometrie stellte, lief es immer darauf hinaus, Höhen zu messen. Ich habe als Junge die Höhe eines jeden Baumes und Gebäudes auf dem Herrensitz errechnet.›

Das war ein unerwarteter Glücksfall. Meine Meßwerte kamen schneller zusammen, als ich billigerweise hatte hoffen dürfen.

‹Sag mal›, fragte ich, ‹hat dein Butler dir jemals eine solche Frage gestellt?›

Reginald Musgrave schaute mich überrascht an. ‹Jetzt, wo du mich daran erinnerst›, antwortete er. ‹Brunton hat mich wirklich vor einigen Monaten nach der Höhe des Baumes gefragt im Zusammenhang mit irgend einer kleinen Meinungsverschiedenheit, die er mit dem Stallknecht hatte.›

Das war eine hervorragende Nachricht, Watson, denn sie zeigte mir, daß ich auf der richtigen Fährte war. Ich schaute zur Sonne. Sie stand tief am Himmel, und ich rechnete damit, daß sie in weniger als einer Stunde über den obersten Zweigen der alten Eiche stehen würde. Eine Bedingung, die in dem Ritual erwähnt war, wäre dann erfüllt. ‹Schatten unter der Ulme› bedeutete, daß das Ende dieses Schattens gemeint war, sonst wäre der Stamm als Wegzeichen gewählt worden. Ich hatte also festzustellen, wohin das Ende des Schattens fallen würde, wenn die Sonne gerade direkt über der Eiche stand.»

"That must have been difficult, Holmes, when the elm was no longer there."

"Well, at least I knew that if Brunton could do it, I could also. Besides, there was no real difficulty, I went with Musgrave to his study and whittled myself this peg, to which I tied this long string with a knot at each yard. Then I took two lengths of a fishing-rod, which came to just six feet, and I went back with my client to where the elm had been. The sun was just grazing the top of the oak. I fastened the rod on end, marked out the direction of the shadow and measured it. It was nine feet in length.

"Of course the calculation now was a simple one. If a rod of six feet threw a shadow of nine, a tree of sixty-four feet would throw one of ninety-six, and the line of the one would of course be the line of the other. I measured out the distance, which brought me almost to the wall of the house, and I thrust a peg into the spot. You can imagine my exultation, Watson, when within two inches of my peg I saw a conical depression in the ground. I knew that it was the mark made by Brunton in his measurements, and that I was still upon his trail.

"From this starting-point I proceeded to step having first taken the cardinal points by my pocket-compass. Ten steps with each foot took me along parallel with the wall of the house, and again I marked my spot with a peg. Then I carefully paced off five to the east and two to the south. It brought me to the very threshold of the old door. Two steps to the west meant now that I was to go two paces down the stone-flagged passage, and this was the place indicated by the Ritual.

"Never have I felt such a cold chill of disappointment, Watson. For a moment it seemed to me that there must be some radical mistake in my calcu-

«Das muß schwierig gewesen sein, Holmes, da die Ulme doch nicht mehr vorhanden war.»

«Nun, zumindest wußte ich, daß, wenn Brunton es herausbekommen hatte, ich es auch könnte. Übrigens war es gar nicht schwierig. Ich ging mit Musgrave in sein Arbeitszimmer und schnitzte mir dieses Stöckchen, an dem ich diese lange Schnur befestigte, die ich mit einem Knoten nach jedem Yard versah. Dann nahm ich zwei Stäbe einer Angelrute, die zusammengesteckt 6 Fuß maßen, und ging mit meinem Mandanten dorthin, wo die Ulme gestanden hatte. Die Sonne streifte soeben den Wipfel der Eiche. Ich stellte die Angelrute senkrecht auf, zeichnete den Verlauf des Schattens nach und maß seine Länge. Es waren 9 Fuß.

Jetzt war natürlich die Rechnung ganz einfach. Wenn eine Gerte von 6 Fuß einen Schatten von 9 Fuß warf, dann würde ein Baum von 64 Fuß einen Schatten von 96 Fuß werfen, und die Richtung wäre die gleiche. Ich maß diese Strecke ab, die mich fast bis zur Hausmauer brachte, und steckte an der Stelle einen Pflock in die Erde. Sie können sich mein Frohlocken vorstellen, Watson, als ich zwei Inches von meinem Pflock entfernt eine trichterförmige Vertiefung im Erdreich sah. Ich wußte, daß dies das Zeichen war, das Brunton nach seinen Messungen gemacht hatte, und daß ich ihm noch auf der Spur war.

Von diesem Punkt aus begann ich nun abzuschreiten, nachdem ich zuvor mit meinem Taschenkompaß die Himmelsrichtungen festgestellt hatte. Zehn Doppelschritte führten mich parallel neben der Hausmauer her. Wiederum kennzeichnete ich meine Stelle mit einem Pflock. Dann machte ich sorgfältig fünf Doppelschritte nach Osten und zwei nach Süden. Das brachte mich genau auf die Schwelle der alten Eingangstür. Zwei Schritte nach Westen bedeutete jetzt, daß ich zwei Schritte in den steingepflasterten Flur machen mußte – und das war die Stelle, die das Ritual andeutete.

Nie habe ich einen solchen kalten Schauder der Enttäuschung erlebt, Watson. Einen Augenblick glaubte ich, daß ein grundsätzlicher Fehler in meiner Berechnung sein

lations. The setting sun shone full upon the passage floor, and I could see that the old, foot-worn gray stones with which it was paved were firmly cemented together, and had certainly not been moved for many a long year. Brunton had not been at work here, I tapped upon the floor, but it sounded the same all over, and there was no sign of any crack or crevice. But, fortunately, Musgrave, who had begun to appreciate the meaning of my proceedings, and who was now as excited as myself, took out his manuscript to check my calculations.

"‹And under,› he cried. ‹You have omitted the and under.›

"I had thought that it meant that we were to dig, but now, of course, I saw at once that I was wrong. ‹There is a cellar under this then?› I cried.

"‹Yes, and as old as the house. Down here, through this door.›

"We went down a winding stone stair, and my companion, striking a match, lit a large lantern which stood on a barrel in the corner. In an instant it was obvious that we had at last come upon the true place, and that we had not been the only people to visit the spot recently.

"It had been used for the storage of wood, but the billets, which had evidently been littered over the floor, were now piled at the sides, so as to leave a clean space in the middle. In this space lay a large and heavy flagstone with a rusted iron ring in the centre to which a thick shepherd's-check muffler was attached.

"‹By Jove!› cried my client. ‹That's Brunton's muffler, I have seen it on him and could swear to it. What has the villain been doing here?›

"At my suggestion a couple of the county police were summoned to be present, and I then endeavoured to raise the stone by pulling on the cravat. I could only move it slightly, and it was

mußte. Die sinkende Sonne fiel voll in den Flur, und ich konnte sehen, daß die alten ausgetretenen grauen Steine, mit denen er gepflastert war, fest zusammengefügt und sicherlich seit vielen Jahren nicht mehr angetastet worden waren. Hier hatte Brunton sich nichts zu schaffen gemacht. Ich klopfte den Boden ab, doch er klang überall gleich, und nirgends sah ich auch nur die Andeutung einer Spalte oder eines Risses. Doch zum Glück holte Musgrave, der begonnen hatte, den Sinn meines Vorgehens zu erkennen, und jetzt ebenso aufgeregt war wie ich, die Handschrift hervor und kontrollierte meine Berechnungen.

‹Und darunter›, rief er. ‹Das Und darunter ist dir entgangen.›

Ich hatte geglaubt, daß wir graben müßten, doch jetzt natürlich sah ich sofort, daß ich mich geirrt hatte. ‹Gibt es denn hier drunter einen Keller?› fragte ich.

‹Ja, und zwar seit es dieses Haus gibt. Hier hinunter, durch diese Tür.›

Wir stiegen eine steinerne Wendeltreppe hinab, und mein Begleiter entzündete mit einem Streichholz eine große Laterne, die in einer Ecke auf einem Faß stand. Augenblicklich war es klar, daß wir zu guter Letzt doch an die richtige Stelle gelangt und daß wir nicht die einzigen waren, die in letzter Zeit diesen Platz aufgesucht hatten.

Er war als Holzlager benutzt worden, doch die Scheite, die offenbar durcheinander auf den Boden geworfen worden waren, lagen jetzt an den Seiten aufgestapelt, so daß in der Mitte ein freier Raum entstanden war. In diesem freien Raum befand sich eine große und schwere Steinplatte, die in der Mitte einen rostigen Eisenring hatte, an den ein dicker, mit Hirtenkaro gemusterter Schal gebunden war.

‹Oh Gott!› rief mein Mandant, ‹das ist Bruntons Schal. Ich habe gesehen, daß er ihn trug, ich könnte es beschwören. Was hat der verdammte Kerl sich hier zu schaffen gemacht?›

Auf meinen Vorschlag hin wurden ein paar Bezirkspolizisten als Bereitschaft herbeigeholt, dann versuchte ich den Stein zu heben, indem ich an dem Halstuch zog. Ich konnte

with the aid of one of the constables that I succeeded at last in carrying it to one side. A black hole yawned beneath into which we all peered, while Musgrave, kneeling at the side, pushed down the lantern.

"A small chamber about seven feet deep and four feet square lay open to us. At one side of this was a squat, brass-bound wooden box, the lid of which was hinged upward, with this curious old-fashioned key projecting from the lock. It was furred outside by a thick layer of dust, and damp and worms had eaten throught the wood, so that a crop of livid fungi was growing on the inside of it. Several discs of metal, old coins apparently, such as I hold here, were scattered over the bottom of the box, but it contained nothing else.

"At the moment, however, we had no thought for the old chest, for your eyes were riveted upon that which crouched beside it. It was the figure of a man, clad in a suit of black, who squatted down upon his hams with his forehead sunk upon the edge of the box and his two arms thrown out on each side of it. The attitude had drawn all the stagnant blood to the face, and no man could have recognized that distorted liver-coloured countenance; but his height, his dress, and his hair were all sufficient to show my client, when we had drawn the body up, that it was indeed his missing butler. He had been dead some days, but there was no wound or bruise upon his person to show how he had met his dreadful end. When his body had been carried from the cellar we found ourselves still confronted with a problem which was almost as formidable as that with which we had started.

"I confess that so far, Watson, I had been disappointed in my investigation. I had reckoned upon solving the matter when once I had found the place referred to in the Ritual; but now I was there, and

ihn nur geringfügig bewegen; erst mit der Hilfe eines der Gendarmen schaffte ich es schließlich, ihn zur Seite wegzuheben. Ein schwarzes Loch klaffte darunter, in das wir alle spähten, während Musgrave sich an den Rand kniete und die Laterne hinunterhielt.

Eine kleine Kammer, ungefähr 7 Fuß tief und 4 Fuß im Quadrat, lag offen vor uns. Darin stand an einer Seite eine gedrungene messingbeschlagene Holzkiste, deren Deckel aufgeklappt war und in deren Schloß dieser merkwürdige alte Schlüssel steckte. Außen war sie von einer dicken Staubschicht bedeckt, und Feuchtigkeit und Würmer hatten sich durch das Holz gefressen, so daß massenhaft Schwamm in ihrem Innern wuchs. Mehrere runde Metallplättchen – offensichtlich alte Münzen – so wie die, die ich hier habe, lagen auf dem Boden der Kiste verstreut, doch sonst enthielt sie nichts.

Zu jenem Zeitpunkt hatten wir allerdings keinen Gedanken für die alte Kiste übrig, denn unser Blick wurde gefesselt von dem, was neben ihr kauerte. Es war die Gestalt eines Mannes in einem schwarzen Anzug, der auf den Knien lag, die Stirn auf den Kistenrand gesenkt hatte und dessen ausgestreckte Arme um ihre beiden Seitenwände lagen. Diese Haltung hatte alles stockende Blut in sein Gesicht getrieben, und kein Mensch würde diese verzerrten, rotangelaufenen Züge erkannt haben. Doch seine Größe, seine Kleidung und sein Haar genügten völlig, um meinem Mandanten, als wir den Leichnam hochgezogen hatten, zu beweisen, daß es wirklich sein verschollener Butler war. Er war schon einige Tage tot, doch an dem Körper war weder eine Wunde oder eine Prellung, die erklärt hätten, auf welche Weise ihn sein schreckliches Ende getroffen hatte. Als der Leichnam aus dem Keller geschafft war, sahen wir uns noch immer einem Rätsel gegenüber, das fast ebenso irritierend war wie das, mit dem wir begonnen hatten.

Ich gebe zu, Watson, daß ich bislang von meinen Nachforschungen enttäuscht war. Ich hatte damit gerechnet, die Sache zu klären, wenn ich erst mal die Stelle gefunden hätte, auf die im Ritual hingewiesen war. Doch da stand

was apparently as far as ever from knowing what it was which the family had concealed with such elaborate precautions. It is true that I had thrown a light upon the fate of Brunton, but now I had to ascertain how that fate had come upon him, and what part had been played in the matter by the woman who had disappeared. I sat down upon a keg in the corner and thought the whole matter carefully over.

"You know my methods in such cases, Watson. I put myself in the man's place, and, having first gauged his intelligence, I try to imagine how I should myself have proceeded under the same circumstances. In this case the matter was simplified by Brunton's intelligence being quite first-rate, so that it was unnecessary to make any allowance for the personal equation, as the astronomers have dubbed it. He knew that something valuable was concealed. He had spotted the place. He found that the stone which covered it was just too heavy for a man to move unaided. What would he do next? He could not get help from outside, even if he had someone whom he could trust, without the unbarring of doors and considerable risk of detection. It was better, if he could, to have his helpmate inside the house. But whom could he ask? This girl had been devoted to him. A man always finds it hard to realize that he may have finally lost a woman's love, however badly he may have treated her. He would try by a few attentions to make his peace with the girl Howells, and then would engage her as his accomplice. Together they would come at night to the cellar, and their united force would suffice to raise the stone. So far I could follow their actions as if I had actually seen them.

"But for two of them, and one a woman, it must have been heavy work, the raising of that stone. A burly Sussex policeman and I had found it no light

ich nun, und anscheinend war ich so weit wie eh und je davon entfernt herauszufinden, was diese Familie mit solch komplizierten Vorsichtsmaßnahmen verborgen hatte. Gewiß, ich hatte Licht in Bruntons Schicksal gebracht, doch nun mußte ich ermitteln, wie dieses Schicksal ihn ereilt, und welche Rolle in diesem Zusammenhang das verschwundene Frauenzimmer gespielt hatte. Ich setzte mich in einer Ecke auf ein Faß nieder und überdachte sorgfältig die ganze Geschichte.

Sie kennen mein Verfahren in solchen Fällen, Watson: ich versetze mich in den betreffenden Menschen, und nachdem ich seine Geistesgaben taxiert habe, versuche ich mir vorzustellen, wie ich unter denselben Gegebenheiten vorgegangen wäre. Hier lag die Sache einfach, da Bruntons Intelligenz von höchstem Rang war, so daß es sich erübrigte, irgend einen Spielraum persönlicher Meßfehler – wie die Sternforscher es tituliert hätten – einzukalkulieren. Er wußte, daß etwas Wertvolles versteckt war. Er hatte den Ort ausfindig gemacht. Er merkte, daß der Stein, der darüberlag, für einen einzigen Mann gerade zu schwer war. Was würde er als nächstes tun? Von außerhalb konnte er, selbst wenn er jemanden gehabt hätte, dem er hätte trauen können, keine Hilfe bekommen, ohne Türen aufriegeln zu müssen und ohne die beträchtliche Gefahr, entdeckt zu werden. Es war besser, wenn irgend möglich, einen Helfer im Haus zu haben. Doch an wen konnte er sich wenden? Dieses Mädchen war ihm ergeben gewesen. Ein Mann kann sich nie vorstellen, daß er, wie schlecht er eine Frau auch behandelt haben mag, wirklich ihre Liebe verloren hat. Er versuchte also, durch ein paar Aufmerksamkeiten sich mit dem Mädchen Howells zu versöhnen, und veranlaßte sie dann, seine Mittäterin zu werden. Zusammen gingen sie nachts in den Keller, und ihre vereinten Kräfte reichten aus, den Stein zu heben. So weit konnte ich ihren Handlungen folgen, als ob ich sie wirklich beobachtet hätte.

Doch selbst für alle beide – sie war schließlich eine Frau – muß es Schwerarbeit gewesen sein, den Stein zu heben. Ein stämmiger Polizist aus Sussex und ich hatten es nicht als

job. What would they do to assist them? Probably what I should have done myself. I rose and examined carefully the different billets of wood which were scattered round the floor. Almost at once I came upon what I expected. One piece, about three feet in length, had a very marked indentation at one end, while several were flattened at the sides as if they had been compressed by some considerable weight. Evidently, as they had dragged the stone up, they had thrust the chunks of wood into the chink until at last when the opening was large enough to crawl through, they would hold it open by a billet placed lengthwise, which might very well become indented at the lower end, since the whole weight of the stone would press it down on to the edge of this other slab. So far I was still on safe ground.

"And now how was I to proceed to reconstruct this midnight drama? Clearly, only one could fit into the hole, and that one was Brunton. The girl must have waited above. Brunton then unlocked the box, handed up the contents presumably – since they were not to be found – and then – and then what happened?

"What smouldering fire of vengeance had suddenly sprung into flame in this passionate Celtic woman's soul when she saw the man who had wronged her – wronged her, perhaps, far more than we suspected – in her power? Was it a chance that the wood had slipped and that the stone had shut Brunton into what had become his sepulchre? Had she only been guilty of silence as to his fate? Or had some sudden blow from her hand dashed the support away and sent the slab crashing down into its place? Be that as it might, I seemed to see that woman's figure still clutching at her treasure trove and flying wildly up the winding stair, with her ears ringing perhaps with the muffled screams from behind her and with the drumming of frenzied

leichte Arbeit empfunden. Was nahmen sie als Hilfsmittel? Wahrscheinlich das gleiche, das auch ich genommen hätte. Ich stand auf und prüfte eingehend die verschiedenen Holzscheite, die rings auf dem Boden herumlagen. Im Nu fand ich, was ich erwartete. Ein ungefähr drei Fuß langes Scheit trug an einem Ende eine auffallend tiefe Einkerbung, während ein paar andere an den Seiten flachgedrückt waren, als wären sie durch ein beachtliches Gewicht belastet worden. Offensichtlich hatten die beiden, während sie den Stein hochzogen, die Holzklötze in den Spalt geschoben, bis sie schließlich die Öffnung, als sie groß genug zum Hindurchkriechen war, durch ein senkrecht aufgestelltes Scheit sicherten, das sehr wohl am unteren Ende eine Kerbe abbekommen hatte, da das ganze Gewicht des Steines es gegen die Kante des Einfassungsringes drückte. So weit befand ich mich noch auf verläßlichem Boden.

Doch wie sollte ich jetzt vorgehen, um dieses mitternächtliche Trauerspiel nachzuzeichnen? Klar war, daß nur einer in dieses Loch paßte, und dieser eine war Brunton gewesen. Das Mädchen muß droben gewartet haben. Dann schloß Brunton die Kiste auf, reichte ihren Inhalt hinauf – vermutlich, denn er war ja nicht mehr vorhanden –, und dann, was geschah dann?

Was für ein schwelendes Feuer der Rache war da plötzlich in der Seele dieser leidenschaftlichen keltischen Frau aufgeflackert, als sie den Mann, der sie betrogen hatte – vielleicht viel mehr betrogen, als wir vermuteten – in ihrer Gewalt sah? War es ein zufälliges Geschehen, daß das Holzscheit abrutschte und der Stein Brunton einschloß in das, was nun sein Grab geworden war? Bestand ihre Schuld nur darin, daß sie über sein Schicksal schwieg? Oder hatte ein plötzlicher Schlag von ihrer Hand die Stütze weggestoßen und die Steinplatte an ihren Platz niederkrachen lassen? Sei es wie es wolle, ich vermeinte die Gestalt dieser Frau zu sehen, die den Schatzfund umklammert hielt und in wilder Hast die Wendeltreppe hinauffloh – in den Ohren vielleicht die gedämpften Schreie von dort unten und das Getrommel rasender Fäuste gegen die Steinplatte, die

hands against the slab of stone which was choking her faithless lover's life out.

"Here was the secret of her blanched face, her shaken nerves, her peals of hysterical laughter on the next morning. But what had been in the box? What had she done with that? Of course, it must have been the old metal and pebbles which my client had dragged from the mere. She had thrown them in there at the first opportunity to remove the last trace of her crime.

"For twenty minutes I had sat motionless, thinking the matter out. Musgrave still stood with a very pale face, swinging his lantern and peering down into the hole.

"‹These are coins of Charles the First,› said he, holding out the few which had been in the box; ‹you see we were right in fixing our date for the Ritual.›

"‹We may find something else of Charles the First,› I cried, as the probable meaning of the first two questions of the Ritual broke suddenly upon me. ‹Let me see the contents of the bag which you fished from the mere.›

"We ascended to his study, and he laid the débris before me. I could understand his regarding it as of small importance when I looked at it, for the metal was almost black and the stones lustreless and dull. I rubbed one of them on my sleeve, however, and it glowed afterwards like a spark in the dark hollow of my hand. The metal work was in the form of a double ring, but it had been bent and twisted out of its original shape.

"‹You must bear in mind,› said I, ‹that the royal party made head in England even after the death of the king, and that when they at last fled they probably left many of their most precious possessions buried behind them, with the intention of returning for them in more peaceful times.›

nun das Leben ihres treulosen Liebhabers zu ersticken begann.

Das war das Geheimnis ihres bleichen Gesichtes, ihrer angegriffenen Nerven, ihrer überspannten Lachausbrüche am nächsten Morgen. Doch was war in der Kiste gewesen? Was hatte sie damit gemacht? Natürlich mußte es dieses alte Metall und die Steine gewesen sein, die mein Mandant aus dem Teich gezogen hatte. Bei erster Gelegenheit hatte sie die Sachen dort hineingeworfen, um die letzte Spur des Verbrechens zu tilgen.

Zwanzig Minuten lang hatte ich regungslos gesessen und mir alles durch den Kopf gehen lassen. Musgrave spähte immer noch mit sehr bleichem Gesicht in das Loch hinunter und ließ die Lampe hin und her pendeln.

‹Dies hier sind Münzen aus der Zeit Karls I.›, sagte er und hielt mir die wenigen hin, die in der Kiste verblieben waren. ‹Also hatten wir recht mit der Bestimmung des Entstehungsdatums für das Ritual.›

‹Vielleicht finden wir noch etwas anderes von Karl I.›, rief ich, als mir mit einem Mal die mögliche Bedeutung der ersten beiden Fragen des Rituals dämmerte. ‹Lass mich doch mal den Inhalt des Beutels sehen, den du aus dem Teich gefischt hast.›

Wir gingen hinauf in sein Arbeitszimmer, und er breitete das Gerümpel vor mir aus. Ich verstand nun, als ich es sah, daß er ihm keine große Bedeutung beigemessen hatte, denn das Metall war fast schwarz, und die Steine waren glanzlos und dunkel. Ich rieb jedoch einen davon an meinem Ärmel, und er glänzte danach in der dunklen Höhlung meiner Hand wie ein Edelstein. Der Gegenstand aus Metall war ein Doppelreif, doch die ursprüngliche Form war krumm und verbogen.

‹Man darf nicht vergessen›, sagte ich, ‹daß der Anhang des Königs auch nach dem Tod Karls I. in England ziemlichen Rückhalt hatte und daß er, als er schließlich doch floh, wahrscheinlich viel von seinem kostbarsten Besitz vergraben zurückließ, in der Absicht, es sich in friedlicheren Zeiten wiederzuholen.›

"‹My ancestor, Sir Ralph Musgrave, was a prominent cavalier and the righthand man of Charles the Second in his wanderings,› said my friend.

"‹Ah, indeed!› I answered. ‹Well now, I think that really should give us the last link that we wanted. I must congratulate you on coming into the possession, though in rather a tragic manner, of a relic which is of great intrinsic value, but of even greater importance as a historical curiosity.›

"‹What is it, then?› he gasped in astonishment.

"‹It is nothing less than the ancient crown of the kings of England.›

"‹The crown!›

"‹Precisely. Consider what the Ritual says. How does it run? Whose was it? His who is gone. That was after the execution of Charles. Then, Who shall have it? He who will come. That was Charles the Second, whose advent was already foreseen. There can, I think, be no doubt that this battered and shapeless diadem once encircled the brows of the royal Stuarts.›

"‹And how came it in the pond?›

"‹Ah, that is a question that will take some time to answer.› And with that I sketched out to him the whole long chain of surmise and of proof which I had constructed. The twilight had closed in and the moon was shining brightly in the sky before my narrative was finished.

"‹And how was it then that Charles did not get his crown when he returned?› asked Musgrave, pushing back the relic into its linen bag.

"‹Ah, there you lay your finger upon the one point which we shall probably never be able to clear up. It is likely that the Musgrave who held the secret died in the interval, and by some oversight left this guide to his descendant without explaining the meaning of it. From that day to this it has been handed down from father to son, until at last it

‹Mein Vorfahr, Sir Ralph Musgrave, war ein angesehener Edelmann und der Vertraute Karls II. während seiner Irrfahrten›, sagte mein Freund.

‹Aha!› antwortete ich. ‹Damit haben wir nun wohl das letzte Glied bekommen, das wir noch brauchten. Ich gratuliere dir: Du bist, wenn auch auf eine recht erschütternde Weise, in den Besitz eines antiken Gegenstandes gelangt, der von echter großer Kostbarkeit, aber als eine geschichtliche Rarität von noch größerer Bedeutung ist.›

‹Was ist es denn?› sagte er überrascht nach Luft schnappend.

‹Es ist nichts geringeres als die einstige Krone der Könige von England.›

‹Die Krone!›

‹Gewiß. Bedenke, was das Ritual sagt. Wie lautet es? Wessen war es? Dessen, der verging. Das war nach Karls Hinrichtung. Dann Wem soll es gehören? Dem, der kommen wird. Das war Karl II., dessen Eintreffen schon vorausgeahnt wurde. Es kann, glaube ich, keinen Zweifel geben, daß dieser verbeulte und aus der Form geratene Stirnschmuck einst die Häupter der Stuart-Könige umkränzt hat.›

‹Und wie ist es in den Weiher geraten?›

‹Ja, das ist eine Frage, die nicht auf einen Schlag zu beantworten ist›, und nun skizzierte ich ihm die ganze lange Kette von Mutmaßungen und Beweisen, die ich mir zurechtgelegt hatte. Die Dämmerung war hereingebrochen, und der Mond stand hell am Himmel, bevor mein Erzählen ein Ende gefunden hatte.

‹Und wie kam es, daß Karl nach seiner Rückkehr seine Krone nicht erhielt?› fragte Musgrave und steckte das alte Stück zurück in seinen Leinenbeutel.

‹Ja, hier legst du den Finger auf den einzigen Punkt, den wir wahrscheinlich niemals aufklären können. Es ist denkbar, daß der Musgrave, dem das Geheimnis anvertraut war, in der Zwischenzeit starb und durch ein Versehen diesen Leitfaden seinen Nachfahren hinterließ, ohne dessen Sinn zu erklären. Von jenem Tag an bis heute ist er vom Vater auf den Sohn übergegangen, bis er schließlich in die Hände ei-

came within reach of a man who tore its secret out of it and lost his life in the venture.›

"And that's the story of the Musgrave Ritual, Watson. They have the crown down at Hurlstone – though they had some legal bother and a considerable sum to pay before they were allowed to retain it. I am sure that if you mentioned my name they would be happy to show it to you. Of the woman nothing was ever heard, and the probability is that she got away out of England and carried herself and the memory of her crime to some land beyond the seas."

nes Mannes kam, der das Geheimnis ans Licht zerrte und bei diesem Wagnis sein Leben verlor.›

Das ist also die Geschichte vom Musgrave-Ritual, Watson. Die Krone haben sie in Hurlstone aufbewahrt – obwohl einige rechtliche Hindernisse zu überwinden waren und sie eine beträchtliche Summe zahlen mußten, bevor sie sie behalten durften. Ganz bestimmt wird man sie Ihnen, wenn Sie meinen Namen erwähnen, gerne zeigen. Über die Frau hat man nie etwas in Erfahrung gebracht. Aller Wahrscheinlichkeit nach hat sie England verlassen und sich mit der Erinnerung an ihr Verbrechen fortbegeben, in ein Land jenseits der Meere.»

The little village Bohun Beacon was perched on a hill so steep that the tall spire of its church seemed only like the peak of a small mountain. At the foot of the church stood a smithy, generally red with fires and always littered with hammers and scraps of iron; opposite to this, over a rude cross of cobbled paths, was "The Blue Boar," the only inn of the place. It was upon this crossway, in the lifting of a leaden and silver daybreak, that two brothers met in the street and spoke; though one was beginning the day and the other finishing it. The Rev. and Hon. Wilfred Bohun was very devout, and was making his way to some austere exercises of prayer or contemplation at dawn. Colonel the Hon. Norman Bohun, his elder brother, was by no means devout, and was sitting in eveningdress on the bench outside "The Blue Boar," drinking what the philosophic observer was free to regard either as his last glass on Tuesday or his first on Wednesday. The colonel was not particular.

The Bohuns were one of the very few aristocratic families really dating from the Middle Ages, and their pennon had actually seen Palestine. But it is a great mistake to suppose that such houses stand high in chivalric traditions. Few except the poor preserve traditions. Aristocrats live not in traditions but in fashions. The Bohuns had been Mohocks under Queen Anne and Mashers under Queen Victoria. But, like more than one of the really ancient houses, they had rotted in the last two centuries into mere drunkards and dandy degenerates, till there had even come a whisper of insanity. Certainly there was something hardly human about the colonel's wolfish pursuit of pleasure, and his chronic resolution not to go home till morning had

Das Dörfchen Bohun Beacon lag auf einem so steilen Hügel, daß der hohe Helm seines Kirchturms sich bloß wie die Spitze eines kleinen Berges ausnahm. Am Fuß der Kirche stand eine Schmiede, die gewöhnlich in rotem Feuerschein erglühte und stets mit Hämmern und Eisentrümmern übersät war; ihr gegenüber, jenseits einer Kreuzung holpriger Wege mit Kopfsteinpflaster, war «Der Blaue Eber», das einzige Gasthaus des Ortes. An diesem Schnittpunkt trafen sich einmal, als bleiern und silbrig der Tag anbrach, zwei Brüder und unterhielten sich; allerdings begann der eine gerade den Tag, während der andere ihn beendete. Der hochwürdige und ehrenwerte Wilfred Bohun, ein sehr frommer Mensch, war soeben unterwegs zu strengen Gebetsübungen oder zu einer Morgenandacht. Der ehrenwerte Oberst Norman Bohun, sein älterer Bruder, war alles andere als fromm und saß in Abendkleidung auf der Bank vor dem «Blauen Eber». Was er trank, mochte der philosophische Betrachter als das letzte Glas vom Dienstag oder das erste vom Mittwoch ansehen. Der Oberst nahm es damit nicht so genau.

Die Bohuns zählten zu den sehr wenigen Adelsfamilien, die ihren Ursprung wirklich bis zum Mittelalter zurückführen konnten, und ihr Feldzeichen hatte in der Tat Palästina gesehen. Doch es ist ein großer Irrtum anzunehmen, daß solche Häuser, was die Tradition der Ritterlichkeit angeht, obenan stehen. Wenige, außer den Armen, halten Überlieferungen aufrecht. Adelige leben nicht nach Überlieferungen, sondern nach Moden. Unter Königin Anna waren die Bohuns Raufbolde gewesen und unter Königin Viktoria Lüstlinge. Aber wie so manche aus den wirklich alten Häusern waren sie in den beiden letzten Jahrhunderten zu bloßen Säufern und entarteten Stutzern verkommen; schließlich wurde sogar von Geisteskrankheit gemunkelt. Gewiß steckte in der wölfischen Vergnügungssucht des Obersten etwas kaum noch Menschliches, und sein jedesmal wiederkehrender Entschluß, nicht vor Tagesanbruch nach Hause zu gehen,

a touch of the hideous charity of insomnia. He was a tall, fine animal, elderly, but with hair startlingly yellow. He would have looked merely blond and leonine, but his blue eyes were sunk so deep in his face that they looked black. They were a little too close together. He had very long yellow moustaches: on each side of them a fold or furrow from nostril to jaw, so that a sneer seemed to cut into his face. Over his evening clothes he wore a curiously pale yellow coat that looked more like a very light dressing gown than an overcoat, and on the back of his head was stuck an extraordinary broad-brimmed hat of a bright green colour, evidently some oriental curiosity caught up at random. He was proud of the fact that he always made them look congruous.

His brother the curate had also the yellow hair and the elegance, but he was buttoned up to the chin in black, and his face was clean-shaven, cultivated and a little nervous. He seemed to live for nothing but his religion; but there were some who said (notably the blacksmith, who was a Presbyterian) that it was a love of Gothic architecture rather than of God, and that his haunting of the church like a ghost was only another and purer turn of the almost morbid thirst for beauty which sent his brother raging after women and wine. This charge was doubtful, while the man's practical piety was indubitable.

Indeed, the charge was mostly an ignorant misunderstanding of the love of solitude and secret prayer, and was founded on his being often found kneeling, not before the altar, but in peculiar places, in the crypts or gallery, or even in the belfry. He was at the moment about to enter the church through the yard of the smithy, but stopped and frowned a little as he saw his brother's cavernous eyes staring in the same di-

war so etwas wie eine schreckliche Gnadengabe der Schlaflosigkeit. Er war ein stattliches Tier, nicht mehr der Jüngste, aber mit auffallend strohfarbenem Haar. Er hätte einfach hell und löwenmähnig ausgesehen, doch seine blauen Augen lagen so tief in den Höhlen, daß sie schwarz wirkten. Sie standen ein wenig zu dicht beisammen. Auf jeder Seite seines langen, blonden Schnurrbarts reichte eine Falte oder Furche vom Nasenflügel bis zum Kinn, so daß ein höhnisches Grinsen sein Gesicht zu zerschneiden schien. Über dem Abendanzug trug er einen eigenartig hellgelben Mantel, der eher einem sehr leichten Morgenrock als einem Überzieher glich, und auf dem Hinterkopf klebte ein außergewöhnlicher, breitkrempiger Hut von leuchtend grüner Farbe, anscheinend eine orientalische Rarität, die er irgendwo aufgetrieben hatte. Der Oberst tat sich etwas darauf zugute, in solch nicht zusammenpassender Kleidung zu erscheinen, stolz darauf, daß sie an ihm stets zusammenzupassen schien.

Sein Bruder, der Kurat, hatte dasselbe strohblonde Haar und die gleiche Vornehmheit, doch war er bis zum Kinn hinauf in schwarzes Gewand geknöpft; sein Gesicht war glattrasiert, gepflegt und ein wenig nervös. Er schien nur für seine Religion zu leben; freilich behaupteten einige Leute (vor allem der presbyterianische Schmied), das sei eher eine Liebe zur gotischen Baukunst als zu Gott, und seine Gewohnheit, in der Kirche wie ein Gespenst herumzuspuken, nur eine andere, reinere Form des fast krankhaften Schönheitsdurstes, der seinen Bruder hinter Frauen und Wein her sein ließ. Dieser Vorwurf war fragwürdig, wogegen die tatsächliche Frömmigkeit des Mannes unbestreitbar war. In Wirklichkeit war die Beschuldigung hauptsächlich eine auf Unwissenheit beruhende Verkennung der Liebe zur Einsamkeit und zu heimlichem Gebet; sie gründete sich darauf, daß man ihn oft kniend antraf, und zwar nicht vor dem Altar, sondern an ungewöhnlichen Orten, in der Krypta, auf der Empore oder sogar im Glockenturm. Im Augenblick wollte er gerade die Kirche durch den Hof der Schmiede betreten, blieb aber stehen und runzelte ein wenig die Stirn, als er die tiefliegenden Augen seines Bruders in die gleiche

rection. On the hypothesis that the colonel was interested in the curch he did not waste any speculations. There only remained the blacksmith's shop, and though the blacksmith was a Puritan and none of his people, Wilfred Bohun had heard some scandals about a beautiful and rather celebrated wife. He flung a suspicious look across the shed, and the colonel stood up laughing to speak to him.

"Good morning, Wilfred," he said. "Like a good landlord I am watching sleeplessly over my people. I am going to call on the blacksmith."

Wilfred looked at the ground and said: "The blacksmith is out. He is over at Greenford."

"I know," answered the other with silent laughter; "that is why I am calling on him."

"Norman," said the cleric, with his eye on a pebble in the road, "are you ever afraid of thunderbolts?"

"What do you mean?" asked the colonel. "Is your hobby meteorology?"

"I mean," said Wilfred, without looking up, "do you ever think that God might strike you in the street?"

"I beg your pardon," said the colonel; "I see your hobby is folklore."

"I know your hobby is blasphemy," retorted the religious man, stung in the one live place of his nature. "But if you do not fear God, you have good reason to fear man."

The elder raised his eyebrows politely. "Fear man?" he said.

"Barnes the blacksmith is the biggest and strongest man for forty miles round," said the clergyman sternly. "I know you are no coward or weakling, but he could throw you over the wall."

This struck home, being true, and the lowering line by mouth and nostril darkened and deepened. For a moment he stood with the heavy sneer on his

Richtung starren sah. Auf die Annahme, daß der Oberst sich für die Kirche interessiere, verschwendete der Pfarrer keinerlei Gedanken. Blieb also nur die Schmiede. Und obschon der Schmied als Puritaner nicht zu seinen Schäfchen zählte, hatte Wilfred Bohun einige anstoßerregende Dinge über eine schöne und recht gefeierte Ehefrau erfahren. Er warf einen argwöhnischen Blick über die Werkstatt, und der Oberst stand lachend auf, um mit seinem Bruder zu plaudern.

«Guten Morgen, Wilfred», sagte er. «Wie ein wohlwollender Gutsherr wache ich rastlos über meine Leute. Ich will soeben den Schmied aufsuchen.»

Wilfred sah zu Boden. «Der Schmied ist weggegangen», sagte er; «er ist in Greenford drüben.»

«Ich weiß», antwortete der andere mit verhaltenem Lachen; «darum will ich ihn ja aufsuchen.»

«Norman», sagte der Geistliche, den Blick auf einen am Weg liegenden Kieselstein gerichtet, «fürchtest du dich überhaupt vor Blitz- und Donnerschlägen?»

«Was meinst du denn?» fragte der Oberst. «Ist dein Steckenpferd die Meteorologie?»

«Ich meine», sagte Wilfred, ohne aufzublicken, «ob du je daran denkst, daß Gott dich mitten auf der Straße niederstrecken könnte.»

«Entschuldige», sagte der Oberst, «ich sehe, daß dein Steckenpferd die Volkskunde ist.»

«Und deines die Gotteslästerung», erwiderte der Pfarrer, der sich an der einzigen empfindlichen Stelle seines Wesens getroffen fühlte. «Wenn du aber schon Gott nicht fürchtest, so hast du doch guten Grund, die Menschen zu fürchten.»

Der Ältere zog höflich die Augenbrauen hoch. «Die Menschen fürchten?» fragte er.

«Barnes, der Schmied, ist auf vierzig Meilen im Umkreis der größte und stärkste Mann», bemerkte der Geistliche streng. «Ich weiß, daß du kein Feigling und kein Schwächling bist, doch er könnte dich über die Mauer werfen.»

Das saß, weil es stimmte, und die finstere Linie neben Mund und Nase wurde noch dunkler und tiefer. Einen Augenblick lang stand er so da mit dem schlimmen Hohn-

face. But in an instant Colonel Bohun had recovered his own cruel good humour and laughed, showing two dog-like front teeth under his yellow moustache. "In that case, my dear Wilfred," he said quite carelessly, "it was wise for the last of the Bohuns to come out partially in armour."

And he took off the queer round hat covered with green, showing that it was lined within with steel. Wilfred recognized it indeed as a light Japanese or Chinese helmet torn down from a trophy that hung in the old family hall.

"It was the first to hand," explained his brother airily; "always the nearest hat – and the nearest woman."

"The blacksmith is away at Greenford," said Wilfred quietly; "the time of his return is unsettled."

And with that he turned and went into the church with bowed head, crossing himself like one who wishes to be quit of an unclean spirit. He was anxious to forget such grossness in the cool twilight of his tall Gothic cloisters; but on that morning it was fated that his still round of religious exercises should be everywhere arrested by small shocks. As he entered the church, hitherto always empty at that hour, a kneeling figure rose hastily to its feet and came towards the full daylight of the doorway. When the curate saw it he stood still with surprise. For the early worshipper was none other than the village idiot, a nephew of the blacksmith, one who neither would nor could care for the church or for anything else. He was always called "Mad Joe," and seemed to have no other name; he was a dark, strong, slouching lad, with a heavy white face, dark straight hair, and a mouth always open. As he passed the priest, his mooncalf countenance gave no hint of what he had been doing or thinking of. He had never been known

lächeln im Gesicht. Aber im Handumdrehen hatte Oberst Bohun den ihm eigenen gefühllosen Humor wiedergefunden und lachte, wobei unter seinem gelben Schnurrbart zwei an einen Hund erinnernde Schneidezähne sichtbar wurden. «In diesem Fall, mein lieber Wilfred», sagte er ganz unbekümmert, «war es weise vom letzten der Bohuns, teilweise gepanzert auszugehen.»

Er nahm den seltsamen, runden, grün bezogenen Hut ab und zeigte, daß er innen mit Stahl gefüttert war. Wilfred erkannte in ihm tatsächlich einen leichten japanischen oder chinesischen Helm wieder, der von einer im alten Ahnensaal hängenden Trophäe abgerissen war.

«Es war der erste, der zur Hand war», erklärte sein Bruder leichthin; «immer den nächstbesten Hut – und das nächstbeste Weib.»

«Der Schmied ist nach Greenford hinüber», sagte Wilfred ruhig; «es steht nicht fest, wann er zurückkommt.»

Damit wandte er sich um, ging gesenkten Hauptes in die Kirche und bekreuzigte sich wie jemand, der einen unreinen Geist loswerden möchte. Ihm lag daran, eine derartige Gemeinheit im kühlen Dämmerlicht seiner hohen gotischen Kreuzgänge zu vergessen; doch an diesem Morgen sollte seine stille Runde religiöser Übungen überall durch kleine Aufregungen gestört werden.

Als er die um diese Stunde sonst immer leere Kirche betrat, erhob sich eine kniende Gestalt in aller Eile und begab sich in das volle Tageslicht des Portals. Bei ihrem Anblick blieb der Kurat überrascht stehen. Denn der frühe Kirchgänger war kein anderer als der Dorftrottel, ein Neffe des Schmieds, der sich weder um die Kirche noch um sonstwas Gedanken zu machen pflegte und es auch nicht konnte. Man nannte ihn immer nur den «Närrischen Joe»; einen anderen Namen schien er nicht zu haben. Er war ein dunkler, kräftiger, sich latschig bewegender Bursche, mit aufgedunsenem, blassem Gesicht, glattem, dunklem Haar und stets offenem Mund. Als er an dem Priester vorbeiging, verriet seine Mondkalbmiene in keiner Weise, was er gerade getan oder gedacht hatte. Niemand hatte ihn je zuvor beten

to pray before. What sort of prayers was he saying now? Extraordinary prayers surely.

Wilfred Bohun stood rooted to the spot long enough to see the idiot go out into the sunshine, and even to see his dissolute brother hail him with a sort of avuncular jocularity. The last thing he saw was the colonel throwing pennies at the open mouth of Joe, with the serious appearance of trying to hit it.

This ugly sunlit picture of the stupidity and cruelty of the earth sent the ascetic finally to his prayers for purification and new thoughts. He went up to a pew in the gallery, which brought him under a coloured window which he loved and which always quieted his spirit; a blue window with an angel carrying lilies. There he began to think less about the half-wit, with his livid face and mouth like a fish. He began to think less of his evil brother, pacing like a lean lion in his horrible hunger. He sank deeper and deeper into those cold and sweet colours of silver blossoms and sapphire sky.

In this place half an hour afterwards he was found by Gibbs, the village cobbler, who had been sent for him in some haste. He got to his feet with promptitude, for he knew that no small matter would have brought Gibbs into such a place at all. The cobbler was, as in many villages, an atheist, and his appearance in church was a shade more extraordinary than Mad Joe's. It was a morning of theological enigmas.

"What is it?" asked Wilfred Bohun rather stiffly, but putting out a trembling hand for his hat.

The atheist spoke in a tone that, coming from him, was quite startlingly respectful, and even, as it were, huskily sympathetic.

"You must excuse me, sir," he said in a hoarse whisper, "but we didn't think it right not to let you know at once. I'm afraid a rather dreadful thing has happened, sir. I'm afraid your brother –"

sehen. Was für Gebete verrichtete er wohl jetzt? Gewiß ganz ungewöhnliche.

Wilfred Bohun stand ziemlich lange wie angewurzelt auf der Stelle; er sah den Schwachsinnigen in den Sonnenschein hinaustreten, sah sogar, wie sein zügelloser Bruder ihn mit onkelhafter Scherzlaune begrüßte. Als letztes sah er, daß der Oberst Penny-Münzen nach Joes offenem Mund warf und anscheinend ernsthaft versuchte, diesen zu treffen.

Dieses häßliche, sonnenbeschienene Bild von der Blödheit und Grausamkeit der Welt führte den Asketen schließlich zu seinen Gebeten um Läuterung und um neue Gedanken zurück. Er stieg zur Empore hinauf, zu einem Kirchenstuhl unter einem Farbfenster, das er liebte und das sein Gemüt stets beruhigte: ein blaues Fenster mit einem lilientragenden Engel. Dort dachte er allmählich nicht mehr so viel an den Schwachsinnigen mit dem aschgrauen Gesicht und dem Fischmaul. Er dachte weniger an den eigenen bösen Bruder, der in seinem schrecklichen Hunger wie ein magerer Löwe auf und ab ging. Immer tiefer versank er in den kühlen, süßen Farben von Silberblüten und saphirblauem Himmel.

An dieser Stelle fand ihn eine halbe Stunde später Gibbs, der Dorfschuster, den man in aller Eile nach ihm geschickt hatte. Der Priester sprang rasch auf, denn er wußte, einer Kleinigkeit halber wäre Gibbs keineswegs an einen solchen Ort gekommen.

Wie in vielen Dörfern war der Schuster Atheist, und sein Auftauchen in der Kirche war um eine Spur ungewöhnlicher als das des Närrischen Joe. Es war ein Morgen der theologischen Rätsel.

«Was gibt's?» fragte Wilfred Bohun, ziemlich förmlich, griff aber gleich mit zitternder Hand nach seinem Hut.

Der Atheist sprach in einem Ton, der aus seinem Munde ganz erstaunlich ehrerbietig klang und in dem sogar etwas wie verlegene Teilnahme mitschwang.

«Sie müssen entschuldigen, Herr», flüsterte er mit rauher Kehle, «aber wir hielten es für richtig, Sie sofort zu benachrichtigen. Es ist leider etwas Schreckliches vorgefallen, Herr. Ich fürchte, Ihr Bruder...»

Wilfred clenched his frail hands. "What devilry has he done now?" he cried in involuntary passion.

"Why, sir," said the cobbler, coughing, "I'm afraid he's done nothing, and won't do anything. I'm afraid he's done for. You had really better come down, sir."

The curate followed the cobbler down a short winding stair which brought them out at an entrance rather higher than the street. Bohun saw the tragedy in one glance, flat underneath him like a plan. In the yard of the smithy were standing five or six men, mostly in black, one in an inspector's uniform. They included the doctor, the Presbyterian minister, and the priest from the Roman Catholic chapel to which the blacksmith's wife belonged. The latter was speaking to her, indeed, very rapidly, in an undertone, as she, a magnificent woman with red-gold hair, was sobbing blindly on a bench. Between these two groups, and just clear of the main heap of hammers, lay a man in evening dress, spread-eagled and flat on his face. From the height above Wilfred could have sworn to every item of his costume and appearance, down to the Bohun rings upon his fingers; but the skull was only a hideous splash, like a star of blackness and blood.

Wilfred Bohun gave but one glance, and ran down the steps into the yard. The doctor, who was the family physician, saluted him, but he scarcely took any notice. He could only stammer out: "My brother is dead. What does it mean? What is this horrible mystery?" There was an unhappy silence; and then the cobbler, the most outspoken man present, answered: "Plenty of horror, sir," he said, "but not much mystery."

"What do you mean?" asked Wilfred, with a white face.

"It's plain enough," answered Gibbs. "There is only one man for forty miles round that could have

Wilfred preßte seine zarten Hände zusammen. «Was für eine Teufelei hat er jetzt wieder angestellt?» rief er in unwillkürlicher Erregung.

«Nun, Herr», sagte der Schuster hüstelnd, «ich fürchte, er hat nichts angestellt und wird auch nichts mehr anstellen. Ich fürchte, er ist geliefert. Es wäre besser, Sie kämen herunter, Herr.»

Der Kurat folgte dem Schuster eine kurze Wendeltreppe hinab, die sie an ein Tor brachte, das um einiges höher lag als die Straße. Bohun übersah die Tragödie mit einem Blick; sie lag flach wie eine Landkarte zu seinen Füßen. Im Hof der Schmiede standen fünf oder sechs Männer, überwiegend in Schwarz, einer in der Uniform eines Polizeiinspektors. Unter ihnen waren der Arzt, der presbyterianische Geistliche und der Priester der römisch-katholischen Gemeinde, welcher die Frau des Schmieds angehörte. Letzterer sprach soeben auf die Frau ein, sehr schnell und mit gedämpfter Stimme, während sie, eine prächtige Gestalt mit rotgoldenem Haar, fassungslos auf einer Bank vor sich hin schluchzte. Zwischen diesen beiden Gruppen und ein klein wenig abseits des großen Haufens von Hämmern lag ein Mann in Abendkleidung flach auf dem Gesicht und mit ausgebreiteten Armen. Wilfred hätte sogar aus der Höhe jede Einzelheit der Kleidung und Erscheinung beschwören können, bis zu den Ringen an den Fingern; der Schädel aber war nur ein abscheulicher Brei und glich einem Stern aus Schwärze und Blut.

Wilfred Bohun warf nur einen flüchtigen Blick darauf und lief die Treppe hinunter in den Hof. Der Doktor, Hausarzt der Bohuns, begrüßte ihn, doch er bemerkte es kaum. Er konnte bloß stammeln: «Mein Bruder ist tot. Was hat das zu bedeuten? Was für ein schreckliches Geheimnis liegt hier vor?» Es trat ein unheilvolles Schweigen ein; dann antwortete der Schuster, der sich von allen Anwesenden am unverblümtesten ausdrückte: «Grauen im Übermaß, Herr», sagte er, «doch nicht viel an Geheimnis dahinter.»

«Wie meinen Sie das?» fragte Wilfred kreidebleich.

«Es ist klar genug», antwortete Gibbs. «Im Umkreis von vierzig Meilen gibt es nur einen einzigen Menschen, der

struck such a blow as that, and he's the man that had most reason to."

"We must not prejudge anything," put in the doctor, a tall, black-bearded man, rather nervously; "but it is competent for me to corroborate what Mr. Gibbs says about the nature of the blow, sir; it is an incredible blow. Mr. Gibbs says that only one man in this district could have done it. I should have said myself that nobody could have done it."

A shudder of superstition went through the slight figure of the curate. "I can hardly understand," he said.

"Mr. Bohun," said the doctor in a low voice, "metaphors literally fail me. It is inadequate to say that the skull was smashed to bits like an egg-shell. Fragments of bone were driven into the body and the ground like bullets into a mud wall. It was the hand of a giant."

He was silent a moment, looking grimly through his glasses; then he added: "The thing has one advantage – that it clears most people of suspicion at one stroke. If you or I or any normally made man in the country were accused of this crime, we should be acquitted as an infant would be acquitted of stealing the Nelson Column."

"That's what I say," repeated the cobbler obstinately, "there's only one man that could have done it, and he's the man that would have done it. Where's Simeon Barnes, the blacksmith?"

"He's over at Greenford," faltered the curate.

"More likely over in France," muttered the cobbler.

"No; he is in neither of those places," said a small and colourless voice, which came from the little Roman priest who had joined the group. "As a matter of fact, he is coming up the road at this moment."

The little priest was not an interesting man to

einen solchen Schlag ausgeteilt haben konnte, und dieser Mensch hatte auch am meisten Grund dazu.»

«Wir dürfen kein Urteil vorwegnehmen», warnte der Arzt, ein großer, schwarzbärtiger Mann, ziemlich erregt; «aber ich darf der Ansicht beipflichten, die Mr. Gibbs von der Beschaffenheit des Schlages hat: es ist ein unglaublicher Schlag. Mr. Gibbs meint, nur einer in diesem Bezirk könne ihn geführt haben. Ich meinerseits hätte eher gesagt, daß niemand ihn geführt haben kann.»

Ein Schauder des Aberglaubens erfaßte die schmächtige Gestalt des Kuraten. «Ich kann's kaum verstehen», sagte er.

«Mr. Bohun», sagte der Arzt leise, «mir fehlen schlechterdings Vergleiche. Die Feststellung, daß der Schädel wie eine Eierschale in Stückchen zerschmettert worden ist, genügt nicht. Knochensplitter wurden in den Körper und in den Erdboden getrieben wie Gewehrkugeln in eine Lehmmauer. Diesen Hieb führte die Hand eines Riesen.»

Einen Augenblick schwieg er, blickte grimmig durch die Brille und fügte dann hinzu: «Die Sache hat ein Gutes – daß sie die meisten Leute auf einen Schlag vom Verdacht reinwäscht. Wären Sie oder ich oder sonst ein normal gebauter Mann im Lande dieses Verbrechens angeklagt, so würde man uns freisprechen, wie man ein Kind davon freisprechen würde, die Nelson-Säule gestohlen zu haben.»

«Das sage ich doch», wiederholte der Schuster hartnäckig; «nur ein einziger konnte es getan haben, und der wäre dazu auch imstande gewesen. Wo ist Simeon Barnes, der Schmied?»

«Er ist in Greenford drüben», stammelte der Kurat.

«Wohl eher in Frankreich drüben», murmelte der Schuster.

«Nein; er ist weder in Greenford noch in Frankreich», sagte eine dünne und farblose Stimme; es war die des kleinen römisch-katholischen Priesters, der sich zu der Gruppe gesellt hatte. «Er kommt nämlich soeben die Straße herauf.»

Der kleine Priester war keine auffallende Erscheinung:

look at, having stubbly brown hair and a round and stolid face. But if he had been as splendid as Apollo no one would have looked at him at that moment. Everyone turned round and peered at the pathway which wound across the plain below, along which was indeed walking, at his own huge stride and with a hammer on his shoulder, Simeon the smith. He was a bony and gigantic man, with deep, dark, sinister eyes and a dark chin beard. He was walking and talking quietly with two other men; and though he was never specially cheerful, he seemed quite at his ease.

"My God!" cried the atheistic cobbler; "and there's the hammer he did it with."

"No," said the inspector, a sensible-looking man with a sandy moustache, speaking for the first time. "There's the hammer he did it with, over there by the church wall. We have left it and the body exactly as they are."

All glanced round, and the short priest went across and looked down in silence at the tool where it lay. It was one of the smallest and the lightest of the hammers, and would not have caught the eye among the rest; but on the iron edge of it were blood and yellow hair.

After a silence the short priest spoke without looking up, and there was a new note in his dull voice. "Mr. Gibbs was hardly right," he said, "in saying that there is no mystery. There is at least the mystery of why so big a man should attempt so big a blow with so little a hammer."

"Oh, never mind that," cried Gibbs, in a fever. "What are we to do with Simeon Barnes?"

"Leave him alone," said the priest quietly. "He is coming here of himself. I know these two men with him. They are very good fellows from Greenford, and they have come over about the Presbyterian chapel."

braunes, stoppeliges Haar, rundes, gleichmütiges Gesicht. Aber selbst wenn er schön wie Apoll gewesen wäre – in diesem Augenblick hätte ihm niemand Beachtung geschenkt. Jeder drehte sich um und spähte auf den Fußweg, der sich drunten durch die Ebene wand. Von dort kam in der Tat mit dem ihm eigenen ausgreifenden Schritt und einem Hammer auf der Schulter – Simeon, der Schmied. Er war ein knochiger Riese mit tiefsitzenden, finsteren, drohenden Augen und einem dunklen Kinnbart. Simeon zog seines Weges und plauderte ruhig mit zwei Begleitern, und obschon er niemals besonders heiter war, schien er sich in seiner Haut ganz wohl zu fühlen.

«Mein Gott!» rief der atheistische Schuster; «und da ist auch der Hammer, mit dem er es getan hat.»

«Nein», sagte der Inspektor, ein vernünftig aussehender Mann mit sandfarbenem Schnurrbart, der zum ersten Mal das Wort ergriff. «Der Hammer, mit dem er es getan hat, liegt drüben an der Kirchenmauer. Wir haben ihn und auch den Leichnam genauso gelassen, wie sie sind.»

Alle sahen hin, der kleine Priester ging hinüber und blickte wortlos an Ort und Stelle auf das Werkzeug. Es war einer von den kleinsten und leichtesten Hämmern, und er wäre unter den übrigen nicht aufgefallen; aber an seiner Eisenkante klebten Blut und blonde Haare.

Nach kurzem Schweigen sprach der kleine Priester ohne aufzublicken, und in seiner langweiligen Stimme schwang ein neuer Ton: «Mr. Gibbs hatte schwerlich recht mit seiner Behauptung, es läge hier kein Geheimnis vor. Es ist doch zumindest geheimnisvoll, wieso ein solcher Hüne von Mann einen so mächtigen Schlag mit so einem kleinen Hammer führen sollte.»

«Oh, das ist doch belanglos», rief Gibbs, gewaltig erregt. «Was sollen wir mit Simeon Barnes tun?»

«Ihn in Frieden lassen», antwortete der Priester ruhig. «Er kommt doch gerade freiwillig her. Ich kenne die beiden Männer, die ihn begleiten. Es sind sehr nette Burschen aus Greenford, die herüberkommen, um in die presbyterianische Kapelle zu gehen.»

Even as he spoke the tall smith swung round the corner of the church and strode into his own yard. Then he stood there quite still, and the hammer fell from his hand. The inspector, who had preserved impenetrable propriety, immediately went up to him.

"I won't ask you, Mr. Barnes," he said, "whether you know anything about what has happened here. You are not bound to say. I hope you don't know, and that you will be able to prove it. But I must go through the form of arresting you in the King's name for the murder of Colonel Norman Bohun."

"You are not bound to say anything," said the cobbler in officious excitement. "They've got to prove everything. They haven't proved yet that it is Colonel Bohun, with the head all smashed up like that."

"That won't wash," said the doctor aside to the priest. "That's out of detective stories. I was the colonel's medical man, and I knew his body better than he did. He had very fine hands, but quite peculiar ones. The second and third fingers were the same in length. Oh, that's the colonel right enough."

As he glanced at the brained corpse upon the ground the iron eyes of the motionless blacksmith followed them and rested there also.

"Is Colonel Bohun dead?" said the smith quite calmly. "Then he's damned."

"Don't say anything; Oh, don't say anything," cried the atheist cobbler, dancing about in an ecstasy of admiration of the English legal system. For no man is such a legalist as the good Secularist.

The blacksmith turned on him over his shoulder the august face of a fanatic.

"It is well for you infidels to dodge like foxes because the world's law favours you," he said; "but God guards His own in His pocket, as you shall see this day."

Noch während er sprach, bog der hochgewachsene Schmied um die Ecke der Kirche in seinen eigenen Hof. Dort blieb er dann regungslos stehen, und der Hammer entfiel seiner Hand. Der Inspektor, der bislang eine undurchdringliche Korrektheit bewahrt hatte, ging sofort auf ihn zu.

«Ich werde Sie nicht fragen, Mr. Barnes», sagte er, «ob Sie über die Geschehnisse hier irgendetwas wissen. Sie sind zu keiner Aussage verpflichtet. Hoffentlich wissen Sie nichts und werden das beweisen können. Aber ich muß Sie in aller Form im Namen des Königs wegen des Mordes an Oberst Norman Bohun verhaften.»

«Ihr seid nicht verpflichtet, irgendetwas zu sagen», sagte der Schuster erregt und übereifrig. «Alles muß Euch nachgewiesen werden. Es steht überhaupt noch nicht fest, daß es Oberst Bohun ist, dessen Kopf derart zerschmettert worden ist.»

«Das zieht nicht», sagte leise der Arzt zum Priester. «Das gibt's in Detektivgeschichten. Ich war der Hausarzt des Obersten und kannte seinen Körper besser als er selbst. Er hatte sehr schöne, aber ganz eigenartige Hände. Zeige- und Mittelfinger waren gleich lang. Oh, das ist jedenfalls der Oberst.»

Während er auf den am Boden liegenden Toten mit dem zerschmetterten Gehirn blickte, folgten ihm die harten Augen des regungslosen Schmieds und blieben ebenfalls dort haften.

«Ist Oberst Bohun tot?» fragte der Schmied ganz gelassen. «Dann ist er verdammt.»

«Sagt nichts! Oh, sagt nichts!» rief der atheistische Schuster und tanzte herum, hingerissen von Bewunderung der englischen Rechtsordnung. Denn niemand hängt so sehr am Gesetzesparagraphen wie der gute Freigeist.

Der Schmied wandte ihm über die Schulter hinweg das erhabene Antlitz eines Schwärmers zu.

«Es ist gut und schön, daß Ihr Ungläubigen, weil das weltliche Gesetz euch begünstigt, Winkelzüge macht wie die Füchse», sagte er, «aber Gott beschützt die Seinen, wie ihr es noch heute erleben werdet.»

Then he pointed to the colonel and said: "When did this dog die in his sins?"

"Moderate your language," said the doctor.

"Moderate the Bible's language, and I'll moderate mine. When did he die?"

"I saw him alive at six o'clock this morning," stammered Wilfred Bohun.

"God is good," said the smith. "Mr. Inspector, I have not the slightest objection to being arrested. It is you who may object to arresting me. I don't mind leaving the court without a stain on my character. You do mind, perhaps, leaving the court with a bad set-back in your career."

The solid inspector for the first time looked at the blacksmith with a lively eye – as did everybody else, except the short, strange priest, who was still looking down at the little hammer that had dealt the dreadful blow.

"There are two men standing outside this shop," went on the blacksmith with ponderous lucidity, "good tradesmen in Greenford whom you all know, who will swear that they saw me from before midnight till daybreak and long after in the committeeroom of our Revival Mission, which sits all night, we save souls so fast. In Greenford itself twenty people could swear to me for all that time. If I were a heathen, Mr. Inspector, I would let you walk on to your downfall; but, as a Christian man, I feel bound to give you your chance and ask you whether you will hear my alibi now or in court."

The inspector seemed for the first time disturbed and said. "Of course I should be glad to clear you altogether now."

The smith walked out of his yard with the same long and easy stride, and returned to his two friends from Greenford, who were indeed friends of nearly everyone present. Each of them said a few

Dann zeigte er auf den Oberst und fragte: «Wann starb dieser Hund im Morast seiner Sünden?»

«Mäßigen Sie Ihre Sprache!» mahnte der Arzt.

«Mäßigen Sie die Sprache der Bibel, und ich werde die meine mäßigen. Wann starb er?»

«Ich sah ihn um sechs Uhr morgens noch am Leben», stammelte Wilfred Bohun.

«Gott ist gütig», sagte der Schmied. «Herr Inspektor, ich habe nicht den geringsten Einwand gegen meine Verhaftung. Aber Ihnen mag es widerstreben, mich festzunehmen. Ich habe keine Sorge, daß ich den Gerichtssaal mit weißer Weste verlasse. Doch Sie können die Sorge haben, ein Prozeßende zu erleben, das einen schweren Rückschlag für Ihre Laufbahn darstellt.»

Zum ersten Mal betrachtete der rechtschaffene Inspektor, wie alle anderen, den Schmied mit lebhafter Aufmerksamkeit. Nur der kleine, sonderbare Priester blickte immer noch auf den kleinen Hammer hinunter, der den fürchterlichen Schlag geführt hatte.

«Vor dieser Werkstatt stehen zwei Männer», fuhr der Schmied mit umständlicher Klarheit fort, «brave Geschäftsleute aus Greenford, die Ihnen allen bekannt sind. Sie werden beschwören, daß sie mich von kurz vor Mitternacht bis Tagesanbruch und noch lange danach im Sitzungsraum unserer Erweckungsmission gesehen haben, welche die ganze Nacht berät; so schnell retten wir Seelen. In Greenford selbst könnten zwanzig Leute beeiden, daß ich während der ganzen Zeit anwesend war. Wenn ich ein Heide wäre, Herr Inspektor, würde ich Sie in Ihr Verderben rennen lassen. Aber als Christ halte ich es für meine Pflicht, Ihnen Ihre Chance zu geben und Sie zu fragen, ob Sie mein Alibi jetzt oder vor Gericht hören wollen.»

Zum ersten Mal schien der Inspektor verunsichert. «Natürlich sähe ich Sie gern schon jetzt entlastet», sagte er.

Der Schmied verließ seinen Hof im gleichen ausgreifenden, leichten Schritt und kehrte zu seinen beiden Greenforder Gefährten zurück, die tatsächlich mit fast allen Anwesenden befreundet waren. Jeder der beiden sagte ein paar Worte,

words which no one ever thought of disbelieving. When they had spoken the innocence of Simeon stood up as solid as the great church above them.

One of those silences struck the group which are more strange and insufferable than any speech. Madly, in order to make conversation, the curate said to the Catholic priest:

"You seem very much interested in that hammer, Father Brown."

"Yes, I am," said Father Brown; "why is it such a small hammer?"

The doctor swung round on him.

"By George, that's true," he cried; "who would use a little hammer with ten larger hammers lying about?"

Then he lowered his voice in the curate's ear and said: "Only the kind of person that can't lift a large hammer. It is not a question of force or courage between the sexes. It's a question of lifting power in the shoulders. A bold woman could commit ten murders with a light hammer and never turn a hair. She could not kill a beetle with a heavy one."

Wilfred Bohun was staring at him with a sort of hypnotized horror, while Father Brown listened with his head a little on one side, really interested and attentive. The doctor went on with more hissing emphasis:

"Why do those idiots always assume that the only person who hates the wife's lover is the wife's husband? Nine times out of ten the person who most hates the wife's lover is the wife. Who knows what insolence or treachery he had shown her – look there?"

He made a momentary gesture towards the red-haired woman on the bench. She had lifted her head at last and the tears were drying on her splendid face. But the eyes were fixed on the corpse with an electric glare that had in it something of idiocy.

die wirklich niemand zu bezweifeln gedachte. Nachdem sie sich geäußert hatten, stand Simeons Unschuld so felsenfest wie die große Kirche über ihnen.

Die Gruppe wurde von einem Schweigen befallen, das seltsamer und unerträglicher ist als alles Reden. Um die Unterhaltung wieder in Gang zu bringen, machte der Kurat gegenüber dem katholischen Priester die törichte Bemerkung:

«Sie scheinen sich sehr für diesen Hammer zu interessieren, Father Brown.»

«Ja», sagte Father Brown; «warum ist es so ein kleiner Hammer?»

Der Arzt drehte sich rasch nach ihm um.

«Bei Gott, das stimmt überhaupt!» rief er. «Wer würde denn einen kleinen Hammer benutzen, wenn zehn größere herumliegen?»

Dann senkte er seine Stimme und sagte dem Kuraten ins Ohr: «Nur jemand, der keinen großen heben kann. Die Frage lautet nicht, ob das eine Geschlecht dem anderen an Stärke oder Mut überlegen ist. Es geht um die Hebekraft in den Schultern. Eine kühne Frau könnte mit einem leichten Hammer zehn Morde begehen, ohne auch nur mit der Wimper zu zucken. Mit einem schweren könnte sie keinen Käfer umbringen.»

Wilfred Bohun starrte ihn wie vor Schrecken hypnotisiert an, während Father Brown mit leicht seitlich geneigtem Kopf wirklich gespannt und aufmerksam lauschte. Noch giftiger und nachdrücklicher fuhr der Arzt fort:

«Warum vermuten diese Trottel eigentlich immer, daß nur der Ehemann den Liebhaber seiner Frau haßt? In neun von zehn Fällen wird der Liebhaber der Frau am meisten von der Frau selber gehaßt. Wer weiß schon, wie unverschämt oder treulos er sich ihr gegenüber gezeigt hat? – Schauen Sie mal dorthin?»

Er wies flüchtig auf die rothaarige Frau, die auf der Bank saß. Sie hatte endlich den Kopf gehoben, und die Tränen trockneten auf ihrem wunderbaren Gesicht. Doch die Augen waren mit einem starren, beinahe dämlichen Leuchten auf die Leiche gerichtet.

The Rev. Wilfred Bohun made a limp gesture as if waving away all desire to know; but Father Brown, dusting off his sleeve some ashes blown from the furnace, spoke in his indifferent way.

"You are like so many doctors," he said; "your mental science is really suggestive. It is your physical science that is utterly impossible. I agree that the woman wants to kill the co-respondent much more than the petitioner does. And I agree that a woman will always pick up a small hammer instead of a big one. But the difficulty is one of physical impossibilitiy. No woman ever born could have smashed a man's skull out flat like that." Then he added reflectively, after a pause: "These people haven't grasped the whole of it. The man was actually wearing an iron helmet, and the blow scattered it like broken glass. Look at that woman. Look at her arms."

Silence held them all up again, and then the doctor said rather sulkily: "Well, I may be wrong; there are objections to everything. But I stick to the main point. No man but an idiot would pick up that little hammer if he could use a big hammer."

With that the lean and quivering hands of Wilfred Bohun went up to his head and seemed to clutch his scanty yellow hair. After an instant they dropped, and he cried: "That was the word I wanted; you have said the word."

Then he continued, mastering his discomposure: "The words you said were, no man but an idiot would pick up the small hammer."

"Yes," said the doctor, "Well?"

"Well," said the curate, "no man but an idiot did." The rest stared at him with eyes arrested and riveted, and he went on in a febrile and feminine agitation.

"I am a priest," he cried unsteadily, "and a priest should be no shedder of blood. I – I mean that he

Der Pfarrer Wilfred Bohun machte eine matte Handbewegung, als wolle er alle Wißbegier verscheuchen; Father Brown jedoch wischte sich ein bißchen Asche, die von der Esse hergeweht war, vom Ärmel und sagte ungerührt, wie es seine Art war:

«Sie sind wie so viele Ärzte. Ihr Einfühlungsvermögen kann sich wirklich sehen lassen, aber Ihre physikalischen Kenntnisse sind völlig unmöglich. Ich stimme zu, daß die Frau den Mit-Beklagten viel lieber umbringen möchte als der Kläger. Ich stimme ferner zu, daß eine Frau stets nach einem kleinen statt nach einem großen Hammer greifen wird. Aber die Sache hat einen ganz anderen Haken: die physische Unmöglichkeit. Keine Frau dieser Erde hätte je einem Mann den Schädel so zu Brei zerschmettern können.» Nach einer Pause fügte er dann nachdenklich hinzu: «Diese Leute haben die ganze Sache nicht begriffen. Der Mann trug in der Tat einen Eisenhelm, und der Schlag zersplitterte ihn wie Glas. Sehen Sie sich doch die Frau an! Sehen Sie ihre Arme an!»

Wieder trat allgemeines Schweigen ein; dann sagte der Arzt ziemlich verdrießlich: «Nun, ich kann mich täuschen; Einwände lassen sich gegen alles vorbringen. Aber am wesentlichen Punkt halte ich fest. Nur ein Schwachkopf würde den kleinen Hammer aufnehmen, wenn er einen großen benutzen könnte.»

Bei diesen Worten griff sich Wilfred Bohun mit seinen mageren, zittrigen Händen an den Kopf, als wolle er das spärliche blonde Haar packen. Bald darauf ließ er sie sinken und rief: «Das wollte ich hören; Sie haben es gesagt.»

Seine Erregung meisternd, fuhr er dann fort: «Ihre Worte lauteten: ‹Nur ein Schwachkopf würde den kleinen Hammer aufnehmen.›»

«Ja», sagte der Arzt. «Und?»

«Nun», antwortete der Kurat, «nur ein Schwachkopf hat ihn aufgenommen.» Die anderen starrten ihn unverwandt an, und er redete in fiebriger und weibischer Erregtheit weiter.

«Ich bin Priester», rief er mit unsicherer Stimme, «und ein Priester sollte kein Blut vergießen. Das heißt – das heißt,

should bring no one to the gallows. And I thank God that I see the criminal clearly now – because he is a criminal who cannot be brought to the gallows."

"You will not denounce him?" inquired the doctor.

"He would not be hanged if I did denounce him," answered Wilfred, with a wild but curiously happy smile. "When I went into the church this morning I found a madman praying there – that poor Joe, who has been wrong all his life. God knows what he prayed; but with such strange folk it is not incredible to suppose that their prayers are all upside down. Very likely a lunatic would pray before killing a man. When I last saw poor Joe he was with my brother. My brother was mocking him."

"By Jove!" cried the doctor, "this is talking at last. But how do you explain –"

The Rev. Wilfred was almost trembling with the excitement of his own glimpse of the truth. "Don't you see; don't you see," he cried feverishly, "that is the only theory that covers both the queer things, that answers both the riddles. The two riddles are the little hammer and the big blow. The smith might have struck the big blow, but he would not have chosen the little hammer. His wife would have chosen the little hammer, but she could not have struck the big blow. But the madman might have done both. As for the little hammer – why, he was mad and might have picked up anything. And for the big blow, have you never heard, doctor, that a maniac in his paroxysm may have the strength of ten men?"

The doctor drew a deep breath and then said: "By golly, I believe you've got it."

Father Brown had fixed his eyes on the speaker so long and steadily as to prove that his large grey, oxlike eyes were not quite so insignificant as the

er sollte niemanden an den Galgen bringen. Und ich danke Gott, daß ich den Verbrecher jetzt klar erkenne – weil er ein Verbrecher ist, der nicht an den Galgen gebracht werden kann.»

«Sie wollen ihn nicht anzeigen?» fragte der Arzt.

«Auch wenn ich ihn anzeigte, würde er nicht gehängt werden», antwortete Wilfred mit wildem, aber seltsam glücklichen Lächeln. «Als ich heute früh die Kirche betrat, traf ich dort einen Irren im Gebet an – jenen armen Joe, der schon sein ganzes Leben lang durcheinander ist. Gott weiß, was er betete; aber bei so merkwürdigen Leuten ist die Vermutung nicht abwegig, daß ihre Gebete völlig drunter und drüber gehen. Höchstwahrscheinlich würde ein Wahnsinniger beten, ehe er jemanden umbringt. Als ich den armen Joe zum letzten Male sah, war er mit meinem Bruder zusammen. Mein Bruder machte sich über ihn lustig.»

«Donnerwetter!» rief der Arzt. «Das ergibt endlich einen Reim. Aber wie erklären Sie...»

Pfarrer Wilfred zitterte beinahe vor Erregung darüber, daß ihm die Wahrheit dämmerte. «Sehen Sie denn nicht, sehen Sie denn nicht», rief er fieberhaft, «daß allein diese Theorie die beiden ungewöhnlichen Dinge erklärt und beide Rätsel löst? Die beiden Rätsel sind der kleine Hammer und der gewaltige Schlag. Der Schmied hätte den gewaltigen Schlag führen können, er hätte aber nicht den kleinen Hammer gewählt. Seine Frau hätte den kleinen Hammer gewählt, sie hätte aber nicht den gewaltigen Schlag führen können. Der Irre jedoch könnte beides getan haben. Was den kleinen Hammer angeht – nun, ein Wahnsinniger hätte einen x-beliebigen Gegenstand aufheben können. Und was den gewaltigen Schlag betrifft, Herr Doktor, haben Sie denn nie gehört, daß ein Tobsüchtiger während seines Anfalls die Kraft von zehn Männern haben kann?»

Der Arzt atmete tief und sagte dann: «Menschenskind, ich glaube, Sie haben's.»

Father Brown hatte den Sprecher so lange und unentwegt angeblickt, als wollte er beweisen, daß seine großen, grauen Kuhaugen keineswegs so nichtssagend waren wie sein übri-

rest of his face. When silence had fallen he said with marked respect: "Mr. Bohun, yours is the only theory yet propounded which holds water every way and is essentially unassailable. I think, therefore, that you deserve to be told, on my positive knowledge, that it is not the true one." And with that the odd little man walked away and stared again at the hammer.

"That fellow seems to know more than he ought to," whispered the doctor peevishly to Wilfred. "Those popish priests are deucedly sly."

"No, no," said Bohun, with a sort of wild fatigue. "It was the lunatic. It was the lunatic."

The group of the two clerics and the doctor had fallen away from the more official group containing the inspector and the man he had arrested. Now, however, that their own party had broken up, they heard voices from the others. The priest looked up quietly and then looked down again as he heard the blacksmith say in a loud voice:

"I hope I've convinced you, Mr. Inspector. I'm a strong man, as you say, but I couldn't have flung my hammer bang here from Greenford. My hammer hasn't any wings that it should come flying half a mile over hedges and fields."

The inspector laughed amicably and said: "No; I think you can be considered out of it, though it's one of the rummiest coincidences I ever saw. I can only ask you to give us all the assistance you can in finding a man as big and strong as yourself. By George! you might be useful, if only to hold him! I suppose you yourself have no guess at the man?"

"I may have a guess," said the pale smith, "but it is not at a man." Then, seeing the scared eyes turn towards his wife on the bench, he put his huge hand on her shoulder and said: "Nor a woman either."

ges Gesicht. Als alles schwieg, sagte er mit betonter Hochachtung: «Mr. Bohun, von den bisher vorgebrachten Theorien ist Ihre die einzige, die in jeder Beziehung überzeugt und im wesentlichen unangreifbar ist. Ich glaube daher, daß Sie einen Anspruch darauf haben, zu erfahren, daß sie, wie ich bestimmt weiß, nicht die richtige ist.» Und damit entfernte sich der sonderbare kleine Mann und starrte wiederum auf den Hammer.

«Dieser Bursche scheint mehr zu wissen, als er sollte», flüsterte der Arzt übelgelaunt Wilfred zu. «Diese Papistenpfaffen sind verteufelt schlau.»

«Nein, nein», sagte Bohun, ganz und gar erschöpft. «Es war der Verrückte. Es war der Verrückte.»

Die beiden Geistlichen und der Arzt hatten sich von der ‹amtlicheren› Gruppe abgesondert, zu welcher der Inspektor gehörte sowie der Mann, den er festgenommen hatte. Jetzt aber, da ihre eigene Gruppe sich aufgelöst hatte, hörten sie Stimmen von der anderen Gruppe her. Der Priester blickte gelassen auf und dann wieder zu Boden, als er den Schmied laut sagen hörte:

«Hoffentlich habe ich Sie überzeugt, Herr Inspektor. Ich bin zwar ein starker Mann, wie Sie sagen, doch hätte ich meinen Hammer nicht von Greenford bis ausgerechnet hierher schleudern können. Er hat keine Flügel und kann daher nicht eine halbe Meile über Hecken und Felder fliegen.»

Der Inspektor lachte freundlich und sagte: «Nein, ich glaube, Sie kommen nicht in Frage, obschon dies eines der eigenartigsten Zusammentreffen ist, die ich je erlebt habe. Ich kann Sie nur bitten, uns nach Kräften alle Unterstützung zu gewähren, damit wir einen finden, der so groß und kräftig ist wie Sie selbst. Herrje! Sie könnten von Nutzen sein, zumindest um ihn festzunehmen. Sie selbst haben wohl keine Ahnung, wer der Täter sein könnte?»

«Ich habe vielleicht eine Ahnung», sagte der blasse Schmied, «aber es ist kein Mann.» Als er dann sah, daß die entsetzten Augen sich seiner Frau auf der Bank zuwandten, legte er ihr die riesige Hand auf die Schulter und sagte: «Auch keine Frau.»

"What do you mean?" asked the inspector jocularly. "You don't think cows use hammers, do you?"

"I think no thing of flesh held that hammer," said the blacksmith in a stifled voice; "mortally speaking, I think the man died alone."

Wilfred made a sudden forward movement and peered at him with burning eyes.

"Do you mean to say, Barnes," came the sharp voice of the cobbler, "that the hammer jumped up of itself and knocked the man down?"

"Oh, you gentlemen may stare and snigger," cried Simeon; "you clergymen who tell us on Sunday in what a stillness the Lord smote Sennacherib.

I believe that one who walks invisible in every house defended the honour of mine, and laid the defiler dead before the door of it. I believe the force in that blow was just the force there is in earthquakes, and no force less."

Wilfred said, with a voice utterly undescribable: "I told Norman myself to beware of the thunderbolt."

"That agent is outside my jurisdiction," said the inspector with a slight smile.

"You are not outside His," answered the smith; "see you to it." And, turning his broad back, he went into the house.

The shaken Wilfred was led away by Father Brown, who had an easy and friendly way with him. "Let us get out of this horrid place, Mr. Bohun," he said. "May I look inside your church? I heard it's one of the oldest in England. We take some interest, you know," he added with a comical grimace, "in old English churches."

Wilfred Bohun did not smile, for humour was never his strong point. But he nodded rather eagerly, being only too ready to explain the Gothic

«Was meinen Sie damit?» fragte der Inspektor scherzend. «Sie glauben doch nicht, daß eine Kuh einen Hammer benutzt, oder?»

«Ich meine, daß niemand aus Fleisch und Blut den Hammer hielt», sagte der Schmied leise; «aus der Sicht von Gevatter Tod starb der Mann ohne fremdes Zutun.»

Wilfred machte eine hastige Bewegung vorwärts und starrte ihn aus brennenden Augen an.

«Wollen Sie damit zum Ausdruck bringen, Barnes», ertönte die scharfe Stimme des Schusters, «daß der Hammer von selbst in die Höhe sprang und den Mann niederschlug?»

«Oh, ihr Herren könnt getrost dumm dreinschauen und wiehern», rief Simeon; «ihr Geistlichen, die ihr uns sonntags erzählt, wie lautlos Sennacherib vom Herrn zerschmettert worden ist. Ich glaube, daß der Eine, der unsichtbar in jedem Haus wandelt, die Ehre des meinigen verteidigt und den Schänder dieser Ehre mir tot vor die Türschwelle gelegt hat. Ich glaube, daß die Kraft in jenem Schlag die gleiche Kraft war, die sich in Erdbeben kundtut, und keine geringere.»

«Ich selbst habe Norman nahegelegt, sich vor Blitz und Donnerkeil in acht zu nehmen», bemerkte Wilfred mit einer Stimme, die überhaupt nicht zu beschreiben ist.

«Diese Kraft ist außerhalb meiner Machtbefugnis», sagte der Inspektor und lächelte ein wenig.

«Aber Sie nicht außerhalb der Seinen», antwortete der Schmied; «seien Sie nur auf der Hut!» Damit wandte er ihm den breiten Rücken zu und ging ins Haus.

Der arg mitgenommene Wilfred wurde von Father Brown weggeführt, der mit ihm leicht und freundschaftlich umzugehen verstand. «Verlassen wir doch diesen fürchterlichen Ort, Mr. Bohun», sagte er. «Darf ich einen Blick in ihre Kirche werfen? Sie soll ja eine der ältesten in England sein. Wissen Sie, wir haben ein gewisses Interesse an alten englischen Kirchen», fügte er mit einer komischen Grimasse hinzu.

Wilfred Bohun lächelte nicht, denn Humor war nie seine Stärke. Aber er nickte recht eifrig, war er doch allzu gern

splendours to someone more likely to be sympathetic than the Presbyterian blacksmith or the atheist cobbler.

"By all means," he said; "let us go in at this side." And he led the way into the high side entrance at the top of the flight of steps. Father Brown was mounting the first step to follow him when he felt a hand on his shoulder, and turned to behold the dark, thin figure of the doctor, his face darker yet with suspicion.

"Sir," said the physician harshly, "you appear to know some secrets in this black business. May I ask if you are going to keep them to yourself?"

"Why, doctor," answered the priest, smiling quite pleasantly, "there is one very good reason why a man of my trade would keep things to himself when he is not sure of them, and that is that it is so constantly his duty to keep them to himself when he is sure of them. But if you think I have been discourteously reticent with you or anyone, I will go to the extreme limit of my custom. I will give you two very large hints."

"Well, sir?" said the doctor gloomily.

"First," said Father Brown quietly, "the thing is quite in your own province. It is a matter of physical science. The blacksmith is mistaken, not perhaps in saying that the blow was divine, but certainly in saying that it came by miracle. It was no miracle, doctor, except in so far as man is himself a miracle, with his strange and wicked and yet half-heroic heart. The force that smashed that skull was a force well known to scientists – one of the most frequently debated of the laws of nature."

The doctor, who was looking at him with frowning intentness, only said: "And the other hint?"

"The other hint is this," said the priest: "Do you remember the blacksmith, though he believes in miracles, talking scornfully of the impossible fairy

bereit, die gotische Pracht jemandem zu erklären, der wahrscheinlich mehr Verständnis dafür aufbrächte als der presbyterianische Schmied oder der atheistische Schuster.

«Unbedingt», sagte er, «lassen Sie uns auf dieser Seite eintreten.» Und er ging voran, über die hohe Treppe hinauf, zum Seiteneingang. Father Brown stieg gerade die erste Stufe empor, um ihm zu folgen, als er eine Hand auf der Schulter spürte. Er drehte sich um und erblickte die dunkle, schmächtige Gestalt des Arztes, dessen Gesicht vor Argwohn noch finsterer war als sonst.

«Sir», sagte der Arzt barsch, «Sie kennen anscheinend einige Geheimnisse in dieser dunklen Geschichte. Darf ich fragen, ob Sie diese für sich behalten wollen?»

«Nun, Herr Doktor», antwortete der Priester mit recht vergnügtem Lächeln, «es gibt einen sehr guten Grund, warum ein Mann meines Gewerbes Dinge für sich behalten sollte, wenn er sich ihrer nicht sicher ist. Es ist nämlich stets seine Pflicht, sie sogar dann für sich zu behalten, wenn er sich ihrer sicher ist. Wenn Sie aber meinen, ich sei gegenüber Ihnen oder sonst jemand aus Unhöflichkeit verschwiegen, will ich bis an die äußerste Grenze meiner Gepflogenheit gehen. Ich will Ihnen zwei sehr klare Hinweise geben.»

«Nun, Sir?» fragte der Arzt mit düsterer Miene.

«Erstens», sagte Father Brown gelassen, «fällt die Geschichte ganz in Ihr eigenes Fachgebiet. Sie ist eine Sache der Physik. Der Schmied irrt, vielleicht nicht mit seiner Behauptung, der Schlag sei göttlichen Ursprungs, gewiß aber, wenn er ihn als ein Wunder ansieht. Es war kein Wunder, Herr Doktor, außer insoweit als der Mensch selber, mit seinem seltsamen, bösen und doch halb heldenmütigen Herzen, ein Wunder ist. Die Kraft, die jenen Schädel zerschmetterte, ist den Wissenschaftlern wohlbekannt – sie ist eines der am häufigsten erörterten Naturgesetze.»

Der Arzt, der ihn stirnrunzelnd und mit gespannter Aufmerksamkeit ansah, fragte nur: «Und der andere Hinweis?»

«Der andere Hinweis ist folgender», sagte der Priester: «Erinnern Sie sich, wie verächtlich der Schmied, obgleich er an Wunder glaubt, von dem unmöglichen Märchen sprach,

tale that his hammer had wings and flew half a mile across country?"

"Yes," said the doctor, "I remember that."

"Well," added Father Brown, with a broad smile, "that fairy tale was the nearest thing to the real truth that has been said to-day." And with that he turned his back and stumped up the steps after the curate.

The Reverend Wilfred, who had been waiting for him, pale and impatient, as if this little delay were the last straw for his nerves, led him immediately to his favourite corner of the church, that part of the gallery closest to the carved roof and lit by the wonderful window with the angel. The little Latin priest explored and admired everything exhaustively, talking cheerfully but in a low voice all the time. When in the course of his investigation he found the side exit and the winding stair down which Wilfred had rushed to find his brother dead, Father Brown ran not down but up, with the agility of a monkey, and his clear voice came from an outer platform above.

"Come up here, Mr. Bohun," he called. "The air will do you good."

Bohun followed him, and came out on a kind of stone gallery or balcony outside the building, from which one could see the illimitable plain in which their small hill stood, wooed away to the purple horizon and dotted with villages and farms. Clear and square, but quite small beneath them, was the blacksmith's yard, where the inspector still stood taking notes and the corpse still lay like a smashed fly.

"Might be the map of the world, mightn't it?" said Father Brown.

"Yes," said Bohun very gravely, and nodded his head.

Immediately beneath and about them the lines of the Gothic building plunged outwards into the void

daß sein Hammer Flügel hätte und eine halbe Meile über Land geflogen sei?»

«Ja», sagte der Arzt, «ich erinnere mich.»

«Nun», fuhr Father Brown mit breitem Lächeln fort, «von all dem, was heute gesprochen worden ist, ist jenes Märchen der echten Wahrheit am nächsten gekommen.» Und damit drehte er sich um und stapfte hinter dem Kuraten die Treppe hinauf.

Hochwürden Wilfred, der auf ihn gewartet hatte, bleich und ungeduldig, als wäre diese kleine Verzögerung für seine Nerven die äußerste Zumutung, führte ihn sogleich zu seinem Lieblingswinkel in der Kirche, zu jenem Teil der Empore, der der geschnitzten Decke am nächsten lag und von dem wunderschönen Fenster mit dem Engel erhellt wurde. Der kleine römische Priester erforschte und bewunderte alles recht gründlich, wobei er die ganze Zeit über fröhlich, aber mit leiser Stimme plauderte. Als er im Verlauf seiner Untersuchung auf den Seitenausgang und die Wendeltreppe stieß, die Wilfred hinuntergeeilt war, um seinen toten Bruder zu sehen, lief Father Brown mit der Flinkheit eines Affen nicht hinab, sondern hinauf, und seine klare Stimme ertönte von einer darüberliegenden äußeren Plattform.

«Kommen Sie herauf, Mr. Bohun», rief er, «die Luft wird Ihnen guttun.»

Bohun folgte ihm und trat auf eine Art steinerne Galerie oder Balkon außerhalb des Baus, von wo aus man die unendliche Ebene überblicken konnte, in der ihr kleiner Hügel stand; sie ging nach dem purpurnen Horizont hin in Wälder über und war mit Dörfern und Bauernhöfen übersät. Unter ihnen lag deutlich und viereckig, aber ganz klein, der Hof des Schmiedes, wo noch immer der Inspektor Aufzeichnungen machte und die Leiche noch immer wie eine zerquetschte Fliege am Boden lag.

«Könnte die Weltkarte sein, nicht wahr?» bemerkte Father Brown.

«Ja», sagte Bohun sehr ernst und nickte.

Unmittelbar unter und neben ihnen schwangen sich die Linien des gotischen Bauwerks mit einer Übelkeit erregenden

with a sickening swiftness akin to suicide. There is that element of Titan energy in the architecture of the Middle Ages that, from whatever aspect it be seen, it always seems to be rushing away, like the strong back of some maddened horse. This church was hewn out of ancient and silent stone, bearded with old fungoids and stained with the nests of birds. And yet, when they saw it from below, it sprang like a fountain at the stars; and when they saw it, as now, from above, it poured like a cataract into a voiceless pit. For these two men on the tower were left alone with the most terrible aspect of the Gothic: the monstrous foreshortening and disproportion, the dizzy perspectives, the glimpses of great things small and small things great; a topsy-turvydom of stone in the mid-air. Details of stone, enormous by their proximity, were relieved against a pattern of fields and farms, pygmy in their distance. A carved bird or beast at a corner seemed like some vast walking or flying dragon wasting the pastures and villages below. The whole atmosphere was dizzy and dangerous, as if men were upheld in air amid the gyrating wings of colossal genii; and the whole of that old church, as tall and rich as a cathedral, seemed to sit upon the sunlit country like a cloudburst.

"I think there is something rather dangerous about standing on these high places even to pray," said Father Brown. "Heights were made to be looked at, not to be looked from."

"Do you mean that one may fall over," asked Wilfred.

"I mean that one's soul may fall if one's body doesn't," said the other priest.

"I scarcely understand you," remarked Bohun indistinctly.

"Look at that blacksmith, for instance," went on Father Brown calmly; "a good man, but not a

und an Selbstmord gemahnenden Tollkühnheit nach außen ins Leere. In der Baukunst des Mittelalters steckt jenes Element titanischer Kraft, das, von welcher Seite man es auch betrachtet, wie der starke Rücken eines rasend gewordenen Pferdes stets zu fliehen scheint. Diese Kirche war aus altem, schweigendem Stein gehauen, von schwammartigen Gewächsen überzogen und von Vogelnestern beschmutzt. Und doch schoß sie, von unten betrachtet, wie ein Springbrunnen zu den Sternen empor; sahen sie, wie jetzt, die Kirche von oben, so ergoß sie sich gleich einem Wasserfall in einen lautlosen Abgrund. Denn diese beiden Männer auf dem Turm waren allein gelassen mit der erschreckendsten Seite der Gotik: der schauerlichen Verkürzung und Auflösung aller Maßverhältnisse, der schwindelerregenden Fernsicht, den flüchtigen Blicken auf große Dinge, die klein, und kleine Dinge, die groß erscheinen; einem freischwebenden steinernen Durcheinander. Einzelheiten aus Stein, die durch ihre Nähe riesenhaft wirkten, wurden besonders zur Geltung gebracht vor einem Schachbrettmuster aus Feldern und Bauernhöfen, die in der Entfernung zwergenhaft anmuteten. Ein steinerner Vogel an einer Ecke oder irgendein anderes Tier sah aus wie ein Riesendrache, der umherläuft oder -fliegt und das Weideland und die Dörfer unten verwüstet. Die ganze Umgebung war schwindelerregend und gefährlich, als würde man unter den kreisenden Schwingen gewaltiger Geister gehalten; und die wuchtige alte Kirche, hoch und prächtig wie eine Kathedrale, schien wie ein drohender Wolkenbruch auf dem sonnenbeschienenen Land zu lasten.

«Ich halte es für ziemlich gefährlich, in solcher Höhe zu verweilen, selbst um zu beten», sagte Father Brown. «Höhen wurden geschaffen, damit man zu ihnen hinaufblickt, nicht von ihnen hinab.»

«Sie meinen wohl, man könnte fallen?» fragte Wilfred.

«Ich meine, daß, wenn nicht der Leib, so doch die Seele zu Fall kommen kann», sagte der andere Priester.

«Ich verstehe Sie nicht ganz», murmelte Bohun.

«Sehen Sie sich zum Beispiel den Schmied hier an», fuhr Father Brown ruhig fort; «er ist ein guter Mensch, aber kein

Christian – hard, imperious, unforgiving. Well, his Scotch religion was made up by men who prayed on hills and high crags, and learnt to look down on the world more than to look up at heaven. Humility is the mother of giants. One sees great things from the valley; only small things from the peak."

"But he – he didn't do it," said Bohun tremulously.

"No," said the other in an odd voice; "we know he didn't do it."

After a moment he resumed, looking tranquilly out over the plain with his pale grey eyes. "I knew a man," he said, "who began by worshipping with others before the altar, but who grew fond of high and lonely places to pray from, corners or niches in the belfry or the spire. And once in one of those dizzy places, where the whole world seemed to turn under him like a wheel, his brain turned also, and he fancied he was God. So that though he was a good man, he committed a great crime."

Wilfred's face was turned away, but his bony hands turned blue and white as they tightened on the parapet of stone.

"He thought it was given to him to judge the world and strike down the sinner. He would never have had such a thought if he had been kneeling with other men upon a floor. But he saw all men walking about like insects. He saw one especially strutting just below him, insolent and evident by a bright green hat – a poisonous insect."

Rooks cawed round the corners of the belfry; but there was no other sound till father Brown went on.

"This also tempted him, that he had in his hand one of the most awful engines of nature; I mean gravitation, that mad and quickening rush by which all earth's creatures fly back to her heart when released. See, the inspector is strutting just

Christ – hart, herrisch, unversöhnlich. Nun, seine schottische Religion wurde von Menschen geschaffen, die auf Hügeln und hohen Felsen beteten und eher auf die Welt hinabzublicken lernten als zum Himmel hinauf. Demut ist die Mutter von Riesen. Vom Tal aus sieht man Großes; vom Gipfel aus nur Kleines.»

«Aber er – er war doch nicht der Täter», sagte Bohun zitternd.

«Nein», antwortete der andere mit sonderbarer Stimme, «wir wissen, daß er es nicht war.»

Einen Augenblick später griff er den Faden wieder auf; dabei ließ er seine blaßgrauen Augen geruhsam über die Ebene gleiten. «Ich kannte einen, der anfangs zusammen mit anderen vor dem Altar kniete. Aber allmählich fand er Gefallen daran, von hochgelegenen, einsamen Orten aus zu beten, von Ecken oder Nischen im Glockenstuhl oder von der Turmspitze. Als einmal an solch schwindelerregendem Ort die ganze Welt sich unter ihm wie ein Rad zu drehen schien, drehte sich auch sein Verstand, und er hielt sich für Gott. Und obschon er ein guter Mensch war, beging er ein großes Verbrechen.»

Wilfreds Gesicht war abgewandt, doch seine knochigen Hände liefen blau und weiß an, als sie sich an der steinernen Brüstung festklammerten.

«Er glaubte, es obliege ihm, über die Welt zu richten und den Sünder niederzustrecken. Ein solcher Gedanke wäre ihm nie gekommen, hätte er zusammen mit anderen auf dem Boden gekniet. Aber er sah alle Menschen wie Insekten umherlaufen. Besonders einen, der gerade unter ihm einherstolzierte, frech und auffällig mit einem leuchtend grünen Hut – ein giftiges Insekt.»

Saatkrähen krächzten um die Ecken des Glockenturms; sonst war kein Laut zu hören, bis Father Brown fortfuhr:

«Eine weitere Versuchung: Er hielt eine der fürchterlichsten Naturgewalten in der Hand; ich meine die Schwerkraft, jene wahnwitzige und immer schneller werdende Energie, durch die alle Dinge, einmal losgelassen, in Richtung Erdmittelpunkt zurückfliegen. Sehen Sie, soeben stolziert unter

below us in the smithy. If I were to toss a pebble over this parapet it would be something like a bullet by the time it struck him. If I were to drop a hammer – even a small hammer –"

Wilfred Bohun threw one leg over the parapet, and Father Brown had him in a minute by the collar.

"Not by that door," he said quite gently; "that door leads to hell."

Bohun staggered back against the wall, and stared at him with frightful eyes.

"How do you know all this?" he cried. "Are you a devil?"

"I am a man," answered Father Brown gravely; "and therefore have all devils in my heart. Listen to me," he said after a short pause. "I know what you did – at least, I can guess the great part of it. When you left your brother you were racked with no unrighteous rage to the extent even that you snatched up the small hammer, half inclined to kill him with his foulness on his mouth. Recoiling, you thrust it under your buttoned coat instead, and rushed into the church. You prayed wildly in many places, under the angel window, upon the platform above, and on a higher platform still, from which you could see the colonel's Eastern hat like the back of a green beetle crawling about. Then something snapped in your soul, and you let God's thunderbolt fall."

Wilfred put a weak hand to his head, and asked in a low voice: "How did you know that his hat looked like a green beetle?"

"Oh, that," said the other with the shadow of a smile, "that was common sense. But hear me further. I say I know all this; but no one else shall know it. The next step is for you; I shall take no more steps; I will seal this with the seal of confession. If you ask me why, there are many reasons,

uns der Inspektor in der Schmiede herum! Ließe ich einen Kieselstein über diese Brüstung fallen, würde dieser ihn etwa mit der Wirkung eines Geschosses treffen. Ließe ich einen Hammer fallen – selbst einen kleinen Hammer...»

Wilfred Bohun schwang ein Bein über die Brüstung, doch Father Brown hatte ihn im Nu am Kragen.

«Nicht durch diese Tür», sagte er ganz sanft; «diese Tür führt zur Hölle.»

Bohun taumelte gegen die Mauer zurück und starrte ihn aus entsetzten Augen an.

«Wieso wissen Sie das alles?» rief er. «Sind Sie ein Teufel?»

«Ich bin ein Mensch», antwortete Father Brown ernst, «und habe daher alle Teufel im Herzen. Hören Sie mir zu!» sagte er nach kurzer Pause. «Ich weiß, was Sie getan haben – zumindest kann ich das meiste davon erraten. Als Sie von Ihrem Bruder weggingen, peinigte ein durchaus gerechter Zorn Sie so sehr, daß Sie sich den kleinen Hammer schnappten, halb entschlossen, den Bruder zu töten, noch während er seine schandbaren Sprüche im Munde führte. Sie scheuten aber vor der Tat zurück, steckten den Hammer unter ihren Rock und eilten in die Kirche. Dort beteten Sie nun inbrünstig an vielen Stellen, unter dem Fenster mit dem Engel, auf der Plattform darüber und auf einer noch höher gelegenen Plattform, von der aus Sie den orientalischen Hut des Obersten wie den Rücken eines krabbelnden grünen Käfers sehen konnten. Da machte etwas in Ihrer Seele ‹klick!›, und Sie ließen den Donnerkeil Gottes aus der Hand.»

Wilfred faßte sich mit matter Hand an den Kopf und fragte leise: «Woher wußten Sie, daß sein Hut wie ein grüner Käfer aussah?»

«Oh, das», sagte der andere mit dem Anflug eines Lächelns, «das war normaler Menschenverstand. Doch hören Sie weiter! Ich sage, ich weiß das alles; doch sonst soll es niemand erfahren. Den nächsten Schritt müssen Sie tun; ich gehe nicht weiter; ich verschließe alles mit dem Beichtsiegel. Wenn Sie mich fragen, warum – es gibt viele Gründe dafür, aber nur einen einzigen, der Sie betrifft. Ich überlasse die

and only one that concerns you. I leave things to you because you have not yet gone very far wrong, as assassins go. You did not help to fix the crime on the smith when it was easy; or on his wife, when that was easy. You tried to fix it on the imbecile, because you knew that he could not suffer. That was one of the gleams that it is my business to find in assassins. And now come down into the village, and go your own way as free as the wind; for I have said my last word."

They went down the winding stairs in utter silence, and came out into the sunlight by the smithy. Wilfred Bohan carefully unlatched the wooden gate of the yard, and going up to the inspector, said: "I wish to give myself up; I have killed my brother."

Sache Ihnen, weil Sie noch nicht sehr weit, wie Mörder sonst, vom rechten Wege abgekommen sind. Sie haben nicht mitgewirkt, das Verbrechen dem Schmied oder seiner Frau zur Last zu legen, als Sie das leicht hätten tun können. Sie haben versucht, es dem Schwachsinnigen zu unterschieben, weil Sie wußten, daß er dafür nicht büßen konnte. Das war einer von den Hoffnungsschimmern, die ich bei Mördern zu entdecken habe. Kommen Sie jetzt mit ins Dorf hinunter; ziehen Sie, frei wie der Wind, Ihres Weges; denn ich habe gesagt, was ich zu sagen hatte.»

Vollkommen verstummt stiegen sie die gewundene Treppe hinab und traten bei der Schmiede ins Sonnenlicht hinaus. Wilfred Bohun klinkte bedachtsam das hölzerne Gartentor auf, ging auf den Inspektor zu und sagte: «Ich möchte mich selber stellen; ich habe meinen Bruder getötet.»

In the little town of Trembley there is a blue lamp at the end of the main street, and under it is the doorway of the police-station, through which one evening of a summer's day went in a Mr. Crarson, who owned a house three or four miles from Trembley, and asked to see the inspector. A police-sergeant showed Mr. Crarson into a small room, in which the inspector was sitting at a table, Inspector Mullens. He got up to shake hands with Mr. Crarson, whom he knew, and asked him what he could do for him, and heard this odd story.

"I have come about a murder," he said.

"A murder, Mr. Crarson?" said the inspector. "Where has it happened?"

"It hasn't happened yet," said Crarson; "but I think it may, and it seems to me that it might be better to stop it than to hang the murderer afterwards."

"Certainly," said the inspector. "And who is it that is going to be murdered, if I may ask?"

"Me," said his visitor.

"You, Mr. Crarson?" said the inspector. "Who by?"

"By Mr. Tarland I think," said Crarson.

"Mr. Tarland? Mr. Tarland of Hiverwold? He'd never do such a thing, Mr. Tarland wouldn't. Why do you think that he has any design against you? Have you ever quarrelled?"

"No," said Crarson. "But he has invented a breakfast food, and put it upon the market."

"Oh, yes," said Inspector Mullens. "I know. We all know Tarland's Jimjims. I eat them myself. But may I ask why that should make him want to murder you?"

"Because I know how they are made," Crarson replied. "And Tarland knows that I know."

In der kleinen Stadt Trembley befindet sich am Ende der Hauptstraße eine blaue Lampe: sie hängt über der Tür zur Polizeistation. Durch diese Tür spazierte an einem Sommerabend Mr. Crarson hinein, der drei oder vier Meilen außerhalb von Trembley ein Haus besaß, und fragte, ob er den Inspektor sprechen könne. Ein Wachtmeister führte Mr. Crarson in ein kleines Zimmer, in dem der Inspektor an einem Tisch saß, es war Inspektor Mullens. Der erhob sich und reichte Mr. Crarson die Hand, denn er kannte ihn, und fragte, was er für ihn tun könne; er bekam folgende komische Geschichte zu hören.

«Ich komme wegen eines Mordes», sagte Mr. Crarson.

«Wegen eines Mordes?» fragte der Inspektor. «Wo ist er denn passiert?»

«Passiert ist er noch nicht», sagte Crarson, «aber ich glaube, er kann bald passieren, und ich finde, daß es besser ist, ihn zu unterbinden, als hinterher den Mörder zu hängen.»

«Natürlich», nickte der Inspektor. «Und wer, wenn ich fragen darf, soll ermordet werden?»

«Ich», sagte der Besucher.

«Sie, Mr. Crarson?» rief der Inspektor. «Von wem denn?»

«Ich glaube von Mr. Tarland», sagte Crarson.

«Von Mr. Tarland? Mr. Tarland aus Hiverwold? Nein, so etwas wird er nie tun. Nicht Mr. Tarland! Weshalb meinen Sie denn, er habe es auf Sie abgesehen? Hatten Sie Streit mit ihm?»

«Nein», sagte Crarson. «Aber er hat ein neues Frühstücksgericht erfunden und in den Handel gebracht.»

«Oh ja», sagte Inspektor Mullens. «Kenn ich. Wir kennen alle Tarlands Jimjims. Kenn ich. Eß ich selber. Aber darf ich fragen, wieso ihn das auf den Gedanken bringen könnte, Sie zu ermorden?»

«Weil ich weiß, woraus er sie macht», erwiderte Crarson. «Und Tarland weiß, daß ich's weiß.»

"Not as good as they're supposed to be, aren't they?" said the inspector.

"By no means," said Crarson.

"Well, I know there are secrets in trade," the inspector said. "And tradesmen may not like them to get out. But Mr. Tarland would never commit a murder on that account. Not a gentleman like him."

"They say there's a million behind Jimjims," said Crarson. "And even more. A man might do a lot to save a million."

"Not Mr. Tarland," said the inspector. "And besides, I eat Jimjims myself every day. So there can't be much harm in them."

"I know how they're made," said Crarson.

"Well, you may be right," the inspector said. "But he wouldn't commit a murder on that account."

"A man that would sell Jimjims would," said Crarson.

"Have you any evidence?" asked Inspector Mullens.

"Yes," said Crarson.

"Oh, you have? And may I ask what it is?"

"There is a bullet-hole in the window of my bedroom."

"Oh," said the inspector, "that is serious. I must come and look at the bullet-hole."

"Well, I wouldn't say a bullet-hole for certain," said Crarson; "but a round hole in a window-pane."

"I must come and see it," said Inspector Mullens. "When did it happen?"

"Yesterday, while I was out," said Crarson.

"Oh, while you were out. Then he didn't shoot at you?"

"He may have thought I was in, and hoped that the bullet might hit me."

«Sind sie nicht so gut, wie man erwartet, daß sie sind?» fragte der Inspektor.

«Nie und nimmer!» sagte Crarson.

«Tja, ich weiß schon, es gibt Geschäftsgeheimnisse», sagte der Inspektor. «Und daß sie bekannt werden, paßt den Geschäftsleuten sicher nicht. Aber deshalb würde Mr. Tarland noch lange keinen Mord begehen! Mr. Tarland ist ein Gentleman!»

«Es heißt, die Jimjims sind ein Millionengeschäft», sagte Crarson, «und mehr als das! Einer Million zuliebe tut der Mensch schon allerhand.»

«Nicht Mr. Tarland», sagte der Inspektor. «Und außerdem esse ich selber täglich Jimjims. Sie können also nicht allzu schädlich sein.»

«Ich weiß, woraus er sie herstellt», sagte Crarson.

«Gut, kann sein, daß es so ist», sagte der Inspektor. «Aber aus einem solchen Grund wird er doch keinen Mord begehen.»

«Jemand, der Jimjims auf den Markt bringt, ist dazu imstande.»

«Haben Sie Beweise?» fragte Inspektor Mullens.

«Ja», sagte Crarson.

«Oho, tatsächlich? Darf ich fragen, welche?»

«In meinem Schlafzimmerfenster ist ein Loch – wahrscheinlich von einer Kugel.»

«Oho», sagte der Inspektor. «Das klingt ernst! Da muß ich zu Ihnen hinausfahren und mir das Einschußloch ansehen.»

«Ich möchte nicht beschwören, daß es von einer Kugel herrührt. Aber jedenfalls ist in der Fensterscheibe ein rundes Loch.»

«Ich muß hinausfahren und es mir ansehen», wiederholte der Inspektor. «Wann ist es passiert?»

«Gestern, während ich aus war», sagte Crarson.

«Oho, während Sie aus waren? Dann hat er also gar nicht auf Sie gezielt?»

«Vielleicht hat er gehofft, ich sei zu Hause und die Kugel würde mich treffen.»

"Oh," said the inspector. "Not a very careful murderer."

"No," said Crarson. "But one doesn't like to have bullets flying about one's bedroom."

"Have you found the bullet?"

"No," said Crarson.

"We can't proceed to any action on your evidence," said the inspector, "if no bullet can be discovered. But I will come and look for myself. Don't allow anyone to enter the room till I come."

So Crarson returned to his house, and told his housemaid not to go to his bedroom. But she had already done the room and swept up a little broken glass, and seen the round hole in the window-pane and noticed nothing else unusual whatever.

And soon after, the inspector arrived. Strong and silent are words so often used to describe men that the phrase has become hackneyed, and yet I must use it to describe his car, for it had an uncanny way of slipping up a hill, and arrived at Crarson's house with only the slightest hum.

"Now, let's see the room where the shooting occurred," said he.

And Crarson led the way upstairs to his bedroom. And there was the window-pane with the round hole in the middle of it, about the size of a sixpence.

"There was a little broken glass," Crarson explained. "But my housemaid swept it up. I think we could get it for you, if you would care to see it."

"No, that won't be necessary," said the inspector, looking at the opposite wall. "But any bullet entering that window should have hit that wall, and I can see no mark on it. If it was fired from very close below, the slant could have taken the bullet into the ceiling. But there is no mark on the ceiling, and a shot from just under your window would have been surely heard by somebody in your

«Oho», sagte der Inspektor, «dann ist er aber kein sehr gründlicher Mörder.»

«Nein», sagte Crarson. «Aber es ist nicht sehr angenehm, wenn einem die Kugeln im Schlafzimmer herumfliegen.»

«Haben Sie eine Kugel gefunden?»

«Nein», sagte Crarson.

«Auf Ihr Zeugnis hin können wir nicht tätig werden», sagte der Inspektor, «wenn keine Kugel gefunden wurde. Aber ich will hinausfahren und selber nachsehen. Lassen Sie niemanden das Zimmer betreten, bevor ich komme.»

Crarson ging also wieder heim und sagte zum Hausmädchen, sie solle nicht in sein Schlafzimmer gehen. Aber die hatte das Zimmer bereits gemacht und dabei ein paar Glassplitter aufgefegt. Sie hatte das runde Loch in der Fensterscheibe gesehen, sonst aber nichts Ungewöhnliches bemerkt.

Bald danach kam der Inspektor. «Energisch» und «schweigend» sind Wörter, die so oft zur Beschreibung von Männern gebraucht werden, daß die Redensart abgedroschen ist; doch ich muß sie auf den Wagen des Inspektors anwenden; denn er hatte eine unheimliche Art, einen Hügel hinaufzugleiten – und fast unhörbar hielt er vor Crarsons Haus.

«So», sagte der Inspektor, «nun wollen wir mal das Zimmer sehen, in das hineingeschossen worden ist.»

Und Crarson führte ihn die Treppe hinauf in sein Schlafzimmer. Da war die Fensterscheibe mit dem runden Loch in der Mitte, ungefähr so groß wie ein Sixpence-Stück.

«Hier lagen ein paar Glassplitter», erklärte Crarson, «aber meine Haushälterin hat sie aufgefegt. Ich glaube, wir könnten die Splitter noch finden, falls Sie Wert darauf legen sollten.»

«Nein, das wird nicht nötig sein», sagte der Inspektor und betrachtete die gegenüberliegende Wand. «Jede Kugel, die in das Fenster eindrang, hätte diese Wand treffen müssen. Und ich sehe nicht die leiseste Spur. Wenn der Schuß von unten ganz aus der Nähe abgefeuert worden wäre, hätte er in die Decke gehen können. Aber auch an der Decke ist nichts zu sehen. Und einen Schuß von unmittelbar unter Ihrem Fenster hätte ja jemand im Hause hören müssen. Und in den

house. It couldn't have hit the floor unless it was fired from an aeroplane. Let us look at the wall more carefully."

So they looked at the wall, and the only mark they found was the mark of an old nail.

"Nothing hard enough there," said the inspector, "to have stopped a bullet and bounced it down to the floor. And there would have been some scratch on any such thing if there was. And your housemaid found no bullet. Nothing, you say, but a little broken glass. We can only assume that whatever the missile was bounced back from the broken glass. Not a very useful missile for murder. Still, we'll look outside."

And they looked outside on the lawn and nothing was there but one tiny triangular fragment that fitted the edge of the hole, and which flashed in the grass like a diamond, so that they easily saw it. Nothing else could they see.

"Well, Mr. Crarson," said the inspector, "I quite see that the break in your window has caused your anxiety. And your anxiety led you to complain to us. I am not blaming you. At the same time, we have a certain amount of work to get through, and . . ."

"I am very sorry," said Crarson.

"Oh, never mind," said the inspector. "It is just that we have these other things to do."

And then he was away in his powerful car.

For the rest of that day Crarson worried off and on about having gone to Trembley and troubled the police and having received the inspector's veiled rebuke.

And next morning, while he was downstairs, he heard a sound from his bedroom and ran up and found another hole in the same window-pane and some broken glass, and nothing else on the floor.

Only twenty-five yards in front of that window

Fußboden kann das Geschoß auch nicht eingedrungen sein, es sei denn, jemand hätte von einem Flugzeug aus geschossen. Untersuchen wir also mal die Wand genauer!»

Sie betrachteten die Wand, und das einzige Loch, das sie fanden, stammte von einem alten Nagel.

«Es ist auch nichts derartig Hartes da, was ein Geschoß abprallen und dann auf den Boden aufschlagen lassen konnte. Und wenn es so gewesen wäre, müßte ja auch mindestens ein Kratzer an so einem Gegenstand sein. Und Ihre Haushaltshilfe hat keine Kugel gefunden? Nichts als ein bißchen Glas, sagen Sie? Daraus kann man nur schließen, daß das Geschoß, was immer es auch gewesen sein mag, von der zerbrochenen Scheibe zurückgeprallt ist. Keine sehr wirkungsvolle Waffe für einen Mord! Immerhin, wir wollen draußen suchen.»

Sie sahen draußen auf dem Rasen nach und fanden nichts weiter als ein winziges dreieckiges Glassplitterchen, das in den Umriß des Loches paßte. Es blinkte im Grase wie ein Diamant, so daß sie es sofort bemerkten. Sonst sahen sie nichts.

Der Inspektor sagte: «Ich begreife, Mr. Crarson, daß das Loch in der Fensterscheibe Sie beunruhigt hat. Und Ihre Besorgnis hat Sie zu uns geführt. Ich mache Ihnen deswegen keine Vorwürfe. Aber andererseits haben wir auch eine Menge Arbeit, die getan sein will, und...»

«Es tut mir leid», sagte Crarson.

«Oh, es macht ja weiter nichts», sagte der Inspektor. «Es ist nur, weil wir auch noch anderes zu tun haben.»

Und schon war er weg in seinem großartigen Wagen.

Den Rest des Tages verbrachte Crarson damit, sich abwechselnd zu ärgern, daß er nach Trembley gefahren war und die Polizei belästigt – und, daß der Inspektor ihm durch die Blume einen Vorwurf daraus gemacht hatte.

Am nächsten Morgen, als er unten war, hörte er oben im Schlafzimmer ein Geräusch. Er rannte die Treppe hinauf und entdeckte ein neues Loch im gleichen Fenster, und wieder lagen ein paar Glassplitter auf dem Fußboden, weiter nichts.

Ungefähr zwanzig Meter vor dem Fenster war ein Rhodo-

was a rhododendron shrubbery, and the shrubbery ran up to a little wood. There had been no sound of a shot, but the housemaid from another room beside an open window had heard a noise from the shrubbery, which had sounded to her like an air-gun, though she did not describe it too precisely, for fear of incriminating her nephew by too exact knowledge, for he was armed with an air-gun and sometimes shot sparrows there when he should have been doing other work.

Crarson would not let the housemaid enter his bedroom, but took a look round, saw a fragment of broken glass, and went out and locked the door. Then he went to his telephone and rang up Inspector Mullens.

Inspector Mullens had arranged that morning to meet Mr. Tarland accidentally, and had talked to him about his licence for killing a pig, and gradually led the topic round to Crarson; and Tarland had shown no animosity against Crarson, beyond saying, "He is one of these food faddists." And Mullens had quickly decided that there was no quarrel on Tarland's part.

Dealing with Crarson was more difficult, for the man was obviously frightened, and seemed entirely convinced that Tarland intended, to quote the inspector's coarse metaphor when talking of the case to his sergeant, to 'do him in'.

"Please come over at once," Crarson said on the telephone.

But Inspector Mullens sent his sergeant. Sergeant Smegg came over in that fast car, and thoroughly inspected the room, and found some small fragments of glass on the carpet and no mark of a bullet whatever anywhere in the room.

This much he reported to the inspector, and added, "I saw a flea on his bed, sir."

"For goodness sake," said Inspector Mullens,

dendrongebüsch, das sich bis zu einem Wäldchen hinzog. Es hatte keinen Knall von einem Schuß gegeben, aber das Hausmädchen hatte in einem anderen Zimmer neben einem offenen Fenster ein Geräusch aus dem Gebüsch gehört, das an ein Luftgewehr erinnerte.

Nur beschrieb sie es nicht sehr genau, aus Angst, denn sie fürchtete, durch allzu gründliche Kenntnisse ihren Neffen in die Sache hineinzuziehen: der besaß ein Luftgewehr und schoß dort manchmal auf Spatzen, wenn er eigentlich andere Arbeit tun sollte.

Crarson ließ das Hausmädchen nicht ins Schlafzimmer, sondern sah sich allein darin um und entdeckte einen Glassplitter; er ging hinaus und schloß die Tür. Dann ging er zum Telefon und rief Inspektor Mullens an.

Inspektor Mullens hatte es einzurichten gewußt, an eben diesem Vormittag rein zufällig Mr. Tarland zu treffen. Er hatte mit ihm über die von ihm beantragte Genehmigung zum Schlachten eines Schweines gesprochen. Allmählich hatte er das Gespräch auf Crarson gebracht. Tarland hatte keine Feindseligkeit gegen Crarson gezeigt, sondern nur gesagt: «Auch einer von diesen Ernährungsaposteln!» Mullens hatte sehr schnell entschieden, daß es von Tarlands Seite keine Streitigkeiten gab.

Mit Crarson zurechtzukommen war schwieriger, denn der Mann hatte offenbar große Angst und schien völlig überzeugt, daß Tarland «ihn abmurksen wolle», um den taktlosen Ausdruck des Inspektors zu benützen, als er die Sache mit seinem Wachtmeister besprach.

«Bitte kommen Sie so schnell wie möglich her!» bat Crarson am Telefon.

Aber Inspektor Mullens schickte seinen Wachtmeister. Wachtmeister Smegg erschien – wieder in dem schnellen Wagen – und untersuchte das Zimmer sehr gewissenhaft. Er fand ein paar Glassplitter auf dem Teppich, aber keine Spur irgendeines Geschosses im ganzen Raum.

Dieses wenige berichtete er dem Inspektor. Er fügte hinzu: «Auf seinem Bett habe ich einen Floh gesehen.»

«Um Gottes willen!» sagte der Inspektor. «Erwähnen Sie

"say nothing of that. There's nothing gentlemen like less than anything of that sort. If we were to insult him by mentioning fleas (and he would take it as an insult) he'd be harder to manage than ever. Stick to the clues, which is what you were sent to find; and, whatever you do, don't be coarse."

"I'm sorry, sir," said the sergeant.

"He's a difficult man to deal with, you see," said Inspector Mullens.

"I quite understand, sir," said Sergeant Smegg.

Then the inspector telephoned to Mr. Crarson and told him that the sergeant's report, after thorough investigation, showed no dangerous missile whatever, and that the damage could have only been caused by boys with catapults or throwing some harmless thing, and that such boys would be traced and dealt with in due course.

Next morning it happened again. Still nothing more could be found than minute fragments of glass, and this time Crarson telephoned to Old Scotland Yard, dialling Blackfriars double O, double O, for he felt he would get no help from Inspector Mullens. He told them all that had happened, and they sent down a car that afternoon, and there were three men in it besides the policeman who drove it: They were an inspector, an authority upon poisons and another on germs.

Where the splinters of glass had lain they cut a strip from the carpet and took it away with them, locking up the room before they left, Crarson having had his bed, his brushes and razor removed to another room.

"That will be all right now, sir," said the inspector, "if you don't let anyone know outside the house that you have changed your room."

"But what do you think it is?" asked Crarson.

"We'll let you know in a few days, sir," said the inspector. "It will be all right."

das bloß nicht! So etwas wollen die Herren beileibe nicht hören. Wenn wir Crarson mit solchen Beleidigungen kommen und Flöhe erwähnen (er faßt es bestimmt als Beleidigung auf), dann werden wir überhaupt nicht mit ihm fertig. Halten Sie sich einzig an die Indizien, denn nur um die zu finden, sind Sie hingeschickt worden! Und vor allem: Keine Taktlosigkeiten!»

«Verzeihung, Sir», sagte der Wachtmeister.

«Es ist eben verdammt schwierig, mit ihm zurechtzukommen, verstehen Sie?»

«Ja, Sir, ich verstehe», sagte der Wachtmeister Smegg.

Dann rief der Inspektor Mr. Crarson an und berichtete: Der Bericht des Wachtmeisters habe gezeigt, daß bei gründlicher Untersuchung keine Spur eines gefährlichen Geschosses gefunden worden sei. Der Schaden könne nur durch Jungen verursacht worden sein, die mit Steinschleudern gespielt oder irgendetwas Harmloses geworfen hätten; diese Jungen würden sicher bald aufgegriffen und gehörig bestraft.

Am nächsten Morgen geschah das gleiche: Wieder wurde nichts gefunden als winzige Glassplitter, und diesmal rief Mr. Crarson das gute alte Scotland Yard an, indem er die Nummer Blackfriars 0000 wählte, denn er glaubte, daß er von Inspektor Mullens doch keine Hilfe zu erwarten habe. Er erzählte ihnen alles, was vorgefallen war, und am Nachmittag schickten sie einen Wagen, in dem außer dem Polizisten, der ihn steuerte, noch drei andere Männer saßen: ein Inspektor, ein Giftspezialist und ein Bazillenspezialist.

Dort, wo die Glassplitter gelegen hatten, schnitten sie ein Stückchen aus dem Teppich heraus; das nahmen sie mit. Bevor sie gingen, versperrten sie das Zimmer, nachdem Crarson sein Bett, seine Toilettensachen und sein Rasierzeug in einen anderen Raum geschafft hatte.

«Jetzt wird wohl alles in Ordnung sein, Sir», sagte der Inspektor. «Sie dürfen nur niemanden außerhalb des Hauses wissen lassen, daß Sie das Zimmer gewechselt haben.»

«Aber was, glauben Sie, kann es gewesen sein?»

«In ein paar Tagen werden wir Ihnen das sagen können», sagte der Inspektor. «Es wird alles in Ordnung sein.»

But it wasn't all right, for in a few days Crarson was dead. He died of plague. No germs were found on the carpet, under analysis, nor poison either. One thing the inspector from London had seen, though he didn't say so to Crarson, was that the glass on the floor was not the glass from the window: it was thinner than that, and was in fact the missile, a hollow glass bullet fired from some large kind of air-gun. It had broken the window and broken itself, and come in with its deadly contents. What those contents were the scientists from Old Scotland Yard never found out, though it was all pieced together afterwards, too late to save Crarson.

The only one who really discovered the fatal missile was Sergeant Smegg from Trembley, though he did not know what it was. He saw and reported a flea, but he did not know that it was a plague flea, something that through history has killed more men than artillery ever has done, and there were large numbers of them in Crarson's bed.

Where Tarland got the impregnated fleas nobody ever found out. But the funny thing was that he died, too. He must have been careless in handling the goods, as he would have probably called them; failing to see, as those men often do, that an evil he had intended for one of the mere public would come home to himself.

Aber es war durchaus nicht in Ordnung, denn nach ein paar Tagen war Crarson tot. Starb an der Pest. Bei der Analyse hatte man auf dem Teppich keine Bazillen und kein Gift gefunden. Doch eines hatte der Inspektor aus London bemerkt, worüber er natürlich nicht zu Crarson sprach: Die Glassplitter auf dem Teppich waren nicht das gleiche Glas wie das von der Fensterscheibe. Es war dünner. Und es war tatsächlich das Mordgeschoß: Eine hohle Glaskugel, die aus einer Art großem Luftgewehr abgeschossen worden war. Die Glaskugel hatte die Scheibe durchschlagen, und war dabei selbst zerbrochen und hatte sich ihres tödlichen Inhalts entledigt. Was das für ein Inhalt gewesen war, hatten die Spezialisten vom alten Scotland Yard nicht herausbekommen, obwohl man sich hinterher alles zusammenreimen konnte – zu spät, um Crarson zu retten.

Der einzige, der wirklich das verhängnisvolle Geschoß entdeckt hatte, war Wachtmeister Smegg aus Trembley gewesen, wenn er auch nicht wußte, was es war. Er sah und meldete einen Floh. Aber er wußte nicht, daß es ein Pestfloh war, ein Tier, das im Laufe der Geschichte mehr Menschen getötet hat als sämtliche Kanonen der Welt. Crarsons Bett wimmelte von diesen Flöhen.

Woher Tarland die verseuchten Flöhe bezog, bekam niemand je heraus. Das Komische war, daß er selber auch starb. Er muß unvorsichtig mit der «Ware» umgegangen sein, wie der die Flöhe wahrscheinlich genannt haben würde. Wie es solchen Leuten oft ergeht: Er hatte nicht bedacht, daß ein Übel, welches er einem Mitglied der menschlichen Gesellschaft zufügen wollte, auch ihn selber treffen könnte.

Out of the house came John Harrison and stood a moment on the terrace looking out over the garden. He was a big man with a lean, cadaverous face. His aspect was usually somewhat grim but when, as now, the rugged features softened into a smile, there was something very attractive about him.

John Harrison loved his garden, and it had never looked better than it did on this August evening, summery and languorous. The rambler roses were still beautiful; sweet peas scented the air.

A well-known creaking sound made Harrison turn his head sharply. Who was coming in through the garden gate? In another minute, an expression of utter astonishment came over his face, for the dandified figure coming up the path was the last he expected to see in this part of the world.

"By all that's wonderful," cried Harrison. "Monsieur Poirot!"

It was, indeed, the famous Hercule Poirot whose renown as a detective had spread over the whole world.

"Yes," he said, "it is. You said to me once: 'If you are ever in this part of the world, come and see me.' I take you at your word. I arrive."

"And I'm obliged," said Harrison heartily. "Sit down and have a drink."

With a hospitable hand, he indicated a table on the veranda bearing assorted bottles.

"I thank you," said Poirot, sinking down into a basket chair. "You have, I suppose, no sirup? No, no. I thought not. A little plain soda water then – no whisky." And he added in a feeling voice as the other placed the glass beside him: "Alas, my moustaches are limp. It is this heat!"

"And what brings you into this quiet spot?"

John Harrison kam aus dem Haus, blieb einen Augenblick auf der Terrasse stehen und blickte hinaus auf den Garten. Er war ein großer Mann mit einem hageren, leichenblassen Gesicht. Es wirkte gewöhnlich irgendwie grimmig. Wenn aber, wie jetzt, ein Lächeln seinen mürrischen Ausdruck milderte, hatte er etwas sehr Attraktives an sich.

John Harrison liebte seinen Garten, und der hatte nie schöner ausgesehen als an diesem Augustabend; sommerlich, wenngleich auch schon an den Herbst mahnend. Die Kletterrosen waren noch immer schön, und der süße Duft der Wicken würzte die Luft.

Ein wohlbekannter quietschender Ton veranlaßte Harrison, seinen Kopf abrupt zu wenden. Wer kam denn da durch das Gartentor? Im nächsten Augenblick huschte ein Ausdruck höchsten Erstaunens über sein Gesicht. Diese stutzerhafte Gestalt, die den Weg heraufkam, war die letzte, die er in diesem Teil der Welt erwartet hatte.

«Das ist ja wundervoll!» rief Harrison. «Monsieur Poirot!»

Es war tatsächlich der berühmte Hercule Poirot, dessen Ruf als Detektiv sich in der ganzen Welt ausgebreitet hatte.

«Ja», sagte er, «ich bin's. Sie sagten einmal zu mir: ‹Wenn Sie je in diese Gegend kommen, besuchen Sie mich.› Ich habe Sie beim Wort genommen, und hier bin ich.»

«Und ich bin hoch erfreut», entgegnete Harrison herzlich. «Setzen Sie sich. Darf ich etwas zu trinken anbieten?»

Mit einer einladenden Geste deutete er auf einen Tisch auf der Veranda, auf dem eine Anzahl Flaschen standen.

«Ich danke Ihnen», sagte Poirot und sank in einen Korbstuhl. «Sie haben wohl keinen Fruchtsaft? Nein, nein, ich dachte es mir schon. Ein wenig klares Sodawasser dann – keinen Whisky.» Und als der andere das Glas vor ihn hinstellte, fügte er mit gefühlvoller Stimme hinzu: «Mein Gott, mir ist der Schnauzer ganz schlaff von der Hitze!»

«Was führt Sie denn an diesen stillen Ort?» fragte Harri-

asked Harrison as he dropped into another chair. "Pleasure?"

"No, mon ami, business."

"Business? In this out-of-the-way place?"

Poirot nodded gravely. "But yes, my friend, all crimes are not committed in crowds, you know?"

The other laughed. "I suppose that was rather an idiotic remark of mine. But what particular crime are you investigating down here, or is that a thing I mustn't ask?"

"You may ask," said the detective. "Indeed, I would prefer that you asked."

Harrison looked at him curiously. He sensed something a little unusual in the other's manner. "You are investigating a crime, you say?" he advanced rather hesitatingly. "A serious crime?"

"A crime of the most serious there is."

"You mean . . ."

"Murder."

So gravely did Hercule Poirot say that word that Harrison was quite taken aback. The detective was looking straight at him and again there was something so unusual in his glance that Harrison hardly knew how to proceed. At last, he said: "But I have heard of no murder."

"No," said Poirot, "you would not have heard of it."

"Who has been murdered?"

"As yet," said Hercule Poirot, "nobody."

"What?"

"That is why I said you would not have heard of it. I am investigating a crime that has not yet taken place."

"But look here, that is nonsense."

"Not at all. If one can investigate a murder before it has happened, surely that is very much better than afterwards. One might even – a little idea – prevent it."

son, der sich ebenfalls auf einen Stuhl plumpsen ließ. «Vergnügen?»

«Nein, mon ami, Geschäfte.»

«Geschäfte? In diesem abgelegenen Flecken?»

Poirot nickte feierlich. «Aber ja, mein Freund. Verbrechen werden überall verübt, nicht wahr?»

Harrison lachte und meinte: «Ich glaube, das war eine ziemlich dumme Bemerkung von mir. Aber was für ein Verbrechen untersuchen Sie hier? Oder sollte ich danach lieber nicht fragen?»

«Sie dürfen fragen», erwiderte Poirot. «Ich freue mich sogar, daß Sie sich dafür interessieren.»

Harrison betrachtete ihn neugierig. Er bemerkte etwas Ungewöhnliches im Benehmen des anderen. «Sie untersuchen also ein Verbrechen, sagen Sie. Einen ernsten Fall?» fügte er zögernd hinzu.

«So ernst, wie es ihn nur gibt.»

«Sie meinen...»

«Mord.»

Hercule Poirot sprach dieses Wort so ernsthaft aus, daß Harrison regelrecht zurückfuhr. Der Detektiv blickte ihn an, und wieder lag etwas Sonderbares in seinem Gesicht, daß Harrison kaum wußte, wie er weiterreden sollte. Schließlich meinte er: «Aber ich habe nichts von einem Mord gehört.»

«Nein», antwortete Poirot. «Sie können nichts davon gehört haben.»

«Wer ist ermordet worden?»

«Bisher», sagte Poirot, «noch niemand.»

«Wie bitte?»

«Deshalb sagte ich ja: Sie können noch nichts davon gehört haben. Ich bin einem Verbrechen auf der Spur, das noch nicht verübt worden ist.»

«Aber ich bitte Sie, das ist doch Unsinn.»

«Keineswegs. Wenn jemand einen Mord aufspüren kann, bevor er verübt wurde, ist das gewiß viel zweckmäßiger als hinterher. Man könnte ihn sogar – das ist eine Idee von mir – verhindern.»

Harrison stared at him. "You are not serious, Monsieur Poirot."

"But yes, I am serious."

"You really believe that a murder is going to be committed? Oh, it's absurd!"

Hercule Poirot finished the first part of the sentence without taking any notice of the exclamation. "Unless we can manage to prevent it. Yes, mon ami, that is what I mean."

"We?"

"I said we. I shall need your co-operation."

"Is that why you came down here?"

Again Poirot looked at him, and again an indefinable something made Harrison uneasy.

"I came here, Monsieur Harrison because I – well – like you." And then he added in an entirely different voice: "I see, Monsieur Harrison, that you have a wasps' nest there. You should destroy it."

The change of subject made Harrison frown in a puzzled way. He followed Poirot's glance and said in a bewildered voice: "As a matter of fact, I'm going to. Or rather, young Langton is. You remember Claude Langton? He was at that same dinner where I met you. He's coming over this evening to take the nest. Rather fancies himself at the job."

"Ah," said Poirot. "And how is he going to do it?"

"Petrol and the garden syringe. He's bringing his own syringe over; it's a more convenient size than mine."

"There is another way, is there not?" asked Poirot. "With cyanide of potassium?"

Harrison looked a little surprised. "Yes, but that's rather dangerous stuff. Always a risk having it about the place."

Poirot nodded gravely. "Yes, it is deadly poi-

Harrison starrte ihn an. «Sie machen Spaß, Monsieur Poirot.»

«Aber nein, ich meine es ernst.»

«Sie glauben tatsächlich, daß ein Mord verübt werden wird? Aber das ist ja absurd!»

Hercule Poirot gab die Fortsetzung zum ersten Teil des Satzes, ohne von dem Ausruf Notiz zu nehmen. «Es sei denn, wir können ihn verhindern. Ja, mon ami, genau das meine ich.»

«Wir?»

«Ich sagte wir, denn ich werde Ihre Unterstützung brauchen.»

«Und deshalb sind Sie hierher gekommen?»

Wieder blickte Poirot ihn an, und erneut machte dieses undefinierbare Etwas Harrison unsicher.

«Ich bin hergekommen, Monsieur Harrison, weil ich – nun, weil ich Sie mag.» Und mit völlig veränderter Stimme fügte er hinzu: «Ich sehe, Sie haben dort ein Wespennest. Das sollten Sie vernichten, Monsieur Harrison.»

Erstaunt über diesen plötzlichen Wechsel des Gesprächsthemas, zog Harrison die Stirn in Falten. Er folgte Poirots Blick und meinte etwas verwirrt: «Tatsächlich, das habe ich auch vor, oder vielmehr, der junge Langton wird es tun. Erinnern Sie sich an Claude Langton? Er war bei der gleichen Abendgesellschaft, wo auch ich Ihre Bekanntschaft machte. Er kommt heute abend herüber, um das Nest auszuheben. Diese Arbeit macht ihm Spaß.»

«Aha», meinte Poirot. «Und auf welche Weise will er es machen?»

«Mit Petroleum und dem Gartenspritzgerät. Er will sein eigenes mitbringen, das hat eine handlichere Größe als meines.»

«Es gibt noch eine andere Möglichkeit, nicht wahr», fragte Poirot, «mit Zyankali?»

Harrison sah ihn etwas überrascht an. «Ja, aber das ist ein recht gefährliches Zeug. Immer ein bißchen riskant, es im Hause zu haben.»

Poirot nickte gewichtig. «Ja. Es ist ein tödliches Gift.»

son." He waited a minute and then repeated in a grave voice, "Deadly poison."

"Useful if you want to do away with your mother-in-law, eh?" said Harrison with a laugh.

But Hercule Poirot remained grave. "And you are quite sure, Monsieur Harrison, that it is with petrol that Monsieur Langton is going to destroy your wasps' nest?"

"Quite sure. Why?"

"I wondered. I was at the chemist's in Barchester this afternoon. For one of my purchases I had to sign the poison book. I saw the last entry. It was for cyanide of potassium and it was signed by Claude Langton."

Harrison stared. "That's odd," he said. "Langton told me the other day that he'd never dream of using the stuff; in fact, he said it oughtn't to be sold for the purpose."

Poirot looked out over the garden. His voice was very quiet as he asked a question. "Do you like Langton?"

The other started. The question somehow seemed to find him quite unprepared. "I – I – well, I mean – of course, I like him. Why shouldn't I?"

"I only wondered," said Poirot placidly, "whether you did." And as the other did not answer, he went on. "I also wondered if he liked you?"

"What are you getting at, Monsieur Poirot? There's something in your mind I can't fathom."

"I am going to be very frank. You are engaged to be married, Monsieur Harrison. I know Miss Molly Deane. She is a very charming, a very beautiful girl. Before she was engaged to you, she was engaged to Claude Langton. She threw him over for you."

Harrison nodded.

"I do not ask what her reasons were: she may have been justified. But I tell you this, it is not too

Er wartete einen Augenblick, dann wiederholte er langsam: «Tödlich.»

«Nützlich, wenn man seine Schwiegermutter beseitigen will, was?» sagte Harrison und lachte.

Aber Hercule Poirot blieb ernst. «Und Sie sind ganz sicher, Monsieur Harrison, daß es Petroleum ist, womit Monsieur Langton Ihr Wespennest ausräuchern will?»

«Ganz sicher. Warum?»

«Ich habe mich im stillen gewundert. Heute nachmittag war ich in der Apotheke in Barchester. Für eine meiner Besorgungen mußte ich im Giftbuch unterschreiben. Dabei sah ich die letzte Eintragung. Sie war für Zyankali, und sie war von Claude Langton unterzeichnet.»

Harrison schien zu überlegen. «Das ist komisch», sagte er. «Langton erzählte mir neulich, daß er nicht im Traum daran denke, dieses Zeug zu benutzen. Im Gegenteil, er sagte sogar, es dürfe zu diesem Zweck überhaupt nicht verkauft werden.»

Poirot schaute zu den Rosen hinüber. Seine Stimme klang sehr leise, als er fragte: «Mögen Sie Langton?»

Harrison stutzte. Auf diese Frage war er offenbar nicht vorbereitet. «Ich – ich, nun, ich meine, natürlich mag ich ihn. Warum sollte ich ihn nicht mögen?»

«Ich habe es mir nur so überlegt», bemerkte Poirot gelassen, «ob es so ist.» Und als der andere nicht antwortete, fuhr er fort: «Ich frage mich auch, ob er Sie leiden kann.»

«Worauf wollen Sie hinaus, Monsieur Poirot? Sie haben da irgendeinen Gedanken, und ich komme nicht dahinter.»

«Ich will ganz offen sein. Sie sind verlobt und wollen heiraten, Monsieur Harrison. Ich kenne Miss Molly Deane. Sie ist ein sehr charmantes und schönes Mädchen. Bevor sie mit Ihnen verlobt war, war sie Claude Langtons Braut. Aber sie hat sich für Sie entschieden.»

Harrison nickte.

«Ich möchte nicht wissen, welche Gründe sie dafür gehabt hat. Sie mögen gerechtfertigt sein. Aber ich sage Ihnen

much to suppose that Langton has not forgotten or forgiven."

"You're wrong, Monsieur Poirot. I swear you're wrong. Langton's been a sportsman; he's taken things like a man. He's been amazingly decent to me – gone out of his way to be friendly."

"And that does not strike you as unusual? You use the word 'amazingly', but you do not seem to be amazed."

"What do you mean, M. Poirot?"

"I mean," said Poirot, and his voice had a new note in it, "that a man may conceal his hate till the proper time comes."

"Hate?" Harrison shook his head and laughed.

"The English are very stupid," said Poirot. "They think that they can deceive anyone but that no one can deceive them. The sportsman – the good fellow – never will they believe evil of him. And because they are brave, but stupid, sometimes they die when they need not die."

"You are warning me," said Harrison in a low voice. "I see it now – what has puzzled me all along. You are warning me against Claude Langton. You came here today to warn me..."

Poirot nodded.

Harrison sprang up suddenly. "But you are mad, Monsieur Poirot. This is England. Things don't happen like that here. Disappointed suitors don't go about stabbing people in the back and poisoning them. And you're wrong about Langton. That chap wouldn't hurt a fly."

"The lives of flies are not my concern," said Poirot placidly. "And although you say Monsieur Langton would not take the life of one, yet you forget that he is even now preparing to take the lives of several thousand wasps."

Harrison did not at once reply. The little detective in his turn sprang to his feet. He advanced to

eines: Man kann sich doch leicht vorstellen, daß Langton es nicht vergessen oder vergeben hat.»

«Sie täuschen sich, Monsieur Poirot, ich schwöre es Ihnen. Langton hat die Sache sportlich hingenommen, wie ein Mann. Er war erstaunlich anständig zu mir und hat sich besonders bemüht, freundlich zu mir zu sein.»

«Und das finden Sie nicht auffallend? Sie benutzen das Wort ‹erstaunlich›, aber Sie scheinen nicht erstaunt zu sein.»

«Was meinen Sie, Monsieur Poirot?»

«Ich meine», entgegnete Poirot, und seine Stimme hatte eine neue Tönung, «daß ein Mann seinen Haß verbergen kann, bis die richtige Zeit gekommen ist.»

«Haß?» Harrison schüttelte den Kopf und lachte.

«Die Engländer sind sehr einfältig», schimpfte Poirot. «Sie glauben, sie könnten jedermann hintergehen, aber niemand könne sich dafür revanchieren wollen.» Und bedeutungsvoll setzte er hinzu: «Und weil sie mutig, aber dumm sind, müssen sie manchmal sterben, obwohl kein Grund dazu vorhanden ist.»

«Sie warnen mich», sagte Harrison mit leiser Stimme. «Ich verstehe jetzt, was mir die ganze Zeit unklar war. Sie wollen mich vor Claude Langton warnen. Und zu diesem Zweck sind Sie hergekommen.»

Poirot nickte.

Plötzlich sprang Harrison auf. «Sie sind ja verrückt! Wir leben in England. Solche Sachen passieren hier nicht. Hier laufen die enttäuschten Liebhaber nicht herum und rennen Leuten ein Messer in den Rücken oder vergiften sie. Sie irren sich bei Langton. Der Junge würde keiner Fliege etwas zuleide tun.»

«Das Leben der Fliegen ist nicht meine Sorge», meinte Poirot gelassen. «Und obgleich Sie behaupten, Monsieur Langton würde keiner einzigen das Leben nehmen, vergessen Sie anscheinend doch, daß er sich gerade darauf vorbereitet, das Leben von einigen hundert Wespen zu zerstören.»

Harrison antwortete nicht gleich. Nun sprang der kleine Detektiv auf die Füße. Er trat an seinen Freund heran und

his friend and laid a hand on his shoulder. So agitated was he that he almost shook the big man, and, as he did so, he hissed into his ear:

"Rouse yourself, my friend, rouse yourself. And look – look where I am pointing. There on the bank, close by that tree root. See you, the wasps returning home, placid at the end of the day? In a little hour, there will be destruction, and they know it not. There is no one to tell them. They have not, it seems, a Hercule Poirot. I tell you, monsieur Harrison, I am down here on business. Murder is my business. And it is my business before it has happened as well as afterwards. At what time does Monsieur Langton come to take this wasps' nest?"

"Langton would never..."

"At what time?"

"At nine o'clock. But I tell you, you're all wrong. Langton would never..."

"These English!" cried Poirot in a passion. He caught up his hat and stick and moved down the path, pausing to speak over his shoulder. "I do not stay to argue with you. I should only enrage myself. But you understand, I return at nine o'clock?"

Harrison opened his mouth to speak, but Poirot did not give him the chance. "I know what you would say: 'Langton would never', et cetera. Ah, Langton would never! But all the same I return at nine o'clock. But, yes, it will amuse me – put it like that – it will amuse me to see the taking of a wasps' nest. Another of your English sports!"

He waited for no reply but passed rapidly down the path and out through the door that creaked. Once outside on the road, his pace slackened. His vivacity died down, his face became grave and troubled. Once he drew his watch from his pocket and consulted it. The hands pointed to ten minutes past eight. "Over three quarters of an hour," he murmured. "I wonder if I should have waited."

legte ihm die Hand auf die Schulter. So beunruhigt schien er zu sein, daß er den großen Mann fast schüttelte. Dabei redete er eindringlich auf ihn ein.

«Wachen Sie auf, mein Freund! Wachen Sie auf. Und sehen Sie, sehen Sie dahin, wo ich hindeute. Dort auf die Bank, dicht bei dem Baumstumpf. Die Wespen kommen nach Hause. Ermüdet, am Ende des Tages. In einer Stunde werden sie sterben. Und sie wissen es noch nicht. Niemand kann es ihnen sagen. Die Wespen scheinen keinen Hercule Poirot zu haben. Ich sage Ihnen, Monsieur Harrison, ich bin geschäftlich hergekommen. Mord ist mein Geschäft. Und es ist mein Geschäft, bevor es passiert ist, genauso gut wie hinterher. Um welche Zeit kommt Langton, um das Wespennest auszuheben?»

«Langton würde nie...»

«Um wieviel Uhr?»

«Um neun. Aber ich sage Ihnen: Sie täuschen sich. Langton würde nie...»

«Ihr Engländer!» rief Poirot leidenschaftlich. Er nahm Hut und Stock und ging den Weg hinunter. Er blieb kurz stehen und sagte über die Schulter hin: «Ich will nicht bleiben und mit Ihnen streiten. Ich würde mich nur aufregen. Aber Sie verstehen – ich komme um neun Uhr wieder.»

Harrison öffnete den Mund, um zu sprechen, aber Poirot ließ ihm keine Gelegenheit. «Ich weiß, was Sie sagen wollen. Langton würde nie und so weiter. Trotz allem werde ich um neun Uhr wiederkommen. Nehmen Sie an, es würde mich amüsieren, beim Ausräuchern des Nestes dabeizusein. Auch so eine von euren englischen Sportarten!»

Er wartete keine Antwort ab, sondern schritt eilig den Weg hinunter und durch die quietschende Tür. Draußen auf der Straße verlangsamte er seinen Schritt. Mit seinem munteren Wesen war es aus. Sein Gesicht wurde ernst und besorgt. Er nahm seine Uhr aus der Tasche und sah nach, wie spät es war. Die Zeiger deuteten auf zehn Minuten nach acht. «Noch mehr als drei viertel Stunden», murmelte er, «ich weiß nicht, ob ich nicht doch hätte warten sollen!»

His footsteps slackened; he almost seemed on the point of returning. Some vague foreboding seemed to assail him. He shook it off resolutely, however, and continued to walk in the direction of the village. But his face was still troubled, and once or twice he shook his head like a man only partly satisfied.

It was still some minutes off nine when he once more approached the garden door. It was a clear, still evening; hardly a breeze stirred the leaves. There was, perhaps, something a little sinister in the stillness, like the lull before a storm.

Poirot's footsteps quickened ever so slightly. He was suddenly alarmed – and uncertain. He feared he knew not what.

And at that moment the garden door opened and Claude Langton stepped quickly out into the road. He started when he saw Poirot.

"Oh – er – good evening."

"Good evening, Monsieur Langton. You are early."

Langton stared at him. "I don't know what you mean."

"You have taken the wasps' nest?"

"As a matter of fact, I didn't."

"Oh," said Poirot softly. "So you did not take the wasps' nest. What did you do then?"

"Oh, just sat and yarned a bit with old Harrison. I really must hurry along now, Monsieur Poirot. I'd no idea you were remaining in this part of the world."

"I had business here, you see."

"Oh! Well, you'll find Harrison on the terrace. Sorry I can't stop."

He hurried away. Poirot looked after him. A nervous young fellow, good-looking with a weak mouth!

"So I shall find Harrison on the terrace," mur-

Seine Schritte wurden noch langsamer. Er war drauf und dran, wieder umzukehren. Eine ungewisse Vorahnung hatte ihn überfallen. Er schob sie aber tapfer beiseite und setzte seinen Weg ins Dorf fort. Aber sein Gesicht zeigte noch Unruhe, und einmal und noch einmal schüttelte er den Kopf wie jemand, der nur teilweise mit etwas einverstanden ist.

Es war ein paar Minuten vor neun, als er sich dem Gartentor wieder näherte. Der Abend war still und klar, und kein Lüftchen bewegte die Blätter. Etwas irgendwie Unheilvolles schien in dieser Stille zu liegen. Wie die Ruhe vor dem Sturm.

Poirot beschleunigte seine Schritte. Er war plötzlich von Nervosität gepackt und unsicher. Er fürchtete – er wußte nicht, was.

In diesem Augenblick öffnete sich die Gartentür, und Claude Langton trat mit raschem Schritt auf die Straße. Als er Poirot sah, blieb er stehen.

«Oh – äh – guten Abend!»

«Guten Abend, Monsieur Langton. Sie sind aber zeitig hier!»

Langton sah ihn starr an. «Ich weiß nicht, was Sie meinen.»

«Haben Sie das Wespennest ausgehoben?»

«Wieso? Nein.»

«Ach», sagte Poirot sanft, «Sie haben das Wespennest nicht ausgeräuchert. Was haben Sie dann getan?»

«Ach, nur so gesessen und mit dem guten Harrison ein bißchen geschwatzt. Ich muß mich jetzt wirklich beeilen, Monsieur Poirot. Ich hatte keine Ahnung, daß Sie es hier so lange aushalten würden.»

«Ich bin beruflich hier, wissen Sie.»

«Aha. Also, Sie werden Harrison auf der Terrasse vorfinden. Es tut mir leid, daß ich nicht bleiben kann.»

Er eilte fort. Poirot sah hinter ihm her. Ein nervöser junger Mann. Gut aussehend mit einem etwas weichlichen Mund.

«Also ich werde Harrison auf der Terrasse finden», mur-

mured Poirot. "I wonder." He went in through the garden door and up the path. Harrison was sitting in a chair by the table. He sat motionless and did not even turn his head as Poirot came up to him.

"Ah! Mon ami," said Poirot. "You are all right, eh?"

There was a long pause and then Harrison said in a queer, dazed voice, "What did you say?"

"I said – are you all right?"

"All right? Yes, I'm all right. Why not?"

"You feel no ill effects? That is good."

"Ill effects? From what?"

"Washing soda."

Harrison roused himself suddenly. "Washing soda? What do you mean?"

Poirot made an apologetic gesture. "I infinitely regret the necessity, but I put some in your pocket."

"You put some in my pocket? What on earth for?" Harrison stared at him.

Poirot spoke quietly and impersonally like a lecturer coming down to the level of a small child.

"You see, one of the advantages, or disadvantages, of being a detective is that it brings you into contact with the criminal classes. And the criminal classes, they can teach you some very interesting and curious things. There was a pickpocket once – I interested myself in him because for once in a way he had not done what they say he has done – and so I get him off. And because he is grateful he pays me in the only way he can think of – which is to show me the tricks of his trade.

"And so it happens that I can pick a man's pocket if I choose without his ever suspecting the fact. I lay one hand on his shoulder, I excite myself, and he feels nothing. But all the same I have managed to transfer what is in his pocket to my pocket and leave washing soda in its place.

melte Poirot. «Ich bin gespannt.» Er ging durch die Gartentür und schritt den Weg hinauf. Harrison saß bewegungslos am Tisch und wandte nicht einmal den Kopf, als Poirot auf ihn zukam.

«Hallo, mon ami», rief Poirot. «Geht's Ihnen denn gut, ja?»

Es entstand eine lange Pause, dann sagte Harrison mit belegter Stimme: «Was sagten Sie?»

«Ich fragte, ob es Ihnen gut geht.»

«Gut, ja. Es geht mir gut. Warum denn nicht?»

«Sie fühlen sich also nicht krank. Das ist schön.»

«Krank? Warum?»

«Vom Waschsoda.»

Harrison erhob sich mit einem Ruck. «Waschsoda? Wovon reden Sie?»

Poirot machte eine entschuldigende Geste. «Ich bedaure die Notwendigkeit unendlich, aber ich habe etwas in Ihre Tasche geschüttet.»

«Waschsoda in meine Tasche? Wozu, um Himmels willen» Harrison starrte ihn verständnislos an.

Poirot sprach leise und unpersönlich wie ein Dozent, der sich dem Niveau eines kleinen Kindes anpaßt.

«Sehen Sie, einer der Vor- und Nachteile, ein Detektiv zu sein, ist, daß man mit kriminellen Elementen in Kontakt kommt. Sie können einen eine Reihe ziemlich interessanter und eigenartiger Dinge lehren.

Da war einmal ein Taschendieb. Ich habe mich mit ihm beschäftigt, weil man ihm etwas vorwarf, das er nicht getan hatte. Ich erreichte, daß man ihn freiließ. Und weil er dankbar war, belohnte er mich auf seine Art. Er hat mir ein paar Tricks seines Gewerbes gezeigt.

Und so kommt es, daß ich jemandem in die Tasche greifen kann, ohne daß derjenige auch nur den kleinsten Verdacht schöpft. Ich lege eine Hand auf seine Schulter und lenke ihn ab. So gelingt es mir, das, was in seiner Tasche ist, in meine zu transferieren und statt dessen Waschsoda hineinzustopfen.

"You see," continued Poirot dreamily, "if a man wants to get at some poison quickly to put in a glass, unobserved, he positively must keep it in his right-hand coat pocket; there is nowhere else. I knew it would be there."

He dropped his hand into his pocket and brought out a few white, lumpy crystals. "Exceedingly dangerous," he murmured, "to carry it like that – loose."

Calmly and without hurrying himself, he took from another pocket a wide-mouthed bottle. He slipped in the crystals, stepped to the table and fied up the bottle with plain water. Then carefully corking it, he shook it until all the crystals were dissolved. Harrison wached him as though fascinated.

Satisfied with his solution, Poirot stepped across to the nest. He uncorked the bottle, turned his head aside, and poured the solution into the wasps' nest, then stood back a pace or two watching.

Some wasps that were returning alighted, quivered a little and then lay still. Other wasps crawled out of the hole only to die. Poirot watched for a minute, or two and then nodded his head and came back to the veranda.

"A quick death," he said. "A very quick death."

Harrison found his voice. "How much do you know?"

Poirot looked straight ahead. "As I told you, I saw Claude Langton's name in the book. What I did not tell you was that almost immediately afterward, I happened to meet him. He told me he had been buying cyanide of potassium at your request – to take a wasps' nest. That struck me as a little odd, my friend, because I remember that at that dinner of which you spoke, you held forth on the superior merits of petrol and denounced the buying of cyanide as dangerous and unnecessary."

"Go on."

Sehen Sie», fuhr Poirot träumerisch fort, «wenn ein Mann rasch an das Gift heran will, um es in ein Glas zu schütten, ohne beobachtet zu werden, muß er es unbedingt in seiner rechten Rocktasche haben. Es gibt keinen anderen Platz. Ich wußte, daß es dort war.»

Er schob seine Hand in die Tasche und brachte ein paar weiße kristalline Klümpchen hervor. «Äußerst gefährlich», murmelte er, «dieses Zeug so mit sich herumzutragen, so lose.»

Langsam und behutsam zog er aus der anderen Tasche eine Flasche mit weiter Öffnung. Er warf die Kristalle hinein, ging zum Tisch und füllte sie mit einfachem Wasser. Nachdem er sie sorgfältig verkorkt hatte, schüttelte er sie, bis sich alle Kristalle aufgelöst hatten. Harrison beobachtete ihn fasziniert.

Mit seiner Lösung zufrieden, ging Poirot auf das Wespennest zu. Er entkorkte die Flasche, wandte den Kopf ab und goß die Lösung mitten hinein. Dann trat er ein paar Schritte zurück.

Einige Wespen, die von ihrem Flug zurückkamen und sich niederließen, zitterten ein wenig, dann lagen sie still. Andere krochen aus dem Nest heraus – nur um zu sterben. Poirot beobachtete das ein paar Minuten, nickte mit dem Kopf und ging wieder zur Veranda zurück.

«Ein schneller Tod», sagte er, «ein sehr schneller Tod.»

Harrison fand seine Sprache wieder. «Wieviel wissen Sie?» fragte er.

Poirot sah ihn nicht an. «Wie ich Ihnen schon erzählte, sah ich Claude Langtons Namen in dem Giftbuch. Was ich Ihnen nicht sagte, war, daß ich ihn fast sofort danach zufällig traf. Er erzählte mir, daß er in Ihrem Auftrag Zyankali gekauft habe, um das Wespennest auszuräuchern. Das kam mir etwas seltsam vor, mein Freund, denn ich erinnerte mich, daß Sie bei diesem Abendessen, von dem Sie sprachen, den außerordentlichen Vorteil von Petroleum hervorhoben und die Beschaffung von Zyankali als gefährlich und überflüssig bezeichneten.»

«Fahren Sie fort.»

"I knew something else. I had seen Claude Langton and Molly Deane together when they thought no one saw them. I do not know what lovers' quarrel it was that originally parted them and drove her into your arms, but I realized that misunderstandings were over and that Miss Deane was drifting back to her love."

"Go on."

"I knew something more, my friend. I was in Harley Street the other day, and I saw you come out of a certain doctor's house. I know the doctor and for what disease one consults him, and I read the expression on your face. I have seen it only once or twice in my lifetime, but it is not easily mistaken. It was the face of a man under sentence of death. I am right, am I not?"

"Quite right. He gave me two months."

"You did not see me, my friend, for you had other things to think about. I saw something else on your face — the thing that I told you this afternoon men try to conceal. I saw hate there, my friend. You did not trouble to conceal it, because you thought there were none to observe."

"Go on," said Harrison.

"There is not much more to say. I came down here, saw Langton's name by accident in the poison book as I tell you, met him, and came here to you. I laid traps for you. You denied having asked Langton to get cyanide, or rather you expressed surprise at his having done so. You were taken aback at first at my appearance, but presently you saw how well it would fit in and you encouraged my suspicions. I knew from Langton himself that he was coming at half past eight. You told me nine o'clock, thinking I should come and find everything over. And so I knew everything."

"Why did you come?" cried Harrison. "If only you hadn't come!"

«Ich wußte noch etwas. Ich habe Claude Langton mit Molly Deane zusammen gesehen, als sie sich unbeobachtet glaubten. Ich weiß nicht, was für ein Zwist die beiden Liebenden damals auseinandergebracht und Molly in Ihre Arme getrieben hat, aber ich erkannte, daß die Mißstimmungen vorbei waren und daß Miss Deane zu ihrer alten Liebe zurückgefunden hatte.»

«Weiter!»

«Noch etwas wußte ich, mon ami. Ich war neulich in der Harley Street und sah Sie aus dem Hause eines ganz bestimmten Arztes kommen. Ich kenne ihn und weiß, wegen welcher Leiden man ihn konsultiert. Und ich sah den Ausdruck in Ihrem Gesicht. Ich habe ihn nur ein- oder zweimal in meinem Leben gesehen. Er ist unschwer zu deuten. Es war das Gesicht eines zum Tode verurteilten Mannes. Habe ich recht?»

«Sehr recht. Er gab mir noch zwei Monate.»

«Sie bemerkten mich nicht, mein Freund, denn Sie hatten anderes im Kopf. Ich konnte noch etwas erkennen, etwas, das Männer zu verbergen suchen, wie ich Ihnen heute nachmittag schon erklärte. Ich sah Haß in Ihnen, mein Freund. Sie machten sich nicht die Mühe, ihn zu verbergen, denn Sie fühlten sich unbeobachtet.»

«Und», fragte Harrison, «was sonst noch?»

«Es gibt nicht mehr viel zu sagen. Ich kam hierher, sah Langtons Namen zufällig im Giftbuch, wie ich Ihnen sagte, traf ihn und kam dann zu Ihnen. Ich stellte Ihnen Fallen. Sie bestritten, Langton beauftragt zu haben, Zyankali zu besorgen, oder besser gesagt, Sie spielten den Überraschten. Sie waren im Zweifel, als Sie mich sahen.

Aber dann erkannten Sie, wie gut alles zusammenpassen würde, und Sie unterstützten meinen Verdacht noch. Ich erfuhr von Langton selbst, daß er um halb neun kommen wollte. Sie sagten neun Uhr und dachten, bis ich käme, würde alles bereits vorbei sein. Und da wußte ich alles.»

«Warum sind Sie gekommen?» stöhnte Harrison. «Wenn Sie nur nicht gekommen wären!»

Poirot drew himself up. "I told you," he said, "murder is my business."

"Murder? Suicide, you mean."

"No." Poirot's voice rang out sharply and clearly. "I mean murder. Your death was to be quick and easy, but the death you planned for Langton was the worst death any man can die. He bought the poison; he comes to see you, and he is alone with you. You die suddenly, and the cyanide is found in your glass, and Claude Langton hangs. That was your plan."

Again Harrison moaned. "Why did you come? Why did you come?"

"I have told you, but there is another reason. I liked you. Listen, mon ami, you are a dying man; you have lost the girl you loved, but there is one thing that you are not; you are not a murderer. Tell me now: are you glad or sorry that I came?"

There was a moment's pause and Harrison drew himself up. There was a new dignity in his face – the look of a man who has conquered his own baser self. He stretched out his hand across the table.

"Thank goodness you came," he cried. "Oh, thank goodness you came."

Poirot stand auf. «Wie ich schon andeutete», sagte er, «Mord ist mein Geschäft.»

«Mord? Sie meinen Selbstmord.»

«Nein.» Poirots Stimme klang scharf und klar. «Ich meine Mord. Ihr Tod sollte schnell und leicht sein, aber der Tod, den Sie für Langton geplant hatten, war der schlimmste Tod, den ein Mann sterben kann. Er kauft das Gift, er kommt zu Ihnen, und er ist allein mit Ihnen. Sie sterben ganz plötzlich, und das Zyankali wird in Ihrem Glas gefunden. Claude Langton muß hängen. Das war Ihr Plan.»

Wieder stöhnte Harrison auf. «Warum sind Sie gekommen? Warum sind Sie gekommen?»

«Das habe ich Ihnen schon gesagt. Aber ich kam noch aus einem anderen Grund. Ich schätze Sie. Hören Sie zu, mon ami. Sie sind ein todkranker Mann. Sie haben das Mädchen, das Sie lieben, verloren. Aber das eine sind Sie nicht: Sie sind kein Mörder. Sagen Sie mir nun: Sind Sie froh oder unglücklich darüber, daß ich gekommen bin?»

Es entstand eine Pause. Dann erhob sich Harrison. In seinem Gesicht war eine neue Würde, der würdevolle Ausdruck eines Mannes, der sein eigenes Ich besiegt hat. Er streckte die Hand über den Tisch und rief:

«Dem Himmel sei Dank, daß Sie gekommen sind! O Gott, ja, ich bin froh.»

I am a man of day-dreams, and a doctor by profession. It was my lot when about forty years of age to inherit a large fortune, and I immediately set to work putting a design which had long occupied my mind into execution. I resolved to leave the thorny and struggling path, where I had often felt myself in my brother practitioners' way, and, buying a large site of ground in the vicinity of Hampstead, proceeded to build upon it a goodly mansion.

When the house was completed and the grounds laid out to the best advantage I took possession, and now unfolded my scheme to a brother doctor whom I had long respected and loved. He and I agreed to go into partnership, and, with the aid of some of our younger brothers of the medical profession, to open what we were pleased to call the Sanctuary Club. This was in the spring of 1890.

The rules of the club were as follows: It was to be opened to men and women of all ages and classes who chose to fulfil the necessary conditions. These were an entrance fee of £50, a yearly subscription of £10, and the still more important fact that the person, man or woman, who intended to become a member, was the victim of disease in one of its many forms. The primary object of the club was to cure maladies that were in any way curable without sending the patients from England.

This great institution, of which I had dreamed so long, was for the treatment of all sorts of disease on a hitherto unattempted scale. Here my friend Chetwynd and I could put into execution the boldest and most recent theories that other medical men, either from lack of means or courage, could not carry out. One of the chief features of the place was to be a special department where the latest

Ich bin ein Tagträumer und von Beruf Arzt. Es war mein Schicksal, im Alter von etwa vierzig Jahren ein großes Vermögen zu erben, und ich ging sofort daran, ein Vorhaben in die Tat umzusetzen, das mich im Geiste schon lange beschäftigt hatte. Ich faßte den Entschluß, den dornenreichen und mühsamen Pfad zu verlassen, auf dem ich oft das Gefühl gehabt hatte, meinen ärztlichen Kollegen im Weg zu sein, kaufte mir ein großes Grundstück in der Nähe von Hampstead und unternahm es, ein stattliches Wohnhaus darauf zu bauen.

Als das Haus fertig und der Garten aufs trefflichste angelegt war, zog ich ein und unterbreitete jetzt meinen Plan einem Kollegen, den ich seit langem geliebt und verehrt hatte. Er und ich kamen überein, eine Gemeinschaftspraxis zu führen und mit der Hilfe von einigen unserer jüngeren Ärztekollegen etwas zu eröffnen, was wir den Klub «Zuflucht» nennen wollten. Das war im Frühjahr 1890.

Die Klubregeln waren wie folgt: Der Klub sollte Männern und Frauen jeden Alters und Standes offenstehen, die bereit waren, die nötigen Bedingungen zu erfüllen. Diese waren: eine Eintrittsgebühr von 50 Pfund und ein Jahresbeitrag von 10 Pfund zu entrichten; zweitens, noch wichtiger: die Person, ob Mann oder Frau, die Mitglied werden wollte, mußte an einer Krankheit leiden, an irgendeiner der unzähligen Krankheiten. Vorrangiges Ziel des Klubs war die Heilung von Krankheiten, die auf irgendeine Art heilbar waren, ohne daß man die Patienten aus England fortschicken mußte.

Diese große Einrichtung, von der ich so lange geträumt hatte, galt der Behandlung aller Arten von Leiden in einem bislang nicht versuchten Umfang. Hier konnten mein Freund Chetwynd und ich die kühnsten und neuesten Theorien in die Praxis umsetzen, was anderen Ärzten, sei es aus Mangel an Mitteln oder an Mut, nicht möglich war. Eines der Hauptmerkmale der Anstalt sollte eine eigene Abteilung sein, in

and most up-to-date scientific theories could be realised, one in especial being an attempt at the production of artificial climates.

I had often been struck by the pertinacity with which my brother doctors had ordered patients to seek health resorts, either at home or abroad, when they were far too weak to travel. Thus some patients were sent to the sea, others to the neighbourhood of pine forests, others to high altitudes in order to enjoy the benefits of mountain air; others again to warm, others to cold or dry, climates. At the Sanctuary Club, we had, by virtue of our modern scientific knowledge, the means of producing such conditions artificially. Heat, cold, humidity, dryness, even barometric pressure, or any other required constituent of the air, were mere matters of mechanical or chemical detail. Mineral waters of the exact composition of those at the springs of home or Continental spas could be reproduced in our laboratory. Every appliance that science or art could suggest for the alleviation of suffering humanity would be worked by an efficient and well-qualified staff.

This had been my dream for years, and now, with the aid of my friend Henry Chetwynd, it was about to be realised. From the first our scheme proved attractive to those unfortunate members of the community who, suffering as they were, were only too keen to try a new thing. Our club opened with a hundred members, and before a year had expired we had nearly three hundred resident patients in the house.

Those members of the Sanctuary Club who only suffered from slight maladies could come occasionally for consultation, and at any time enjoy the benefit of our large reading and refreshment rooms, and our carefully laid out and luxurious grounds. But it was the indoor members, those who lived

der die neuesten und aktuellsten wissenschaftlichen Lehren verwertet werden konnten, besonders eine, die den Versuch darstellte, künstliche Klimata zu schaffen.

Mir war oft aufgefallen, wie beharrlich meine Kollegen manchen Patienten verordneten, Kurorte im In- oder Ausland aufzusuchen, obwohl diese Leute viel zu schwach zum Reisen waren. So wurden manche an die See geschickt, andere in die Nähe von Kiefernwäldern, wieder andere in große Höhen, um die wohltuende Bergluft zu genießen; manche in warme, andere in kalte oder trockene Gegenden. Im Klub «Zuflucht» hatten wir aufgrund unserer modernen wissenschaftlichen Erkenntnisse die Mittel, solche Bedingungen künstlich zu schaffen. Hitze, Kälte, Feuchtigkeit, Trockenheit, sogar der Luftdruck oder jede andere erforderliche Luftbeschaffenheit waren lediglich Sache bestimmter mechanischer oder chemischer Verfahren. Mineralwasser von genau derselben Zusammensetzung wie das der heimischen Quellen oder der Bäder auf dem Kontinent konnte in unserem Labor erzeugt werden. Jede Anwendung, zu der die Wissenschaft oder die ärztliche Kunst raten mochte, um der leidenden Menschheit Linderung zu verschaffen, sollte von einem leistungsfähigen, hochqualifizierten Personal vorgenommen werden.

Das war seit Jahren mein Traum gewesen, und jetzt sollte er mit Hilfe meines Freundes Henry Chetwynd verwirklicht werden. Von Anfang an fand unser Plan Zuspruch bei all den unglücklichen Mitbürgern, die, leidend wie sie waren, nur allzu gern etwas Neues erproben wollten. Unser Klub eröffnete mit hundert Mitgliedern, und ehe ein Jahr vorüber war, hatten wir fast dreihundert stationäre Patienten im Haus.

Diejenigen Mitglieder des Klubs «Zuflucht», die nur leicht erkrankt waren, konnten hin und wieder in die Sprechstunde kommen und jederzeit die Vorteile unserer großen Lese- und Erfrischungsräume sowie unserer sorgfältig angelegten, üppigen Gartenanlagen genießen. Aber gerade die stationären Mitglieder, jene, die unter unserem Dach wohnten, erregten

under our roof, who excited my keenest, strongest, and most life-long interest.

Strange cases came to my knowledge, stories of the most thrilling and absorbing interest fell to my lot to listen to and sympathise with. There were cases, and not a few, when it was my privilege and also my bounden duty to act not only as doctor but as personal friend. From time to time my brother doctor and I had to face adventures of the most thrilling and dangers of so hair-breadth a character, that even now my pulse quickens when I think of them.

The following story is only one of many:

THE DEATH CHAIR

Lady Helen Trevor was one of the earliest members of the club. She was a beautiful and distinguished-looking young woman of about thirty years of age. She herself belonged to the noble house of Hampton, but she had married a commoner of apparently colossal wealth. She was the Earl of Hampton's only daughter, but she had several brothers, and also two children of her own. The good things of life seemed to have fallen abundantly to her share – beauty, riches, and the devote love of an excellent husband – but nevertheless she was a victim. She suffered from an extraordinary kind of nervousness, which, without ever approaching the borderland of the insane, caused her sleepless nights and days of apprehension and misery.

When the first prospectus of the Sanctuary Club reached her, she eagerly availed herself of this chance of cure, and was speedily installed in the most comfortable suite of rooms in the house. Lady Helen was too courteous and kind-hearted to inflict her own sufferings on others; she was full of tact and sympathy, and soon became a vast fa-

meine lebhafteste, stärkste und meist das ganze Leben andauernde Teilnahme.

Ich lernte sonderbare Fälle kennen. Mir fiel das Los zu, überaus erregende, aufwühlende Geschichten anzuhören und mitzufühlen. Es gab Fälle, und zwar nicht wenige, in denen es mein Vorrecht und auch meine Pflicht und Schuldigkeit war, nicht nur als Arzt zu handeln, sondern als persönlicher Freund. Von Zeit zu Zeit mußten mein Praxiskollege und ich den haarsträubendsten Abenteuern ins Auge sehen und Gefahren trotzen, denen wir nur um Haaresbreite entgingen, so daß sich noch heute mein Puls beschleunigt, wenn ich daran denke.

Die folgende Geschichte ist nur eine von vielen:

DER TODESSTUHL

Lady Helen Trevor war eines der ersten Klubmitglieder. Sie war eine schöne, vornehm aussehende junge Frau von etwa dreißig Jahren. Sie gehörte dem adeligen Haus Hampton an, hatte aber einen anscheinend ungeheuer reichen Bürgerlichen geheiratet. Sie war die einzige Tochter des Grafen von Hampton, doch sie hatte mehrere Brüder und auch zwei eigene Kinder.

Die guten Dinge des Lebens schienen ihr im Übermaß zugefallen zu sein – Schönheit, Reichtümer und die hingebungsvolle Liebe eines ausgezeichneten Gatten –, nichtsdestotrotz war sie ein Opfer. Sie litt an einer außergewöhnlichen Art Nervenschwäche, die ihr, ohne sich je der Grenze zur Geisteskrankheit zu nähern, schlaflose Nächte und Tage voller düsterer Vorahnung und Trübsal verursachte.

Als der erste Prospekt des Klubs «Zuflucht» bei ihr eintraf, nutzte sie begierig diese Gelegenheit zur Heilbehandlung und wurde umgehend im komfortabelsten Appartement des Hauses untergebracht. Lady Helen war zu höflich und gutherzig, als daß sie andere mit ihren eigenen Leiden behelligt hätte. Sie war voller Rücksicht und Mitgefühl und war im Haus bald überaus beliebt. Sie konnte wunder-

vourite in the house. She could sing beautifully, could lead the games, make dull people bright and sad people merry, and in particular attracted the attention of another member of the club, a certain Señor Don Santos, who had also come to the Sanctuary seeking health and cure.

Don Santos lived in a large mansion called Roe House in the neighbourhood of Wimbledon Common, and was said to be not only very rich, but was also known to possess one of the finest private collections of art treasures in England. Don Santos and Lady Helen soon became great friends – they had many tastes in common, and used to spend hours talking about those gems of art, those priceless possessions, which, handed down from father to son, are the heirlooms of many families.

Don Santos, however, had not the same power of dissimulating his misery as Lady Helen had – Chetwynd believed him to be suffering from incipient insanity, and there were times when his moody eye and fierce and yet abstracted manner seemed abundantly to carry out this suggestion.

"I do not like the man," said Chetwynd; "he is either insane or he is a devil incarnate. I wish Lady Helen were not so friendly with him."

"You have taken a prejudice, Chetwynd," I said, looking at my friend.

Chetwynd gave me one of his quick glances. His was a curious personality, and it is impossible to continue this story without saying a few words about him. He was a little man, with a slightly deformed body, a plain face, and large head. But he had that sparkle and depth of meaning in his clear, golden brown eyes which often seem to be an accompaniment of physical deformity. It was in his power to express volumes by a single glance, and I often observed that he had more power over his patients than I ever hoped to possess. He was a

schön singen, konnte die Gesellschaftsspiele leiten, konnte teilnahmslose Leute anspornen und traurige Leute heiter stimmen. Insbesondere zog sie die Aufmerksamkeit eines weiteren Klubmitglieds auf sich, eines gewissen Señor Don Santos, der ebenfalls zum Klub gestoßen war, wo er Heilung und Gesundheit suchte.

Don Santos bewohnte ein weitläufiges Herrenhaus namens Roe House in der Nähe der Gemeindewiese von Wimbledon. Dem Vernehmen nach war er nicht nur sehr reich, sondern auch dafür bekannt, daß er eine der erlesensten Sammlungen von Kunstschätzen in England besaß. Don Santos und Lady Helen wurden bald enge Freunde – sie hatten viele gemeinsame Neigungen und pflegten stundenlang über die Prachtwerke der Kunst zu plaudern, jene unbezahlbaren Besitztümer, die, vom Vater an den Sohn weitergereicht, Erbstücke zahlreicher Familien sind.

Don Santos hatte jedoch nicht die gleiche Kraft, sein Leiden zu verbergen, wie Lady Helen. Chetwynd glaubte, daß er an beginnendem Irresein litt, und es gab Zeiten, in denen sein düsterer Blick und sein hitziges und dennoch zerstreutes Benehmen diese Vermutung überdeutlich zu bestätigen schien.

«Ich mag den Mann nicht», sagte Chetwynd, «entweder er ist verrückt, oder er ist ein leibhaftiger Teufel. Ich wollte, Lady Helen wäre nicht so freundlich zu ihm.»

«Sie erliegen einem Vorurteil, Chetwynd», sagte ich und sah meinen Freund an.

Er warf mir einen seiner raschen Blicke zu. Chetwynd war eine merkwürdige Persönlichkeit, und es ist unmöglich, mit dieser Geschichte fortzufahren, ohne ein paar Worte über ihn zu sagen. Er war ein kleiner Mann, mit einem leicht mißgestalteten Körper, einem unscheinbaren Gesicht und einem großen Kopf. Doch in seinen klaren, goldbraunen Augen hatte er jenes Funkeln und jene Tiefe des Ausdrucks, die so oft mit körperlicher Mißbildung einhergehen. Es stand in seiner Macht, mit einem einzigen Blick Bände zu sprechen, und ich bemerkte oft, daß er mehr Einfluß auf Patienten hatte, als ich je zu gewinnen hoffte. Er war ein Mensch,

man of few words, but his devotion to duty was unflinching and his indifference to danger almost stoical. There was little doubt that he was deeply imbued with the principles of some fine philosophy or faith. Also beneath his sphinx-like gravity there lurked a vein of rich humour, which made him, when he chose to exert himself, the best of companions.

Now, as he spoke of Don Santos he rose and paced up and down his room.

"I am sorry that the man has taken a liking to Lady Helen Trevor," he said, "but I am still more disturbed at his friendship for my own special protégé, John Ingram."

"Ah! you are devoted to Ingram; you almost spoil the lad," I could not help saying.

"No one could spoil one so simple-minded," answered my brother physician; "he is one of the best fellows I know, and his devotion to his mother is beyond all praise."

"What of his health?" I said.

"He is deriving benefit from our treatment," said Chetwynd, in a cheerful voice. "The paroxysms of neuralgic agony are much less frequent than of old – he will quite recover if he stays here long enough."

"By the way," I said, after a moment's pause, "you paid his entrance fee here, did you not?"

"What if I did?" was the somewhat vague answer.

Just then the step of a patient was heard in the corridor and I could not pursue the subject further.

That evening Lady Helen Trevor and Señor Don Santos had an eager conversation over an old casket, called the Catalini Casket, which had been for years in the Hampton family, and which Don Santos honestly said he would give the world to possess. Ingram joined in the talk, and I also was in-

der nicht viel sprach. Aber seine Hingabe an die Pflicht war unbeirrbar und seine Gleichgültigkeit gegenüber Gefahren beinahe stoisch. Es gab wenig Zweifel, daß er tief durchdrungen war von den Grundsätzen einer reinen Weltanschauung oder eines reinen Glaubens. Auch verbarg sich hinter seinem tiefgründigen Ernst eine prächtige humoristische Ader, die ihn, wenn er sich Mühe gab, zum allerbesten Kollegen machten.

Jetzt, da er von Don Santos sprach, stand er auf und ging im Zimmer auf und ab.

«Es tut mir leid, daß der Mann an Lady Helen Trevor Gefallen gefunden hat», sagte er, «doch ich bin noch mehr beunruhigt wegen seiner Freundschaft zu John Ingram, meinem ganz besonderen Schützling.»

«Oh! Sie kümmern sich ja sehr um Ingram. Sie verwöhnen den Burschen fast», diese Bemerkung konnte ich mir nicht verkneifen.

«Niemand könnte einen so schlichten Menschen verwöhnen», antwortete mein Kollege. «Er ist einer der besten Kerle, die ich kenne, und seine Anhänglichkeit gegenüber seiner Mutter kann gar nicht genug gerühmt werden.»

«Wie steht es um seine Gesundheit?» fragte ich.

«Unsere Behandlung tut ihm gut», sagte Chetwynd heiter. «Die heftigen Anfälle von Nervenschmerzen treten viel seltener auf als früher. Er wird sich ganz erholen, wenn er lang genug hier bleibt.»

«Übrigens», sagte ich nach kurzer Pause, «Sie haben ihm seine Aufnahmegebühr bezahlt, nicht wahr?»

«Und wenn es so wäre?» war die etwas ausweichende Antwort.

In diesem Augenblick hörte man den Schritt eines Patienten im Flur; ich konnte das Thema nicht weiter verfolgen.

Am selben Abend führten Lady Helen Trevor und Señor Don Santos ein lebhaftes Gespräch über ein altes Schatzkästchen, das sogenannte Catalinikästchen, das seit Jahren im Besitz der Familie Hampton war und für dessen Besitz Don Santos – «auf mein Wort!» sagte er – alles in der Welt gäbe. Ingram beteiligte sich an der Unterhaltung, und auch ich

terested by the lady's description of the matchless casket, made of an enormous onyx stone, and richly encrusted with diamonds, rubies, sapphires, and emeralds.

A few days later these three members of the club took their departure, all sounding its praises and promising to visit it again. Lady Helen returned to her husband and children; Señor Don Santos to resume the control of his magnificent museum; and John Ingram, who was a commission agent in the City, to his usual employment.

The Sanctuary Club was opened in the early spring of 1890, and it was in the late autumn of that year that I next saw Ingram. One afternoon, between five and six o'clock, he burst unceremoniously into my consulting-room.

"You must forgive me," he cried. "Chetwynd is out, or I would have seen him, but I cannot rest until I confide in someone, and you will tell Chetwynd, I know. The most splendid luck has fallen in my way. I can scarcely believe in my own good fortune."

"Sit down, Ingram," I said. "Why, how excited you look; what can have happened?"

"You know that we are poor, Dr Cato, and that but for Chetwynd's generosity I could never have afforded to join the club. What don't I owe to the Sanctuary Club – not only my recovery to health, but also the acquaintanceship of" – he hesitated and dropped his voice – "of those who will make my fortune. But there, I am under a promise no to mention names. Chetwynd may have told you how my mother looks to me for support – it is one of my day-dreams to have her to live with me. Well, I am in a fair way to have that day-dream realised. I am just about to receive a commission – five per cent on £7.000. That means £350, all earned in one day. Think of that for a novice!"

war gefesselt von der Beschreibung des unvergleichlichen Kästchens durch die Dame: es war aus einem riesigen Onyxstein gemacht und reich mit Diamanten, Rubinen, Saphiren und Smaragden verziert.

Einige Tage darauf reisten diese drei Mitglieder des Klubs ab. Alle sangen ein Loblied auf den Klub und versprachen, ihn wieder aufzusuchen. Lady Helen kehrte zu ihrem Gatten und ihren Kindern zurück, Señor Don Santos, um die Überwachung seines herrlichen Museums wieder aufzunehmen, und John Ingram, der Provisionsvertreter in der City war, zu seiner gewohnten Beschäftigung.

Der Klub «Zuflucht» wurde im zeitigen Frühjahr 1890 eröffnet, und es war im Spätherbst jenes Jahres, als ich Ingram das nächste Mal sah. Eines Nachmittags, zwischen fünf und sechs Uhr, platzte er ohne Umstände in mein Sprechzimmer.

«Sie müssen entschuldigen», rief er. «Chetwynd ist nicht hier, sonst wäre ich zu ihm gegangen, doch ich kann nicht zur Ruhe kommen, bis ich mich jemandem anvertraue, und Sie werden, das weiß ich, Chetwynd davon erzählen. Mir ist der herrlichste Zufall widerfahren. Ich kann kaum an mein eigenes Glück glauben.»

«Nehmen Sie Platz, Ingram!» sagte ich. «Sie sehen ja mächtig aufgeregt aus. Was ist denn geschehen?»

«Sie wissen, daß wir arm sind, Dr. Cato; ohne Chetwynds Großzügigkeit hätte ich mir den Beitritt zum Klub nie leisten können. Was verdanke ich nicht alles dem Klub «Zuflucht» – nicht nur die Wiederherstellung meiner Gesundheit, sondern auch die Bekanntschaft mit...» – er zögerte und sprach leiser – «denen, die für mein Glück sorgen werden. Wissen Sie, ich habe versprochen, keine Namen zu nennen. Chetwynd hat Ihnen vielleicht gesagt, wie sehr meine Mutter von mir Unterstützung erwartet – es ist ein Wunschtraum von mir, daß sie bei mir wohnt. Nun, ich bin auf dem besten Wege, daß dieser Traum in Erfüllung geht. Ich bin soeben im Begriff, eine Provision zu erhalten – fünf Prozent von 7000 Pfund. Das bedeutet 350 Pfund, alles an einem Tag verdient. Stellen Sie sich das für einen Anfänger vor!»

"But how have you done it?" I asked.

"Ah! that I cannot explain – I am bound to secrecy, but what I tell you is true. I will call again tomorrow, and if you like, will show you the cheque. Yes, I am a made man, for other commissions will doubtless follow from the same source. But I cannot stay another instant. Tell Chetwynd, and wish me luck, Dr Cato."

I did so heartily – I liked the bright-eyed, happy-looking young fellow, and could not but rejoice in his unlooked-for prosperity.

When Chetwynd returned I mentioned Ingram's visit. To my astonishment the little doctor looked grave and disturbed.

"I wish I had been at home," he said. "I don't like this a bit. Of course, it means –"

"What?" I interrupted.

"The Spaniard has a finger in this pie – I don't like it, Cato."

"Now, what do you mean?" I asked.

"Señor Don Santos was far too friendly with Ingram when they were both here. I distrust the man thoroughly. There is no doubt that on some points he is insane – he is also unscrupulous, and to attain his ends would stop at nothing."

"Oh! you are over-suspicious," was my answer. "There is no use in labelling any man scoundrel until he has proved himself one, and what the Spaniard has to do with Ingram beats my comprehension."

"Why, Paul, are you blind? Who else would give Ingram a commission of that magnitude? Doubtless, when he left here, he was going to Wimbledon. I don't like it at all; what is more, I have a good mind to follow him."

To this remark I made no reply. I knew that in certain moods my friend Chetwynd would brook no interference. If he chose to follow Ingram on a

«Wie haben Sie das angestellt?» fragte ich.

«Oh! das kann ich nicht erklären – ich bin zu Verschwiegenheit verpflichtet, doch was ich Ihnen sage, stimmt. Morgen werde ich wieder vorbeikommen und Ihnen, wenn Sie wollen, den Scheck zeigen. Ja, ich bin ein gemachter Mann, denn weitere Aufträge von derselben Hand werden sicher folgen. Aber ich kann nicht einen Augenblick länger bleiben. Sagen Sie Chetwynd Bescheid und wünschen Sie mir Glück, Dr. Cato!»

Das tat ich von Herzen. Ich mochte den glücklichen, den strahlenden jungen Burschen mit den strahlenden Augen und konnte mich über sein unerwartetes Glück nur freuen.

Als Chetwynd zurückkam, erwähnte ich Ingrams Besuch. Zu meinem Erstaunen blickte der kleine Arzt ernst und beunruhigt drein.

«Ich wollte, ich wäre zu Hause gewesen», sagte er. «Das gefällt mir ganz und gar nicht. Natürlich bedeutet es...»

«Was?» unterbrach ich.

«Daß da der Spanier die Hände im Spiel hat – mir gefällt das nicht, Cato.»

«Was meinen Sie damit?» fragte ich.

«Señor Don Santos war viel zu freundlich zu Ingram, als sie beide hier waren. Ich mißtraue dem Mann durch und durch. Es besteht kein Zweifel, daß er in mancher Hinsicht verrückt ist – auch ist er gewissenlos und würde vor nichts zurückschrecken, um seine Ziele zu erreichen.»

«Ach, Sie sind über Gebühr argwöhnisch», war meine Antwort. «Es hat keinen Zweck, jemanden einen Schurken zu nennen, bis er sich nicht als solcher erwiesen hat, und was der Spanier mit Ingram zu tun hat, übersteigt mein Vorstellungsvermögen.»

«Nun, Paul, sind Sie blind? Wer sonst würde Ingram einen Auftrag dieses Umfangs geben? Zweifellos ist er von hier weg nach Wimbledon gefahren. Mir gefällt das alles nicht. Außerdem habe ich gute Lust, ihm zu folgen.»

Auf diese Bemerkung erwiderte ich nichts. Ich wußte, daß in gewissen Stimmungen mein Freund Chetwynd keine Einmischung duldete. Wenn es ihm gefiel, einem Hirngespinst

wild-goose chase, it was his own affair. I thought little more of the circumstance during that evening, being much engaged with some anxious cases. Little did I guess the next news which was to reach me. About ten o'clock the following morning Chetwynd burst into my room. His face was white, and his big, queer-looking eyes were shining with a curious expression. He spoke very quietly, however.

"I was right in my conjectures," he said, and he dropped into a chair.

"What do you mean?" I cried.

"Ingram is dead."

"What?" I answered, springing to my feet.

"Yes — he was found dead this morning on Wimbledon Common. The following are the details." Chetwynd spoke in an almost monotonous voice, but I knew with what an effort he was keeping himself under control.

"You remember my words of last night? When I went to bed I could not sleep. Each moment I felt more fearful and uncomfortable. Finally I resolved to go to Wimbledon as soon as the day broke. I cycled over, and went in the direction of the Spaniard's place, Roe House. When I got within three hundred yards of the house I saw a crowd collected. I went up to them. They were clustered round John Ingram's dead body. The poor fellow had been found by one of the rangers. He was lying about three hundred yards from one of the main roads, beside a clump of gorse bushes. The man gave the alarm, and the police, when they arrived, said that he must have wandered or been decoyed off the road and murdered. But the point which astonishes and horrifies everyone is the merciless and brutal character of the murder. The assailant must have been possessed of superhuman strength, for Ingram had evidently been hurled to the ground with the utmost violence. Indeed, his injuries were

nachzujagen, war das seine Sache. Da ich intensiv mit einigen besorgniserregenden Fällen befaßt war, dachte ich während des Abends nur noch wenig an den Vorfall. Die nächste Neuigkeit, die mich erreichen sollte, traf mich ziemlich unvorbereitet. Am folgenden Morgen, um etwa zehn Uhr, stürmte Chetwynd in mein Zimmer. Sein Gesicht war bleich, und seine großen, eigenartigen Augen glänzten sonderbar. Er sprach jedoch sehr ruhig.

«Ich hatte mit meinen Vermutungen recht», sagte er und ließ sich in einen Sessel fallen.

«Was meinen Sie?» rief ich.

«Ingram ist tot.»

«Was?» antwortete ich und sprang auf.

«Ja – er wurde heute morgen tot auf der Gemeindewiese von Wimbledon aufgefunden. Und dies sind die Einzelheiten.» Chetwynd sprach mit fast eintöniger Stimme, doch ich wußte, wieviel es ihn kostete, daß er die Fassung bewahrte.

«Sie erinnern sich an meine Worte von gestern abend, ja? Als ich zu Bett ging, konnte ich nicht schlafen. Mit jedem Augenblick wurde mir ängstlicher und unbehaglicher zumute. Schließlich entschloß ich mich, sobald der Tag anbrach, nach Wimbledon zu fahren. Ich radelte hinüber und schlug die Richtung zum Grundstück des Spaniers, Roe House, ein. Als ich mich auf etwa dreihundert Yard dem Haus genähert hatte, sah ich eine Menschenmenge versammelt. Ich fuhr auf sie zu. Die Leute standen dicht gedrängt um John Ingrams Leichnam. Der arme Kerl war von einem der Forstaufseher gefunden worden. Er lag etwa dreihundert Yard von einer der Hauptstraßen entfernt, neben einer Gruppe von Stechginsterbüschen. Der Mann schlug Alarm, und als die Polizei eintraf, sagte sie, er müsse von der Straße weggewandert oder weggelockt und ermordet worden sein. Doch der Punkt, der jedermann verwundert und entsetzt, ist die gnadenlose und viehische Art der Ermordung. Der Angreifer muß übermenschliche Kraft besessen haben, denn Ingram war offensichtlich mit äußerster Heftigkeit zu Boden geschleudert worden. Seine Verletzungen waren in der Tat

so extensive and his fractures so numerous, that it seems almost impossible that the murder was the work of any one human being. Another strange thing is that there are no marks round the spot to give evidence of a struggle. It is all most horrible. I cannot understand it."

"Do you still hold to your queer opinions with regard to Don Santos?" I asked, when I could find my voice.

"I do and I don't. The whole thing is inexplicable: unless he threw the poor fellow from a balloon, I have not the slightest idea how he killed him. Well, Ingram is dead past recall. I pity his poor mother. I wish to God I had gone to Wimbledon last night."

I started up.

"I will go to Wimbledon myself," I said. "I cannot rest until I know more."

Chetwynd said nothing to dissuade me — he looked queer and unlike himself. I took the next train to town, and arrived at the scene of the murder in the course of the morning. Poor Ingram's body had been removed, in preparation for the coroner's inquest, to the nearest inn. I was admitted to see him, and heard the opinions of many experts who had been called in. One and all denied that the murder was the work of a human being, though they frankly admitted that they could offer no suggestion as an alternative argument. I personally could give no information except a report of Ingram's last words to me on the previous day. Suddenly it flashed through my mind that I would call upon Señor Don Santos and tell him the whole story. He had been interested in Ingram. If Chetwynd's surmise was right, he had something to do with the large commission which the poor fellow was to earn. Roe House was situated on the edge of the Common. The house itself was large and built

so umfänglich und seine Brüche so zahlreich, daß es fast unmöglich scheint, der Mord sei von irgendeinem Menschen begangen worden. Eine weitere Seltsamkeit ist, daß um die Stelle herum keine Spuren vorhanden sind, die von einem Kampf Zeugnis ablegen. Es ist alles überaus schrecklich. Ich kann es nicht verstehen.»

«Halten Sie noch immer an Ihren eigenartigen Ansichten über Don Santos fest?» fragte ich, als ich die Sprache wieder finden konnte.

«Ja und nein. Die ganze Sache ist unerklärlich: sofern er den armen Kerl nicht von einem Ballon aus abwarf, habe ich nicht die geringste Vorstellung, wie er ihn getötet hat. Nun, Ingram ist unwiderruflich tot. Mir tut seine arme Mutter leid. Wäre ich doch schon gestern abend nach Wimbledon gefahren!»

Ich sprang auf.

«Ich will selber nach Wimbledon», sagte ich. «Ich finde keine Ruhe, bis ich mehr weiß.»

Chetwynd sagte nichts, um mich davon abzubringen – er sah sonderbar aus, gar nicht wie er selbst. Ich nahm den nächsten Zug in die Stadt und kam im Lauf des Vormittags am Schauplatz des Mordes an. Der Leichnam des armen Ingram war zur Vorbereitung auf die gerichtliche Leichenschau in das nächstgelegene Wirtshaus geschafft worden. Ich durfte hinein, um ihn zu sehen, und hörte die Ansichten vieler Fachleute, die zugezogen worden waren. Samt und sonders schlossen sie aus, daß der Mord das Werk eines menschlichen Wesens war, obgleich sie offen zugaben, daß sie keine andere Vermutung in Vorschlag bringen konnten. Ich selbst konnte keine Auskunft geben außer einen Bericht über Ingrams letzte Worte zu mir am Tag zuvor.

Plötzlich schoß es mir durch den Kopf, daß ich bei Señor Don Santos vorsprechen und ihm die ganze Geschichte erzählen könnte. Er hatte sich für Ingram interessiert. Wenn Chetwynds Vermutung stimmte, hatte er etwas mit der großen Provision zu tun, die der arme Kerl verdienen sollte. Roe House stand am Rande der Gemeindewiese. Das Haus selbst war weit-

in the modern style. It was surrounded by private grounds, and there were thick trees growing up almost to the front door.

I rang the bell. It was answered immediately by a demure-looking, elderly servant in livery. In reply to my query he told me that his master was within, and invited me to enter. I was shown into a lofty dining-room sumptuously furnished. I was in no mood, however, to notice the antique oak and rare vases of old Sèvres and Chelsea porcelain which decorated the walls. The Spaniard entered. He held out his hand with a pleasant greeting.

"It is kind of you to call, Dr Cato," he said. "I'm pleased to see you."

"I have come", I answered, "not only to see you, señor, but to acquaint you with a painful affair."

"What is that?" he asked.

"You remember Ingram – that nice young fellow who you were so kind to when staying at the Sanctuary in the spring?"

"I remember him perfectly."

"I have just seen his dead body."

Don Santos started, and his swarthy face turned pale.

"Ingram dead?" he cried, after a pause; "that accounts. But I am interrupting you, Dr Cato; when and how did he die?"

"He was found this morning three hundred yards from your gate, injured almost past recognition, dead, foully murdered."

Don Santos was quite silent for a moment; then he said, slowly:

"And you have called here because you thought this news would interest me?"

"I called for a double reason," I replied. "First, because your friendship for the poor fellow entitled you to know of his death, and partly because I

läufig und im modernen Stil gebaut. Es war von Privatgrundstücken umgeben, und dicke Bäume wuchsen fast bis zum Haupteingang hin.

Ich klingelte. Sofort kam ein gesetzt aussehender älterer Diener in Livree. Auf meine Frage sagte er, sein Herr sei zu Hause, und er bat mich einzutreten. Er führte mich in ein vornehmes, prächtig möbliertes Speisezimmer. Ich war jedoch nicht in Stimmung, dem alten Eichenholz und den seltenen Vasen aus altem Sèvres- und Chelseaporzellan, welche die Wände zierten, Beachtung zu schenken. Der Spanier kam herein. Er streckte mit einem freundlichen Gruß die Hand aus.

«Es ist nett von Ihnen, daß Sie mich besuchen, Dr. Cato», sagte er. «Freut mich, Sie zu sehen.»

«Ich bin nicht nur gekommen, um Sie zu besuchen, Señor», antwortete ich, «sondern um Sie mit einer schmerzlichen Angelegenheit bekannt zu machen.»

«Worum handelt es sich?» fragte er.

«Sie erinnern sich an Ingram – jenen netten jungen Burschen, zu dem Sie so wohlwollend waren, als Sie sich im Frühjahr im Klub «Zuflucht» aufhielten?»

«Ich erinnere mich genau an ihn.»

«Ich habe soeben seinen Leichnam gesehen.»

Don Santos fuhr auf, und sein dunkelhäutiges Gesicht wurde blaß.

«Ingram tot?» rief er nach einer Pause. «Das ist die Erklärung. Aber ich unterbreche Sie, Dr. Cato. Wann und wie starb er denn?»

«Man fand ihn heute morgen dreihundert Yard von Ihrem Tor entfernt, fast bis zur Unkenntlichkeit entstellt, tot, gemein ermordet.»

Don Santos war einen Augenblick lang ganz still; dann sagte er langsam:

«Und Sie haben mich aufgesucht, weil Sie glauben, diese Nachricht würde meine Anteilnahme hervorrufen?»

«Ich kam aus einem doppelten Grund», erwiderte ich. «Erstens, weil Ihre Freundschaft zu dem jungen Menschen Sie berechtigt, von seinem Tod zu erfahren, und insbeson-

hoped that you might be able to throw light on a ghastly occurrence."

"I did not murder him, if that is what you mean," answered Don Santos.

"If I thought that I should scarcely have asked to see you," was my reply.

He laughed.

"My dear fellow, forgive an unseemly joke. The fact is, your news has unnerved me. Unfortunately, I can throw what will be a very lurid light on this affair. But tell me first — have you seen Ingram lately?"

"I saw him last evening. He came to bring Chetwynd and myself an excellent piece of news. A friend, whose name he would not divulge, had given him a magnificent commission — he was nearly beside himself with joy."

"He would not give you the name of his friend?"

"No."

"I can supply it. I am the person. Two days ago I learned, through a mere accident, that the celebrated pearl necklace in the Forsyth collection was to be sold yesterday at Christie's. As I did not wish to appear in the matter, I commissioned Ingram to buy it for me, giving him power to bid as high as £7.000. I had a telegram from him yesterday, which I can show you, saying that he had secured the necklace for my figure, and would bring it to me in the course of the evening. I waited up for him until past midnight; he did not appear, and I went to bed."

"Then you never received the necklace?"

"No."

"This is most important. Of course, the poor fellow was robbed and murdered, for there was nothing of value on his person. The coroner is probably now at the Sign of the Dragon; will you come with me?"

dere, weil ich hoffte, Sie könnten in der Lage sein, einen gräßlichen Vorfall zu erhellen.»

«Ich habe ihn nicht umgebracht, wenn Sie das meinen», antwortete Don Santos.

«Wenn ich das dächte, würde ich kaum gebeten haben, Sie zu sprechen», erwiderte ich.

Er lachte.

«Mein lieber Herr, verzeihen Sie einen unziemlichen Scherz. Tatsache ist, daß Ihre Nachricht meinen Nerven zusetzt. Leider kann ich auf diese Sache ein Licht werfen, ein sehr gespenstisches Licht. Doch sagen Sie mir zuerst – haben Sie Ingram vor kurzem gesehen?»

«Ich habe ihn zuletzt gestern abend gesehen. Er kam, um Chetwynd und mir eine ausgezeichnete Neuigkeit zu übermitteln. Ein Freund, dessen Namen er nicht preisgeben wollte, hatte ihm einen großartigen Geschäftsauftrag erteilt – er war vor Freude fast außer sich.»

«Den Namen seines Freundes wollte er nicht nennen?»

«Nein.»

«Ich kann ihn nennen. Der Mann bin ich. Vor zwei Tagen erfuhr ich durch reinen Zufall, daß das berühmte Perlenhalsband aus der Sammlung Forsyth gestern bei Christie's verkauft werden sollte. Da ich in der Angelegenheit nicht in Erscheinung zu treten wünschte, beauftragte ich Ingram, es für mich zu kaufen, und gab ihm Vollmacht, bis zu einer Höhe von 7000 Pfund zu bieten. Ich erhielt gestern von ihm ein Telegramm, das ich Ihnen zeigen kann, aus dem hervorgeht, daß er das Halsband für meinen Betrag ersteigert hatte und es mir im Laufe des Abends bringen wollte. Ich blieb auf und wartete auf ihn bis nach Mitternacht. Er kam nicht, und ich ging zu Bett.»

«Dann haben Sie das Halsband nie erhalten?»

«Nein.»

«Das ist höchst wichtig. Natürlich wurde der arme Kerl ausgeraubt und ermordet, denn er hatte nichts von Wert mehr bei sich. Der amtliche Untersuchungsrichter ist jetzt vermutlich im ‹Wirtshaus zum Drachen›. Wollen Sie mitkommen?»

"Willingly," answered Don Santos. He put on his hat and accompanied me. His evidence was given quietly. It, of course, supplied a motive for the murder; but how the deed was accomplished, how the murderers got away, and where the celebrated necklace now was, remained wrapped in mystery.

Time went on and nothing transpired to throw light upon the occurrence. Everything conceivable was done, the most unlikely clues followed up, but the police had at last to confess that they were nonplussed.

One afternoon, towards the end of the following May, I was walking in my grounds when I was attracted by the arrival of a cab just outside the principal entrance. A tall lady, in deep mourning, but rather shabbily dressed, got out and walked up the drive. She paused when she saw me, hesitated, and then raising her eyes, said:

"Am I addressing Dr Paul Cato?"

"That is my name," I answered; "is there anything I can do for you?"

"I am Mrs Ingram," was her reply. "You knew my son and were kind to him. May I speak to you in private for a few moments?"

"Certainly," I said, much interest coming into my voice. I took the lady immediately into my private study. Closing the door, I asked her to seat herself.

"I knew your son well", I remarked, "and took a deep interest in him. His death has caused me the greatest pain."

She raised her hand to interrupt my words.

"I beg of you to allude as little as possible to personal feelings in this matter," she said. "It is with an effort I can keep my grief under control, and I do not mean – I am determined not – to give way."

Her face changed from red to white as she spoke

«Gern», antwortete Don Santos. Er setzte den Hut auf und begleitete mich. Seine Aussage machte er ruhig. Sie lieferte natürlich ein Motiv für den Mord.

Aber wie die Tat ausgeführt wurde, wie die Mörder entkamen, und wo das berühmte Halsband jetzt war, blieb rätselhaft.

Die Zeit verging, und nichts wurde bekannt, was den Vorfall hätte erhellen können. Alles Erdenkliche wurde getan, man ging den unwahrscheinlichsten Hinweisen nach, doch letzten Endes mußte die Polizei bekennen, daß sie nicht mehr weiter wußte.

Eines Nachmittags, gegen Ende des folgenden Mai, ging ich auf meinem Grundstück spazieren, als die Ankunft einer Droschke vor dem Haupteingang meine Aufmerksamkeit fesselte. Eine hochgewachsene Dame, ganz in Trauer, doch ziemlich armselig gekleidet, stieg aus und kam den Fahrweg herauf. Als sie mich sah, hielt sie inne, zögerte, hob dann die Augen und sagte:

«Spreche ich mit Herrn Dr. Paul Cato?»

«Der bin ich», antwortete ich, «kann ich etwas für Sie tun?»

«Ich bin Mrs. Ingram», war ihre Antwort. «Sie kannten meinen Sohn und waren gut zu ihm. Darf ich Sie kurz unter vier Augen sprechen?»

«Gewiß», sagte ich, wobei viel Teilnahme in meine Stimme floß. Ich führte die Dame sogleich in mein Arbeitszimmer. Während ich die Türe schloß, bat ich Sie, Platz zu nehmen.

«Ich kannte Ihren Sohn gut», bemerkte ich, «und interessierte mich sehr für ihn. Sein Tod hat mir allergrößten Schmerz bereitet.»

Sie hob die Hand, um mich zu unterbrechen.

«Ich bitte Sie, so wenig wie möglich auf persönliche Gefühle in dieser Sache anzuspielen», sagte sie. «Es kostet mich Mühe, meinen Kummer zu beherrschen, und ich denke nicht daran – dazu bin ich entschlossen – mich ihm zu überlassen.»

Während sie sprach, entwich alle Farbe aus ihrem Gesicht,

and her lips trembled. After a moment, however, she spoke very quietly.

"I want to talk business with you – do you understand?"

"Perfectly," I said.

"It is my intention to trace this murder to its source. I have come here for the purpose. I would have seen you before, Dr Cato, but after the shock of my son's death I was ill. A blank surrounds that dreadful time – I had fever and, luckily for myself, was unconscious. I have now recovered, and have one object left in life. I mean to bring the man who deprived my boy of his young existence to the gallows."

"My hand on it, madam," I could not help saying – "your wish is mine."

"Thank you," she answered. A sudden fire filled her dark eyes, the colour rushed into her cheeks.

"If that object can be effected I shall die happy," she continued. "Now may I ask you one or two questions?"

"As many as you please."

"Will you give me, quietly and impartially, an exact account of the murder – the appearance of the body when it was found, where it was found, and everything else?"

I complied – I told the mother of the murdered man the whole sad history. She would not allow me to shirk anything, nor did I try to. When I had done she said:

"My son knew Señor Don Santos. The señor lives on Wimbledon Common. His house is called Roe House. My son wrote to me constantly about him: the Spaniard had evidently attracted him to a remarkable degree. How far from the spot where the body was found is the residence of Don Santos?"

"The body was found about three hundred yards from Roe House," was my reply.

und ihre Lippen zitterten. Nach einer Weile sprach sie jedoch sehr ruhig.

«Ich möchte über etwas Geschäftliches mit Ihnen reden – verstehen Sie?»

«Durchaus», sagte ich.

«Es ist meine Absicht, diesen Mord bis zu seinem Ursprung zurückzuverfolgen. Deshalb bin ich hierher gekommen. Ich hätte Sie schon eher aufgesucht, Herr Doktor, doch nach dem Schock, den der Tod meines Sohnes auslöste, war ich krank. Eine Leere umgibt jene fürchterliche Zeit – ich hatte Fieber und war, zum Glück für mich, bewußtlos. Jetzt habe ich mich gefaßt und habe nur noch ein einziges Ziel auf Erden. Ich beabsichtige, den Mann, der meinem Kind sein junges Leben raubte, an den Galgen zu bringen.»

Ich konnte nicht anders als sagen: «Sie haben meine Hilfe, Ihr Wunsch ist auch der meine.»

«Danke», antwortete sie. Ein plötzliches Feuer erfüllte ihre dunklen Augen, und Farbe schoß ihr in die Wangen.

«Wenn dieses Ziel erreicht werden kann, will ich glücklich sterben», fuhr sie fort. «Darf ich Ihnen jetzt eine oder zwei Fragen stellen?»

«So viele, wie sie wollen.»

«Wollen Sie mir, ruhig und ohne falsche Rücksichten, eine genaue Schilderung des Mordes geben – wie der Körper aussah, als man ihn fand, wo man ihn fand, und sonst alles?»

Ich willigte ein – ich erzählte der Mutter des Ermordeten die ganze traurige Geschichte. Sie wollte nicht zulassen, daß ich mich um etwas drückte. Ich versuchte es auch nicht. Als ich fertig war, sagte sie:

«Mein Sohn kannte Señor Don Santos. Der Señor wohnt an der Gemeindewiese von Wimbledon. Sein Haus heißt Roe House. Mein Sohn schrieb mir ständig von ihm: der Spanier hatte es ihm offensichtlich in auffallendem Maße angetan. Wie weit ist die Stelle, wo man den Leichnam fand, von Don Santos' Wohnsitz entfernt?»

«Der Leichnam wurde etwa dreihundert Yard von Roe House entfernt gefunden», erwiderte ich.

"Ah," she said, "I thought as much. Has no one seen Don Santos in connection with the murder?"

"I visited him immediately afterwards. He told me he had commissioned your son to buy him a valuable necklace. He expected your son to visit him on the evening when the murder was committed in order to hand him over the necklace, when your son was to receive his commission, a sum amounting to £350. Ingram never reached Roe House, and beyond doubt the murderer absconded with the necklace."

"So that is Don Santos's story," replied Mrs Ingram, very slowly. "Will you listen to me? I have every reason to believe – nay more, I am certain of the fact – that my son did visit Señor Don Santos on the evening of the day on which he was murdered, and did hand him over the necklace. I have more than one reason for the very firm opinion which I have formed. In the first place, Don Santos is not a man of honour."

"Now, what can you mean?" I said.

"He commissioned my son to purchase a valuable necklace, telling him that he might bid as high as £7.000 for it. My son was to bring him the necklace, and on receipt of it he was to be paid £7.000 and his own commission of five per cent. My son, reckless with joy at the thought of securing so large a sum, had borrowed the £7.000 from a dealer in order to go to Christie's to pay for the necklace. On my son's murder, this dealer, Robertson by name, applied to Don Santos to restore the money, declaring that the order was practically his, and that he ought to make good the loss. Don Santos absolutely declined to pay one penny."

"And how has the debt been met?" I asked.

"By me, Dr Cato. All I possess in the world of ready capital has been raised to clear my son's honour. I have paid Mr Robertson to the last far-

«Oh», sagte sie, «so etwas dachte ich mir schon. Hat niemand einen Zusammenhang zwischen Don Santos und dem Mord gesehen?»

«Ich habe ihn hinterher aufgesucht. Er sagte mir, er habe Ihren Sohn beauftragt, ihm ein wertvolles Halsband zu kaufen. Er habe erwartet, daß Ihr Sohn an dem Abend, als der Mord geschah, ihn aufsuche, um ihm das Halsband auszuhändigen. Ihr Sohn sollte dann seine Provision erhalten, eine Summe, die sich auf 350 Pfund belief. Ingram kam nie in Roe House an, und zweifellos machte sich der Mörder mit dem Halsband aus dem Staub.»

«Das ist also die Darstellung von Don Santos», erwiderte Mrs. Ingram sehr langsam. «Mögen Sie mir bitte zuhören? Ich habe allen Grund zu der Annahme – nein: ich bin mir sogar sicher –, daß mein Sohn am Abend des Tages, an dem er ermordet wurde, Señor Don Santos besucht und ihm tatsächlich das Halsband ausgehändigt hat. Ich habe mehr als einen Grund für die felsenfeste Meinung, die ich mir gebildet habe. Erstens: Don Santos ist kein Ehrenmann.»

«Nun, was wollen Sie damit sagen?» sagte ich.

«Er beauftragte meinen Sohn, ein wertvolles Halsband zu kaufen, und sagte ihm, er könne bis zu 7000 Pfund dafür bieten. Mein Sohn sollte ihm das Halsband bringen und nach dessen Aushändigung 7000 Pfund und seine eigene Provision von fünf Prozent ausgezahlt bekommen. Mein Sohn, sorglos vor Freude bei dem Gedanken, sich einen so großen Betrag zu sichern, hatte sich die 7000 Pfund von einem Händler geliehen, um zu Christie's zu gehen und das Halsband zu bezahlen. Als mein Sohn ermordet worden war, wandte sich der Händler – er heißt Robertson – an Don Santos, damit dieser das Geld erstatte, wobei er erklärte, der Auftrag stamme ja in Wirklichkeit von ihm; er, Don Santos, sollte für den Verlust aufkommen. Don Santos weigerte sich entschieden, einen Pfennig zu bezahlen.»

«Und wie ist die Schuld beglichen worden?» fragte ich.

«Durch mich, Herr Doktor. Ich habe alles, was ich an verfügbarem Kapital besitze, aufgeboten, um die Ehre meines Sohnes reinzuwaschen. Ich habe Mr. Robertson bis zum

thing. I have now nothing in the world to live on but a small annuity which I inherited from my husband of £ 50 a year."

I felt my heart beat high with indignation. There was nothing to say, however, and the widow proceeded:

"My other reason for believing that there has been foul play is one account of a dream, a curious and very vivid dream which I had."

"Indeed," I said, gravely. I naturally did not believe in dreams, but the face of the woman opposite to me, in its intense and tragic earnestness, forbade a smile.

"I can guess something of your thought, Dr Cato," she continued, "but there are dreams which have elements of truth in them. Let me tell you mine. On the night when my boy was murdered, I dreamt that he visited Don Santos at Roe House, that he gave the Spaniard the pearl necklace, and sat with him for a time on the wide veranda of his house."

"I did not know the house had a veranda!" I exclaimed.

"In my dream I saw a veranda with great distinctness. It was on the second floor. This veranda was enclosed by a stone balustrade, and there were several deck chairs about and some small, round tables. My son and Don Santos sat there together that night and smoked. My dream was so vivid that I could almost hear what they were saying, and I noticed the expression on the Spaniard's face. I tell you, Dr Cato, it was diabolical. I would have seen you before on the subject of my dream but for my queer illness. That dream was not sent to me for nothing."

"Go on," I said, "what followed? You say you heard Don Santos speak and you saw his face. What came next?"

letzten Heller bezahlt. Jetzt habe ich überhaupt nichts zum Leben, bis auf eine kleine jährliche Rrente von 50 Pfund, die ich von meinem Mann geerbt habe.»

Ich bekam vor Entrüstung heftiges Herzklopfen. Doch ich schwieg – was hätte ich sagen sollen! Die Witwe fuhr fort:

«Mein anderer Grund zu glauben, daß ein falsches Spiel getrieben wurde, ist ein Traum, ein sonderbarer und sehr lebhafter Traum, den ich hatte.»

«Wirklich», sagte ich mit Bedacht. Natürlich glaubte ich nicht an Träume, doch das Gesicht der Frau mir gegenüber, in seinem angestrengten, erschütternden Ernst, verbot einem das Lächeln.

«Ich kann einigermaßen erraten, was Sie denken, Herr Dr. Cato», fuhr sie fort, «aber es gibt Träume, in denen etwas Wahres steckt. Lassen Sie mich den meinen erzählen. In der Nacht, in der mein Junge ermordet wurde, träumte ich, daß er Don Santos im Roe House besucht hat und daß er dem Spanier das Perlenhalsband gegeben hat und mit ihm eine Zeitlang auf der breiten Veranda seines Hauses gesessen hat.»

«Ich wußte nicht, daß das Haus eine Veranda hat!» rief ich aus.

«In meinem Traum habe ich sehr deutlich eine Veranda gesehen. Sie war im zweiten Stock. Diese Veranda war von einer Steinbrüstung umschlossen, und es standen da mehrere Liegestühle sowie ein paar runde Tischchen herum. Dort haben mein Sohn und Don Santos an dem Abend beisammengesessen und geraucht. Mein Traum war so lebhaft, daß ich beinahe hören konnte, was sie sagten, und mir fiel der Gesichtsausdruck des Spaniers auf. Ich sage Ihnen, Herr Dr. Cato, der war teuflisch. Ich hätte Sie schon früher wegen meines Traumes aufgesucht, wenn nicht meine eigenartige Krankheit gewesen wäre. Dieser Traum ist mir nicht umsonst geschickt worden.»

«Fahren sie fort!» sagte ich. «Was geschah dann? Sie sagen, daß Sie Don Santos sprechen hörten und sein Gesicht sahen. Was kam danach?»

"Nothing," she replied; "a great blackness fell over me — I no longer saw the figures on the veranda. I awoke struggling for breath and screaming. I do not know any more."

"Then owing to your dream you are under the impression that Don Santos is connected with the murder?"

"He is at the bottom of the whole thing," she replied.

I sat silent for a few moments, Mrs Ingram facing me. Her eyes, with that look of absolute confidence in them, were uncanny; the firm conviction of her words could not but impress me. Chetwynd would doubtless have shared her suspicions, but I could scarcely give credence to her story. Because a woman dreamt a ghastly dream, was a person, to all appearance innocent, to be accused of crime? Nevertheless, Don Santos must be a scoundrel not to have made some effort to replace the £7.000 which Ingram had borrowed to purchase the necklace.

"What can I do for you?" I said, after a pause.

"This," she replied, instantly — "I want you to go and see the Spaniard. I cannot go myself, for the moment he saw me he would be on his guard. Pay him a friendly visit, and find out if there is such a veranda to the house as I have just described. Get him to talk about my son: watch him closely. If you will do this for me, it is all I ask. He does not suspect you; will you go, and at once?"

"I have not the slightest objection to visiting Don Santos," I said, after a pause, "and if it will relieve your mind I will call upon him."

"Then, go now, this afternoon — there is no time to lose."

Her wild words impelled me. I had nothing special to do, and started off for Wimbledon within the hour. I was admitted to Don Santos's presence. He received me quietly and with his usual courtesy.

«Nichts», erwiderte sie. «Eine tiefe Dunkelheit ist über mich gekommen – ich habe die Gestalten auf der Veranda nicht mehr gesehen. Nach Atem ringend und schreiend bin ich aufgewacht. Mehr weiß ich nicht.»

«Dann haben Sie also aufgrund Ihres Traumes den Eindruck, daß Don Santos mit dem Mord zu tun hat?»

«Er ist der Drahtzieher in der ganzen Sache», erwiderte sie.

Ich saß eine kleine Weile da und schwieg, Mrs. Ingram mir gegenüber. Ihre Augen, die eine unbedingte Gewißheit zeigten, waren unheimlich. Die feste Überzeugung in ihren Worten mußte mich einfach beeindrucken. Chetwynd hätte sicherlich ihren Argwohn geteilt. Aber ich konnte ihrer Geschichte kaum Glauben schenken. Weil eine Frau einen unheimlichen Traum hatte – sollte man deshalb eine allem Anschein nach unschuldige Person eines Verbrechens bezichtigen? Allerdings war es unanständig, daß Don Santos sich nicht bemüht hatte, die 7000 Pfund zu ersetzen, die Ingram geborgt hatte, um das Halsband zu kaufen.

«Was kann ich für Sie tun?» fragte ich nach einer Weile.

«Folgendes», erwiderte sie sofort, «ich möchte, daß Sie den Spanier aufsuchen. Ich selber kann es nicht, denn sobald er mich sähe, wäre er auf der Hut. Machen Sie einen freundschaftlichen Besuch und erkunden Sie, ob an seinem Haus eine solche Veranda ist, wie ich sie eben beschrieben habe. Bringen Sie ihn dazu, über meinen Sohn zu sprechen, und beobachten Sie ihn genau. Wenn Sie das für mich tun wollen – es ist alles, worum ich bitte. Ihnen gegenüber ist er nicht argwöhnisch. Wollen Sie hingehen? Gleich jetzt?»

«Ich habe nicht die geringsten Bedenken, Don Santos zu besuchen», sagte ich nach kurzer Pause, «und wenn es Ihr Herz erleichtert, werde ich bei ihm vorsprechen.»

«Dann gehen Sie jetzt, heute nachmittag – es ist keine Zeit zu verlieren.»

Ihre wilden Worte drängten mich. Ich hatte nichts Besonderes zu tun und begab mich noch in derselben Stunde nach Wimbledon. Ich wurde zu Don Santos vorgelassen. Er empfing mich ruhig und mit gewohnter Höflichkeit.

"I am delighted to see you, Dr Cato," he said. "I was just writing to you."

"What about?" I asked.

"I want to pay a visit to the Sanctuary next week. I am not well; some of my old painful symptoms have reappeared. Chetwynd had a soothing influence over me – his treatment served me marvellously. Can you take me in next week?"

"With pleasure," I answered, "but I am sorry you are feeling indisposed."

"It has been coming on gradually. Chetwynd will soon restore me to my normal health. By the way, you don't look too well yourself, Dr Cato. You have quite a haggard look in your eyes. You take poor Ingram's murder to heart. That will never do. By the way, has any fresh light been thrown upon the mysterious affair since I saw you last?"

"None whatever," I answered.

"Ah," he said, looking thoughtful; "it is one of those mysteries which will not be revealed until the Day of Judgment. Now that you have come, Doctor, I shall insist on your dining with me."

I thought for a moment, and then determined to accept the invitation. Don Santos rang his bell and gave directions to a servant who appeared. Not long afterwards he and I found ourselves seated at a little oval table in the big dining-room. As we ate my host talked well and brilliantly. Certainly he was an interesting man, and his knowledge of art treasures was extensive.

The meal lasted for over an hour, and during that time I had almost forgotten Mrs. Ingram, her curious dream, and her nameless suspicions. The dream, however, and the suspicions were revived when Don Santos said, in a hearty voice:

"The night is fine – let us go up and smoke on the veranda."

"The veranda!" I could not help exclaiming.

«Ich bin erfreut, Sie zu sehen, Herr Dr. Cato», sagte er. Soeben habe ich Ihnen geschrieben.»

«Weswegen?» fragte ich.

«Ich möchte nächste Woche dem Klub «Zuflucht» einen Besuch abstatten. Ich fühle mich nicht wohl. Einige meiner alten Schmerzen sind wieder aufgetreten. Chetwynd hatte einen beruhigenden Einfluß – seine Behandlung bekam mir wunderbar. Können Sie mich nächste Woche aufnehmen?»

«Mit Vergnügen», antwortete ich, «doch es tut mir leid, daß Sie sich unpäßlich fühlen.»

«Es ist allmählich gekommen. Chetwynd wird mir bald wieder zu meiner einstigen Gesundheit verhelfen. Übrigens sehen Sie selber nicht allzu gut aus, Dr. Cato. Ihr Blick ist ziemlich verstört. Sie nehmen sich die Ermordung des armen Ingram zu Herzen. Das führt zu nichts. Hat man denn neue Erkenntnisse über die geheimnisvolle Angelegenheit gewonnen, seitdem ich Sie zuletzt gesehen habe?»

«Überhaupt keine», antwortete ich.

«Ach», sagte er und blickte nachdenklich, «es ist eines jener Geheimnisse, die erst am Tag des Jüngsten Gerichts aufgedeckt werden. Jetzt, da Sie gekommen sind, Herr Doktor, bestehe ich darauf, daß Sie mit mir speisen.»

Ich überlegte einen Augenblick und entschied dann, die Einladung anzunehmen. Don Santos klingelte. Es erschien ein Diener, dem er Anweisungen erteilte. Bald darauf saßen er und ich an einem kleinen ovalen Tisch in dem großen Speisezimmer. Während wir aßen, plauderte mein Gastgeber ausführlich und geistreich. Er war gewiß ein anregender Mensch, und sein Wissen über Kunstgegenstände war umfassend.

Das Essen dauerte über eine Stunde, und während der Zeit hatte ich Mrs. Ingram, ihren seltsamen Traum und ihre abscheulichen Verdächtigungen nahezu vergessen. Aber Traum und Verdacht lebten wieder auf, als Don Santos mit herzlicher Stimme sagte:

«Die Nacht ist schön – gehen wir doch hinauf und rauchen auf der Veranda!»

«Auf der Veranda!» mußte ich unwillkürlich rufen.

"Yes, have I not shown it to you? It is one of the specialities of my house. I had it built according to my own ideas. On the hottest day in summer you get a breeze there, and I generally smoke my last Havana there before retiring to rest; but come."

As he spoke he led the way upstairs, and, opening a door on the second floor, just as the widow had described in her dream, we entered an extensive veranda. As I looked at it I could not help starting. It was enclosed by a stone balustrade, upon which were fixed by uprights iron rails which ran round it. There were several deck chairs, just as the widow had mentioned, and there were also some small, round tables. The night was starlit and warm. As I seated myself in a comfortable deck chair and lit a cigar I noticed that my host was listless and silent.

A sudden impulse came over me.

"Do you know", I said, watching him narrowly as I spoke, "that I had an interview today of a somewhat painful nature."

"Indeed", he replied.

"With no less a person than Mrs Ingram, the mother of the poor fellow who was murdered. She told me of a dream she had. She dreamt that you and her son were seated on this balcony."

"Ah," he said, impatiently, "we never sat here. I often meant to have him to dine with me. On that one eventful night I waited long for him, but he never came. I could not account for his non-appearance." The Spaniard spoke softly and with much sadness in his tone.

"There is one thing, Don Santos," I said, suddenly; "you will forgive me, but perhaps you do not realise that Mrs Ingram is a poor woman. Her son borrowed £7.000 to buy that necklace for you. Is it fair that she should have to pay it back?"

«Ja, habe ich sie Ihnen nicht gezeigt? Sie ist eine der Besonderheiten meines Hauses. Ich ließ sie nach meinen eigenen Vorstellungen bauen. Am heißesten Tag des Sommers weht dort noch ein leichter Wind, und ich rauche dort gewöhnlich meine letzte Havanna, ehe ich mich zur Ruhe begebe. Doch kommen Sie!»

Während er sprach, ging er vor mir die Treppe hinauf, öffnete eine Tür im zweiten Stockwerk, genau wie die Witwe es in ihrem Traum beschrieben hatte, und wir betraten eine weitläufige Veranda. Als ich sie betrachtete, mußte ich einfach stutzen. Sie war von einer Steinbrüstung umgeben, auf der rundumlaufende Eisenschienen mittels senkrechter Pfosten befestigt waren. Es standen einige Liegestühle da, genau wie die Witwe sie erwähnt hatte, und auch ein paar runde Tischchen. Die Nacht war warm und sternenklar. Als ich mich in einen bequemen Liegestuhl setzte und mir eine Zigarre anzündete, fiel mir auf, daß mein Gastgeber teilnahmslos und schweigsam war.

Mich überkam eine plötzliche Regung.

«Wissen Sie», sagte ich und beobachtete ihn dabei genau, «daß ich heute eine etwas peinliche Unterredung hatte.»

«Ach, wirklich!» erwiderte er.

«Mit niemand Geringerem als mit Mrs. Ingram, der Mutter des armen Burschen, der umgebracht worden ist. Sie erzählte mir von einem Traum, den sie gehabt hatte. Sie träumte, ihr Sohn habe mit Ihnen auf diesem Balkon gesessen.»

«Ach», sagte er ungeduldig, «wir saßen nie hier. Ich dachte oft daran, ihn mit mir speisen zu lassen. An jenem ereignisreichen Abend wartete ich lange auf ihn, doch er kam gar nicht. Ich konnte mir sein Nichterscheinen nicht erklären.» Der Spanier sprach leise und mit viel Trauer in der Stimme.

«Da ist eine Sache, Don Santos», sagte ich plötzlich. «Sie werden mir verzeihen, aber vielleicht ist Ihnen nicht klar, daß Mrs. Ingram eine arme Frau ist. Ihr Sohn hat sich 7000 Pfund geliehen, um für Sie dieses Halsband zu kaufen. Ist es in Ordnung, daß sie es zurückzahlen muß?»

In a moment he had turned upon me, his whole face distored with the most livid passion.

"Why do you interfere?" he said; "you had much better not. My God! If you only knew! I will pay that woman the £7.000 in full when I get the necklace, not before. Tell her to move heaven and earth to get it back for me, and she shall be paid then in full, every farthing, but not before – my God! I have spoken – not before."

His voice quivered, he suddenly left my side and began to stride rapidly up and down the veranda – there was almost the ring of a madman in his tones. I saw I had gone too far, and was about to soothe him when he suddenly came back and spoke in his accustomed voice.

"I told you that my nerves were giving way – there are moments when I can scarcely contain myself. I must come to the Sanctuary as quickly as possible and put myself under Chetwynd's treatment."

"And I will not keep you longer now," I said. "I have tired you."

"You have upset me," he said, brusquely. "Forgive me for being rough, but there are some things I cannot bear. Well, if you must go – you must."

A few moments later I had taken my leave of him.

As soon as I entered the Sanctuary on my return, I was greeted by Chetwynd.

"I want to speak to you," he said. There was some slight excitement in his manner. I noticed it.

"You will be interested to hear", I remarked, "that I have just been paying a visit to our old patient, Don Santos. You ought to go and see him – Roe House is worth visiting."

"Ah," replied Chetwynd, "you know my opinion of that man, Cato. Come with me into my

Im Nu hatte er sich gegen mich gewandt; sein ganzes Gesicht, von Leidenschaft verzerrt, war aschgrau.

«Warum mischen Sie sich ein?» sagte er. «Sie sollten es lieber nicht tun. Großer Gott! Wenn Sie nur wüßten! Ich will der Frau die 7000 Pfund voll ausbezahlen, sobald ich das Halsband bekomme, nicht eher. Sagen Sie ihr, sie möge Himmel und Erde in Bewegung setzen, um es für mich zurückzuerhalten, dann soll sie voll bezahlt werden, auf Heller und Pfennig, aber nicht eher – bei Gott! sage ich – nicht eher.»

Seine Stimme zitterte, er verließ plötzlich den Platz neben mir und begann, rasch die Veranda auf und ab zu schreiten – sein Tonfall klang fast wie der eines Irren. Ich sah, daß ich zu weit gegangen war, und wollte ihn beschwichtigen, als er auf einmal zurückkam und mit seiner gewohnten Stimme sprach.

«Ich habe Ihnen ja gesagt, daß meine Nerven verrückt spielen – es gibt Augenblicke, in denen ich mich kaum beherrschen kann. Ich muß so schnell wie möglich zum Klub ‹Zuflucht› kommen und mich zu Chetwynd in Behandlung begeben.»

«Und ich will Sie jetzt nicht länger aufhalten», sagte ich. «Ich habe Sie ermüdet.»

«Sie haben mich aus der Fassung gebracht», sagte er barsch. «Verzeihen Sie, daß ich so schroff war, aber es gibt einige Dinge, die ich nicht vertragen kann. Nun, wenn Sie gehen müssen, dann müssen Sie eben gehen.»

Einige Augenblicke später hatte ich mich von ihm verabschiedet.

Sobald ich bei meiner Rückkehr den Klub «Zuflucht» betrat, wurde ich von Chetwynd begrüßt.

«Ich möchte mit Ihnen sprechen», sagte er. In seinem Auftreten war eine leichte Aufgeregtheit, die mir auffiel.

«Sie werden mit Interesse hören», bemerkte ich, «daß ich soeben Ihrem alten Patienten, Don Santos, einen Besuch abgestattet habe. Sie sollten ihn aufsuchen – Roe House ist einen Besuch wert.»

«Ach», erwiderte Chetwynd, «Sie kennen ja meine Ansicht über diesen Menschen, Cato. Möchten Sie bitte mit

private consulting-room, won't you? I have something to say."

I went with him. He turned at once and spoke to me about Mrs Ingram.

"I have seen her," he said; "she told me that she had asked you to visit Don Santos. She also mentioned her most extraordinary dream."

"I said I would try to verify it for her," was my remark.

"Have you done so?"

"Strange to say, Chetwynd, I have – at least the part in which she describes the veranda. It is there, and just as she spoke of it, but doubtless the thing can be explained. Ingram must have mentioned it to her in one of his many letters."

Chetwynd was silent.

"By the way," I continued, after a pause, "you will have to put up with Don Santos, whether you like him or not. Next week he is coming here again."

"The old symptoms?" asked my brother doctor.

"He complains of them."

"That man will end in an asylum," said Chetwynd, briefly. "I am sorry he is coming back."

"I could not refuse him admission to his own club," I answered.

"Of course not. By the way, we seem to be doomed to have old patients back again. I have just received a letter from Lady Helen Trevor; she arrives tomorrow."

"Indeed," I said, "she was a very pleasant visitor; we ought to be glad to welcome her."

"By the way," said Chetwynd, quietly, "Don Santos may not find things so pleasant as he imagines at the Sanctuary Club. Did I tell you that Mrs. Ingram is coming here also tomorrow?"

"Indeed, but how? She is not a member."

"She comes as my guest. You remember that

in mein Sprechzimmer kommen? Ich muß Ihnen etwas sagen.»

Ich ging mit ihm. Plötzlich drehte er sich um und sprach mit mir über Mrs. Ingram.

«Ich habe sie gesehen», sagte er. «Sie hat mir erzählt, sie habe Sie gebeten, Don Santos zu besuchen. Auch ihren überaus ungewöhnlichen Traum hat sie erwähnt.»

«Ich habe ihr gesagt, ich würde ihn für sie auf die Tatsachen hin überprüfen», bemerkte ich darauf.

«Haben Sie das getan?»

«Merkwürdig, Chetwynd, ich hab's getan – wenigstens was den Teil betrifft, in dem sie die Veranda beschreibt. Die gibt es, und zwar genauso, wie von ihr geschildert, aber zweifellos läßt sich die Sache erklären. Ingram muß die Veranda ihr gegenüber in einem seiner zahlreichen Briefe erwähnt haben.»

Chetwynd schwieg.

«Übrigens», fuhr ich nach einer Weile fort, «werden Sie sich mit Don Santos abfinden müssen, ob Sie ihn mögen oder nicht. Nächste Woche kommt er wieder hierher.»

«Die alten Symptome?» fragte mein Kollege.

«Er klagt darüber.»

«Dieser Mann wird in einer Anstalt enden», bemerkte Chetwynd knapp. «Ich bedaure, daß er zurückkommt.»

«Ich konnte ihm die Aufnahme in seinen eigenen Klub nicht abschlagen», antwortete ich.

«Natürlich nicht. Es scheint übrigens, daß wir dazu verdammt sind, alte Patienten wieder zurückzubekommen. Soeben habe ich einen Brief von Lady Helen Trevor erhalten. Sie trifft morgen ein.»

«Sie war wirklich ein sehr angenehmer Gast», sagte ich, «wir sollten sie mit Freuden begrüßen.»

«Nebenbei», sagte Chetwynd ruhig, «Don Santos wird vielleicht die Verhältnisse nicht so angenehm finden, wie er sie sich im Klub ‹Zuflucht› vorstellt. Habe ich Ihnen gesagt, daß Mrs. Ingram ebenfalls morgen hierherkommt?»

«Tatsächlich, aber wie? Sie ist nicht Mitglied.»

«Sie kommt als mein Gast. Sie entsinnen sich, daß Sie

you and I always have the privilege of asking guests here from time to time."

"Certainly, but are you acting wisely in extending this invitation to a hysterical woman?"

"You are hard on her, Cato, and also unjust. Mrs Ingram possesses absolute self-control. Her mind is perfectly balanced; and as to her dream – well, think what you like of me, old fellow, but I believe in it."

I could say nothing further. In certain moods it was impossible to control Chetwynd – he was determined to saddle a foul crime upon Don Santos, and what the end would be remained shrouded in mystery.

The next day Lady Helen arrived. She looked older than when I had last seen her, and there was evidently a very serious care weighing upon her mind. On the first evening of her visit she spoke to me.

"I have not forgotten the gentleman who was an inmate of this house when I was last here," she said.

"Do you refer to Señor Don Santos?" I asked.

"Yes," she replied.

"Your are likely to meet him again. He is coming back next week."

"Indeed," she answered. She looked pleased and relieved. Looking full at me she said, suddenly, "I want to take you into my confidence – may I?"

"If I can be of use to you, I shall be pleased to listen to anything you have got to say," was my answer.

"Well, it is this. At the present moment I am sorely in want of money – a good sum, too."

"But I thought your husband was a millionaire?"

"He is rich, no doubt, but not quite so rich as people give him credit for. In the present matter, however, it is impossible for me to apply to him.

und ich das Vorrecht haben, von Zeit zu Zeit Gäste hierher einzuladen.»

«Sicher, aber ist es klug von Ihnen, wenn Sie diese Einladung auf eine hysterische Frau ausdehnen?»

«Sie sind hart mit ihr, Cato, und auch ungerecht. Mrs. Ingram hat sich ganz und gar in der Gewalt. Ihr Wesen ist völlig ausgeglichen. Und was ihren Traum angeht – nun, Sie mögen von mir denken, was Sie wollen, alter Freund, aber ich glaube daran.»

Ich konnte nichts weiter sagen. In gewissen Stimmungen war es unmöglich, Chetwynd im Zaum zu halten. Er war entschlossen, Don Santos ein übles Verbrechen aufzubürden, und wie das Ganze ausgehen würde, blieb in geheimnisvolles Dunkel gehüllt.

Am nächsten Tag traf Lady Helen ein. Sie sah älter aus als zu der Zeit, da ich sie das letzte Mal gesehen hatte, und auf ihrem Gemüt lastete offensichtlich eine sehr ernste Besorgnis. Am ersten Abend ihres Aufenthalts sprach sie mit mir.

«Ich habe den Herrn nicht vergessen, der damals Gast hier im Haus war, als ich das letzte Mal hier war», sagte sie.

«Denken Sie an Señor Don Santos?» fragte ich.

«Ja», erwiderte sie.

«Sie treffen ihn wahrscheinlich wieder. Er kommt nächste Woche zurück.»

«Wirklich», antwortete sie. Sie sah erfreut und erleichtert aus. Plötzlich sagte sie, mich voll anblickend: «Ich möchte Sie ins Vertrauen ziehen – darf ich?»

«Wenn ich Ihnen nützlich sein kann, wird es mich freuen, Ihnen bei allem zuzuhören, was Sie zu sagen haben», war meine Antwort.

«Nun, es geht um folgendes. Ich brauche zur Zeit dringend Geld – noch dazu eine beträchtliche Summe.»

«Aber ich dachte, Ihr Gatte sei Millionär?»

«Er ist reich, ohne Zweifel, doch nicht so reich, wie er eingeschätzt wird. In der vorliegenden Angelegenheit kann ich mich jedoch unmöglich an ihn wenden. Ich muß aber das

Now, I must get the money – £5.000 – as soon as possible, and it has occurred to me that Don Santos can help me. I mean to ask him for his aid."

"I wish you would not," I could not help saying.

She opened her eyes wide in some surprise.

"I must," she said; "my need is very pressing; in fact, I may as well own to you that I have come to the Sanctuary Club more in the hopes of meeting Don Santos than anything else."

I stared at her in some surprise. I did not like to press more fully for her confidence, but what did she mean? She was young and handsome – what could she have in common with a man of the Spaniard's type?

The next week the señor arrived. He was gentle and courteous, his friendship with Lady Helen was quickly renewed, and, to my astonishment, he also took special pains to be polite to Mrs. Ingram. That strange woman by no means repelled his attentions. On the contrary, she often sought him out, and they had long and interesting conversations together.

The days passed without anything special occurring. At last, on a certain morning, Lady Helen came to see me.

"Will you help me?" she said, impulsively: "if you will, I can get what I require."

"What do you want me to do?" I asked.

"Don Santos has promised to advance me a loan of £5.000 on a condition."

"And what is that?" I asked.

She made a slight pause; her large brown eyes were full of restlessness.

"I must give you my full confidence," she said then. "I want the money for my brother – my favourite youngest brother. He has got into terrible trouble – he is reckless, defiant of the ordinary rules of society. He has always been something

Geld – 5000 Pfund – so bald wie möglich haben, und da kam mir der Gedanke, daß Don Santos mir helfen kann. Ich beabsichtige, ihn darum zu bitten.»

«Ich wünschte, Sie täten es nicht», konnte ich nicht umhin zu sagen.

Sie riß, etwas überrascht, die Augen weit auf.

«Ich muß», sagte sie. «Ich brauche es sehr dringend. Ich kann Ihnen auch gestehen, daß ich zum Klub ‹Zuflucht› mehr in der Hoffnung gekommen bin, Don Santos zu treffen, als aus sonst einem Grund.»

Ich sah sie, etwas überrascht, groß an. Ich wollte nicht gern eindringlicher um ihr Vertrauen bitten, doch was meinte sie? Sie war jung und hübsch – was konnte sie mit einem Mann von der Art des Spaniers gemein haben?

In der Woche darauf traf der Señor ein. Er war liebenswürdig und höflich, seine Freundschaft mit Lady Helen wurde rasch wiederbelebt, und zu meinem Erstaunen gab er sich auch ganz besonders Mühe, zuvorkommend gegenüber Mrs. Ingram zu sein. Diese eigenartige Frau wies seine Aufmerksamkeiten keineswegs zurück. Im Gegenteil: sie suchte ihn oft auf, und sie führten zusammen lange und anregende Gespräche.

Die Tage vergingen ohne irgendein besonderes Vorkommnis. Schließlich, eines schönen Morgens, besuchte mich Lady Helen.

«Wollen Sie mir helfen?» sagte sie lebhaft. «Wenn Sie wollen, kann ich bekommen, was ich benötige.»

«Was soll ich tun?» fragte ich.

«Don Santos hat mir versprochen, mir ein Darlehen von 5000 Pfund zu geben unter einer Bedingung.»

«Und wie lautet diese?» fragte ich.

Sie machte eine kurze Pause. Ihre großen braunen Augen waren voller Unruhe.

«Ich muß Ihnen mein volles Vertrauen schenken», sagte sie dann. «Ich brauche das Geld für meinen Bruder – meinen jüngsten, der mein Lieblingsbruder ist. Er ist in eine fürchterliche Klemme geraten – er ist leichtsinnig und rebellisch gegen die Regeln der Gesellschaft. Er ist immer so etwas wie

of a spoilt darling. When my mother died she left him in my care. He has got into debt. My husband is jealous of my great love for him, and will not help him with so much as a pound. Something must be done immediately, so I am determined to come to the rescue. If I can get £5.000 from Don Santos, my brother's most pressing debts will be paid, and he will be saved."

"What is the condition on which he will lend you the money?" I asked.

She came a little nearer and dropped her voice.

"You know the señor's passion for curios of all sorts?" she said. "Have you ever heard me speak of a casket which we hold in my father's family? It is called the Catalini Casket – it has belonged to us for four hundred years. When I married, my father gave it to me as my wedding present, but on a condition, a solemn one, that I was never to part with it. I did not intend to break that condition, but my present need is too great. I am going, not to sell the casket, but to borrow money on it. Don Santos will lend me £5.000 if I give him the casket as security. He returns home today."

"So soon?" I interrupted.

"Yes. He says the uncomfortable symptoms which brought him here have quite disappeared, and he is anxious to be home again. I am also going back to Yorkshire this afternoon, but will return early tomorrow with the casket. I want you to take the Catalini Casket to Don Santos tomorrow night and to bring me back the money. He will pay me in gold, not by cheque – I have asked him to do this in order to ensure my husband never knowing of the transaction."

"But why should I be your messenger?"

"It is by the señor's special request. He says that he has made a rule never to admit a woman into Roe House. Oh, you will not refuse me? If you

ein verhätscheltes Söhnchen gewesen. Als meine Mutter starb, überließ sie ihn meiner Obhut. Er hat sich in Schulden gestürzt. Mein Mann ist eifersüchtig auf meine große Liebe zu ihm und will ihn nicht unterstützen, nicht mit einem einzigen Pfund. Es muß sofort etwas getan werden, daher bin ich entschlossen, ihm zu helfen. Wenn ich von Don Santos 5000 Pfund erhalten kann, werden die drückendsten Schulden meines Bruders beglichen, und er wird gerettet.»

«Unter welcher Bedingung will er Ihnen den Betrag leihen?» fragte ich.

Sie kam etwas näher und senkte die Stimme:

«Sie kennen doch des Señors Leidenschaft für alle möglichen ausgefallenen Dinge?» sagte sie. «Haben Sie mich jemals von einem Kästchen sprechen hören, das im Besitz der Familie meines Vaters ist? Man nennt es das Catalinikästchen – es gehört uns seit vierhundert Jahren. Als ich heiratete, gab es mir mein Vater als Hochzeitsgeschenk, aber unter einer feierlichen Bedingung: ich dürfe mich nie davon trennen. Ich habe nicht beabsichtigt, diese Bedingung zu verletzen, doch meine gegenwärtige Notlage zwingt mich dazu. Ich werde das Kästchen nicht verkaufen, sondern mit ihm als Pfand Geld aufnehmen. Don Santos will mir 5000 Pfund leihen, wenn ich ihm das Kästchen als Sicherheit gebe. Heute fährt er heim.»

«So bald?» fragte ich dazwischen.

«Ja. Er sagt, die unangenehmen Symptome, die ihn hierher geführt haben, seien völlig verschwunden, und ihm liege daran, wieder zu Hause zu sein. Auch ich fahre heute nachmittag nach Yorkshire zurück, will aber morgen früh mit dem Kästchen wiederkommen. Ich hätte gern, daß Sie morgen abend das Catalinikästchen zu Don Santos bringen und mir das Geld besorgen. Er wird mich in Gold, nicht mit Scheck bezahlen – ich habe ihn darum gebeten, um sicherzustellen, daß mein Mann nichts von dem Vorgang erfährt.»

«Aber warum soll ich Ihr Bote sein?»

«Auf des Señors ausdrücklichen Wunsch. Er sagt, er habe es sich zur Regel gemacht, nie eine Frau in Roe House einzulassen. Oh, Sie werden es mir doch nicht abschlagen?

will help me in this matter I will bless you to the last day of my life."

She spoke with passion; there were tears in her eyes; her voice trembled. Perhaps Chetwynd might have refused her, but I found it impossible to do so.

"I don't like it," I said. "I will say so frankly, but, of course, I cannot decline to be your messenger."

"Thank you," she answered; "you cannot understand what a relief this is to me. I will go and tell Don Santos immediately – he will be pleased – he is most anxious to secure the casket, and says quite openly and frankly that he does not believe I shall ever be able to redeem it."

"And under such circumstances are you willing to part with such a treasure?" I asked.

"I must," she replied; "I have no choice."

She left the room, and a couple of moments later Don Santos himself knocked at the door of my room.

"Come in," I said.

"So you are going to help Lady Helen?" he remarked, closing the door softly behind him. "I am very much obliged to you, very much obliged indeed. Now listen, I have not been here for the last two or three days for nothing. That poor woman, Mrs Ingram, has impressed me favourably. I cannot part with £7.000 for a valuable necklace which I never received, but I will let her have half the money, and whenever the necklace is traced and brought to me she shall have the remainder. If you will bring the Catalini Casket to my house tomorrow night, you shall have in gold and notes the money which Lady Helen requires, and also a cheque drawn in Mrs. Ingram's favour."

I thanked him heartily. I did not remark then, although it occurred to me afterwards, that as he spoke he avoided looking at me.

Wenn Sie mir in dieser Angelegenheit helfen wollen, werde ich Sie segnen bis zum letzten Tag meines Lebens.»

Sie sprach leidenschaftlich. In ihren Augen standen Tränen, und ihre Stimme zitterte. Vielleicht hätte Chetwynd ihr die Bitte abschlagen können, aber ich brachte das nicht fertig.

«Mir gefällt es nicht», sagte ich, «das will ich offen sagen. Aber natürlich kann ich es nicht ablehnen, Ihr Bote zu sein.»

«Danke», antwortete sie, «Sie können sich nicht vorstellen, welche Erleichterung das für mich ist. Ich werde Don Santos sofort Bescheid geben — er wird sich freuen. Er ist ganz erpicht darauf, das Kästchen zu bekommen und sagt ganz frei und offen, er glaube nicht, daß ich es je zurückkaufen kann.»

«Und unter solchen Umständen sind Sie bereit, sich von so einem Schatz zu trennen?» fragte ich.

«Ich muß», erwiderte sie. «Ich habe keine Wahl.»

Sie verließ das Zimmer, und ein paar Augenblicke später klopfte Don Santos selbst bei mir an.

«Herein!» sagte ich.

«Sie sind also Lady Helen behilflich?» bemerkte er und schloß behutsam die Tür hinter sich. «Ich bin Ihnen sehr zu Dank verpflichtet, wirklich sehr zu Dank verpflichtet. Nun hören Sie zu: ich bin die letzten zwei, drei Tage nicht umsonst hier gewesen. Diese arme Frau, Mrs. Ingram, hat mich beeindruckt und für sich eingenommen. Ich kann nicht 7000 Pfund erübrigen für ein wertvolles Halsband, das ich nie erhalten habe, doch ich will ihr die Hälfte des Geldes überlassen, und wann immer das Halsband aufgespürt und mir überbracht wird, soll sie den Rest bekommen. Wenn Sie mir morgen abend das Catalinikästchen ins Haus bringen, sollen Sie in Gold und in Scheinen das Geld bekommen, das Lady Helen braucht, sowie einen Scheck zu Gunsten von Mrs. Ingram.»

Ich dankte ihm herzlich. Damals fiel mir nicht auf, obgleich ich mich später daran erinnerte, daß er es vermied, mich anzusehen, während er sprach.

"I am glad you are better," I said.

"Much better – in fact, I am quite well. I am restless away from my treasures, and am going back to them today." He walked to the window as he spoke, and I saw him rubbing his hands together as though some thought was pleasing him very much.

"You are in good spirits," I said.

"Who would not be at the thought of securing so matchless and celebrated a casket?"

"Indeed," I answered; "I know nothing about these things."

"If you had ever studied the subject of art treasures, Dr Cato, you must have heard of this special casket. It is formed out of one enormous onyx, on which are two priceless cameos, and around the lid rubies, diamonds, emeralds, sapphires, all of enormous value, are richly embedded. The casket was fought for, struggled for, and lost again and again as far back as in the time of the Crusades. How it got into the Hampton family remains a mystery. It will be mine now."

"But surely Lady Helen will redeem it?"

"Never," he said, softly. He came up to me almost on tiptoe, held out his hand, said goodbye, and left me.

That evening, before retiring to rest, I had a word or two with Chetwynd.

"I want to ask you a straight question," I said. "Don Santos has been your patient once again: do you still suspect him of foul play in the matter of Ingram?"

He did not answer for a moment; then he said, slowly:

"I would rather not speak of my suspicions. I have just come from a long interview with Mrs Ingram; she interests me profoundly."

"Well, I have something to say," I continued. "I

«Es freut mich, daß es Ihnen besser geht», sagte ich.

«Viel besser – ich fühle mich wirklich recht gut. Aber ich habe keine Ruhe, wenn ich weg bin von meinen Schätzen, und ich werde heute zu ihnen zurückkehren.» Während er das sagte, ging er zum Fenster, und ich sah, wie er sich die Hände rieb, als machte ihm irgendein Gedanke besondere Freude.

«Sie sind guter Laune», sagte ich.

«Wer wäre es nicht bei dem Gedanken, ein so unbezahlbares und berühmtes Kästchen in Besitz zu nehmen?»

«Ach, tatsächlich», antwortete ich. «Ich verstehe nichts von diesen Dingen.»

«Wenn Sie sich je mit Kunstgegenständen befaßt hätten, Dr. Cato, hätten Sie von diesem besonderen Kästchen gehört. Es ist aus einem einzigen riesigen Onyx gefertigt, auf dem zwei unschätzbare Kameen sitzen, und rund um den Deckel sind in verschwenderischer Weise Rubine, Diamanten, Smaragde, Saphire eingelassen, alle von ungeheurem Wert. Schon zur Zeit der Kreuzzüge wurde um das Kästchen gefochten und gekämpft, und wiederholt ging es verloren. Wie es in die Familie Hampton geriet, bleibt ein Geheimnis. Jetzt wird es mir gehören.»

«Aber Lady Helen wird es doch bestimmt zurückkaufen?»

«Niemals», sagte er sanft. Er kam fast auf Zehenspitzen auf mich zu, streckte mir die Hand entgegen, sagte «Auf Wiedersehen!» und verließ mich.

An jenem Abend sprach ich, bevor ich mich zur Ruhe begab, kurz mit Chetwynd.

«Ich möchte Sie freimütig etwas fragen», sagte ich. «Don Santos ist wieder einmal Ihr Patient gewesen: Haben Sie ihn noch immer im Verdacht, daß er in der Sache Ingram ein falsches Spiel betreibt?»

Einen Augenblick lang antwortete er nicht. Dann sagte er langsam:

«Ich möchte lieber nicht von meinem Verdacht reden. Soeben komme ich von einer langen Unterredung mit Mrs. Ingram. Die Frau erregt meine tiefe Anteilnahme.»

«Nun, ich muß Ihnen etwas sagen», fuhr ich fort. «Ich

am going to visit the Spaniard at Roe House to-morrow evening. I have been commissioned to execute some business for him."

"The deuce you have!" he cried, springing to his feet. "Are you mad?"

"I hope not; and, by the way, the man's visit here has not been without fruit. He has promised to refund Mrs Ingram some of the money which her son paid for the necklace."

Chetwynd looked grave and anxious.

"I wish you would not go to Roe House," he said, earnestly.

I laughed.

"Really, Chetwynd," I answered, "I shall begin to think your own nerves are out of order."

He was silent for a moment, then he said, slowly:

"Notwithstanding my duties as doctor here, I have toiled over the strange case of the murder of John Ingram almost day and night, and I now hold a theory too fantastic to divulge. This theory was founded on a single point. It is this: As I looked at poor Ingram's dead body that morning last autumn, I saw adhering to his coat a good many pine-needles and twigs. Now, the only fir trees anywhere near stand in the enclosure surrounding Don Santos's house. This looked to me as if Ingram must have climbed a fir tree, for he could not have got the needles on him unless he had been among the small branches."

"Climbed a fir tree? What on earth for?" I asked.

"Ah! that remains to be answered. Now listen, Cato. Have you made up your mind to visit Roe House?"

"Certainly."

"In spite of my telling you frankly that I consider there is an element of danger in your visit?"

werde den Spanier morgen abend in Roe House aufsuchen. Ich bin beauftragt worden, für ihn eine Besorgung zu erledigen.»

«Zum Teufel, nein!» rief er und sprang auf. «Sind Sie verrückt?»

«Ich hoffe nicht. Und übrigens ist der Besuch des Mannes hier nicht nutzlos gewesen. Er hat versprochen, Mrs. Ingram einen Teil des Geldes zu erstatten, das ihr Sohn für das Halsband bezahlt hat.»

Chetwynd sah nachdenklich und sorgenvoll aus.

«Ich wünschte, Sie gingen nicht nach Roe House», sagte er ernst.

Ich lachte.

«Wirklich, Chetwynd», antwortete ich, «ich glaube allmählich, daß mit Ihren eigenen Nerven etwas nicht stimmt.»

Er schwieg einen Augenblick, dann sagte er langsam:

«Ungeachtet meiner Pflichten als Arzt hier, habe ich mich beinahe Tag und Nacht mit dem seltsamen Fall von John Ingrams Ermordung beschäftigt, und jetzt habe ich einen Erklärungsversuch, der zu verstiegen ist, als daß ich ihn bekanntgeben könnte. Er beruht auf einem einzigen Punkt, nämlich: Als ich an jenem Morgen im vergangenen Herbst den Leichnam des armen Ingram in Augenschein nahm, sah ich, daß an seiner Jacke sehr viele Kiefernnadeln und -zweige hafteten. Die einzigen Kiefern weit und breit stehen allerdings in dem eingehegten Grundstück um das Haus von Don Santos. Das sah für mich so aus, als hätte Ingram auf eine Kiefer klettern müssen, denn er hätte die Nadeln nicht an sich haben können, wäre er nicht zwischen den kleinen Ästen gewesen.»

«Eine Kiefer hinaufgeklettert? Wozu um Himmels willen?» fragte ich.

«Ach! Das wird später zu beantworten sein. Nun hören Sie zu, Cato. Haben Sie sich entschieden, Roe House aufzusuchen?»

«Gewiß.»

«Auch wenn ich Ihnen offen sage, daß meiner Meinung nach in Ihrem Besuch ein Gefahrenmoment steckt?»

"In spite of your friendly warning."

"Then I will cease to urge you not to go. On the contrary, I consider that your visit may be of the utmost use to me. Go and do exactly what Don Santos asks you. If he requests you to dine tomorrow night, humour him. I shall also go to Wimbledon tomorrow; we will force his hand."

"Do you mean to come with me to his house?"

"Not I. He won't know until the last moment that I am on the premises. My dear fellow, of one thing I am certain – Ingram was never murdered on the common."

"Not murdered on the common? But he was found there. How did he get there?"

"That", replied Chetwynd, "is what you and I have got to discover, and tomorrow night, too. It is a risk – are you prepared to run it?"

"I certainly am. Chetwynd, I am sorry for you; you are bitten by a craze – a craze to discover what never can be discovered on earth."

"We will soon know," was his ambiguous answer.

Lady Helen returned with the casket and put it into my hands, and punctually at eight o'clock the following evening I arrived at Roe House, carrying the treasure with me. The moment I rang the bell the door was opened by Don Santos himself.

"Well," he cried, eagerly, "have you got it?"

"Yes," I replied.

"Capital. Come into my study. You have done well."

We both entered. I took the precious casket out of its wrappings, and gave it to him. He went over to the nearest window and examined it carefully. I noticed a queer smile of avarice on his features.

"You will dine?" he said, looking at me.

"If you wish it," I answered.

"That is right. I have not yet received the ne-

«Trotz Ihrer freundlichen Warnung.»

«Dann will ich Sie nicht länger bitten, nicht hinzufahren. Im Gegenteil: Ich denke, daß Ihr Besuch für mich von äußerstem Nutzen sein kann. Fahren Sie und tun Sie genau, was Don Santos von Ihnen verlangt! Wenn er Sie ersucht, morgen abend mit ihm zu speisen, tun Sie ihm den Gefallen! Ich werde mich morgen ebenfalls nach Wimbledon begeben. Wir werden ihn zwischen uns nehmen.»

«Haben Sie vor, mit mir in sein Haus zu kommen?»

«Ich nicht. Er wird erst im allerletzten Augenblick erfahren, daß ich auf dem Grundstück bin. Mein lieber Freund, einer Sache bin ich mir ganz sicher – Ingram ist niemals auf der Gemeindewiese ermordet worden.»

«Nicht auf der Gemeindewiese ermordet? Aber er wurde dort gefunden. Wie ist er dorthin gelangt?»

«Eben das müssen Sie und ich herausbringen, und zwar ebenfalls morgen abend», erwiderte Chetwynd. «Es ist ein Wagnis – sind Sie bereit, es einzugehen?»

«Gewiß bin ich das. Chetwynd, Sie tun mir leid. Sie sind von einem Wahn besessen – einem Wahn, etwas zu entdecken, was nie, wirklich nie entdeckt werden kann.»

«Das werden wir bald wissen», war seine zweideutige Antwort.

Lady Helen kehrte mit dem Kästchen zurück, händigte es mir aus, und am folgenden Abend, Punkt acht Uhr, kam ich mit dem Schatz in Roe House an. In dem Augenblick, da ich klingelte, öffnete mir Don Santos persönlich.

«Nun», rief er begierig, «haben Sie es?»

«Ja», erwiderte ich.

«Großartig. Kommen Sie in mein Arbeitszimmer. Das haben Sie gut gemacht.»

Wir traten beide ein. Ich nahm das edle Kästchen aus seiner Umhüllung und gab es ihm. Er ging zum nächsten Fenster hinüber und untersuchte es sorgfältig. Ich bemerkte ein sonderbares, habsüchtiges Lächeln in seinen Zügen.

«Wollen Sie zu Abend essen?» sagte er und sah mich an.

«Wenn Sie es wünschen», antwortete ich.

«Das ist recht. Ich habe von der Bank das Gold und die

cessary notes and gold from the bank. I sent a special messenger for them early today. They will come, doubtless, in the course of the evening. Lady Helen specially stipulated to be paid in gold and notes. Of course, in a case of this kind one must submit to the caprices of a woman, and the money will be here by the time we have done dinner."

"My time is yours," I answered; "I have nothing special to hurry me back."

"Good, very good. It is a delightful summer's evening – we shall enjoy ourselves on the veranda afterwards. May I take you to a room now to wash your hands?"

I was somewhat surprised at his acting as his own servant. The house, too, seemed silent and deserted. In a few moments we were seated before a sumptuous cold repast in the dining-room.

"I hate your hot English dinners," said Santos, apologetically; "besides, it means keeping a lot of servants around one. Now, my wants are few, and it is so much more convenient to wait on ourselves than having chattering servants overhearing every word one says."

The señor spoke in a quick, nervous way, and there was a gleam in his eyes which I had noticed with more or less apprehension when he was suffering from his worst attacks at the Sanctuary. Suddenly, as I sat before that dinner table, some of the fears which had infected Chetwynd began to visit me. I lost my appetite. I wished myself anywhere than where I was. Don Santos was a stronger man than I: more muscular, with more physical power. Should occasion demand it, the strength of a madman might be his. Beyond doubt he was the victim of incipient insanity. His conversation as dinner proceeded took a strange turn. He talked of himself in a most confidential way.

nötigen Geldscheine noch nicht erhalten. Zu früher Stunde habe ich heute einen besonderen Boten danach losgeschickt. Er wird zweifellos im Laufe des Abends eintreffen. Lady Helen wollte ausdrücklich in Gold und Banknoten bezahlt werden. Natürlich muß man sich in einem Fall dieser Art den Launen einer Frau fügen, und bis wir mit dem Abendessen fertig sind, wird das Geld hier sein.»

«Meine Zeit ist die Ihre», antwortete ich. «Mich drängt nichts Besonderes zur Rückkehr.»

«Gut, sehr gut. Es ist ein wunderbarer Sommerabend – wir werden uns hernach auf der Veranda gut unterhalten. Darf ich Sie jetzt in ein Zimmer führen, damit Sie sich die Hände waschen können?»

Ich war etwas überrascht, daß er seinen eigenen Diener spielte. Auch das Haus schien still und verlassen. Wenige Augenblicke später saßen wir vor einer üppigen kalten Mahlzeit im Speisezimmer.

«Ich hasse Ihre warmen englischen Abendessen», sagte Santos entschuldigend. «Außerdem bedeutet es, daß man sich eine beträchtliche Dienerschar halten muß.

Ich habe nur wenige Bedürfnisse, und es ist so viel bequemer, sich selber aufzutischen, als schwatzhafte Bedienstete um sich zu haben, die jedes Wort belauschen, das man sagt.»

Der Señor sprach rasch und aufgeregt, und in seinen Augen war ein Glanz, den ich mit mehr oder weniger Besorgnis im Klub «Zuflucht» bemerkt hatte, als er unter seinen schlimmsten Anfällen litt. Während ich an jenem Speisetisch saß, begannen mich plötzlich einige der Befürchtungen zu beschleichen, die Chetwynd erfaßt hatten. Mir verging der Appetit. Ich wünschte mich überall hin, bloß nicht dahin, wo ich war. Don Santos war stärker als ich, muskulöser, mit mehr Körperkraft. Sollte es die Gelegenheit erfordern, könnte er über die Stärke eines Wahnsinnigen verfügen. Zweifellos war er das Opfer beginnenden Irrsinns. Die Unterhaltung nahm während des Abendessens eine seltsame Wendung. Santos sprach von sich in überaus vertraulicher Weise.

Suddenly he rose.

"How hot the night is," he said; "shall we finish our dessert on the veranda?"

"With pleasure," I answered. "But I hope your messenger will soon come with the notes, Santos, for I want to return to Hampstead before it is too late."

"He ought to arrive at any moment – we will wait for him on the veranda. Come, let me show you the way."

He led me upstairs, and we entered the large veranda which Mrs Ingram had so faithfully described in her dream. It was a beautiful starlit night and perfectly warm.

"Take that chair," said the señor. He pointed to one of the deck chairs as he spoke. I seated myself and lit a cigar. My host also smoked silently. We were both quiet, drinking in the peace and beauty of the night. At last Don Santos stirred restlessly, and said, in an abrupt tone:

"It is strange how one's memory reverts to bygone events. Now, I hate even to think of poor Ingram, and yet I never come to this veranda but thoughts of him return to me. By the way, how far away from here did you tell me his body was found?"

"Not three hundred yards," I answered.

"Strange, strange. Have you any special theory with regard to the murder?"

"No," I replied, "but my friend Chetwynd has."

"Ha!" he answered; "and doubtless that most interesting lady, Mrs Ingram, also holds a theory of her own. I must not forget that I am to send her a cheque by you tonight. I would never wish to be hard on women, although I hate them all. By the way, Cato, do you know that I believe that woman, in some queer, unfathomable, impossible way, suspects me – me – of the murder of Ingram?"

Plötzlich stand er auf.

«Wie heiß der Abend ist!» sagte er. «Sollen wir unsere Nachspeise auf der Veranda zu Ende essen?»

«Mit Vergnügen», antwortete ich. «Doch Ihr Bote wird hoffentlich bald mit den Banknoten kommen, Santos, denn ich möchte nach Hampstead zurückkehren, ehe es allzu spät ist.»

«Er müßte eigentlich jeden Augenblick eintreffen – wir wollen auf der Veranda auf ihn warten. Kommen Sie, gestatten Sie, daß ich Ihnen den Weg zeige!»

Er führte mich treppauf, und wir traten auf die weitläufige Veranda, die Mrs. Ingram in ihrem Traum so genau beschrieben hatte. Es war eine schöne, sternenklare und ganz warme Nacht.

«Nehmen Sie diesen Stuhl!» sagte der Señor. Er zeigte, während er sprach, auf einen der Liegestühle. Ich setzte mich und zündete eine Zigarre an. Auch mein Gastgeber rauchte wortlos. Wir waren beide still und sogen den Frieden und die Schönheit der Nacht ein. Schließlich bewegte sich Don Santos voller Unruhe und sagte unvermittelt:

«Es ist sonderbar, wie die eigene Erinnerung sich vergangenen Geschehnissen zuwendet. Jetzt hasse ich es sogar, an den armen Ingram auch nur zu denken, und doch gehe ich nie auf diese Veranda, ohne daß er mir wieder in den Sinn kommt. Übrigens, wie weit von hier entfernt, sagten Sie mir, habe man seine Leiche gefunden?»

«Keine dreihundert Yard», antwortete ich.

«Seltsam, seltsam. Haben Sie eine bestimmte Vorstellung, wie der Mord geschah?»

«Nein», sagte ich, «aber mein Freund Chetwynd hat eine.»

«Ha!» antwortete er. «Und wahrscheinlich hat auch jene äußerst unterhaltsame Dame, Mrs. Ingram, eine eigene Erklärung. Ich darf nicht vergessen, daß ich ihr durch Sie heute abend einen Scheck zukommen lassen soll. Zu Frauen möchte ich nie hartherzig sein, wenn ich sie auch alle hasse. Nebenbei, Cato, wissen Sie, daß ich glaube, diese Frau verdächtigt mich – mich – auf irgendeine sonderbare, unergründliche, unmögliche Weise des Mordes an Ingram?»

"Nonsense," I answered.

He started to his feet.

"I don't think it nonsense, nor does she. But I believe I heard a ring – that must be the messenger with the notes and gold. I will let him in."

It struck me, as Don Santos said this, that he must have extraordinary ears, for I had certainly heard no bell ring. He left the veranda quickly. I sat on in my comfortable chair. I heard the sound of his retreating footsteps dying away, and then everything was quiet except for the stirring of a slight breeze in the top of the dark fir trees. I was relieved that Don Santos was no longer by my side. If the man was not mad he was next door to it: his words during my visit had been more than strange, and there was a light in his eyes which I had seen before, but never in those of a sane person. Should I leave the veranda, go downstairs, and make my escape? Was I really in danger? I could have easily gone away, but Lady Helen had trusted with her commission, and the casket was in the Spaniard's possession. I must not leave the house without the £5.000 which was to be Lady Helen's in exchange for the Catalini Casket. I must also try to get the cheque which the man had promised Mrs Ingram. I was still lying back in my chair when a moving shadow cast by a lamp in the room behind me suddenly spread across the veranda. I started and turned. Great heavens! it was Chetwynd himself! He rushed towards me, his eyes alight with terror, his voice hoarse with fear.

"For God's sake, Paul, get out of that chair," he cried; "jump for your life."

There was no time to be even surprised. I made one bound from the chair, and at the same instant something whirled through the air close behind me. There was a dull clang. Chetwynd, gripping my arm, pointed up. Neither of us could speak.

«Unsinn», antwortete ich.

Er sprang auf.

«Ich halte es nicht für Unsinn. Mrs. Ingram auch nicht. Doch ich glaube, es hat geläutet – das muß der Bote mit den Banknoten und dem Gold sein. Ich will ihn hereinlassen.»

Als Don Santos dies sagte, fiel mir auf, daß er außergewöhnlich gut hören mußte, denn ich hatte bestimmt kein Klingeln vernommen. Er verließ rasch die Veranda. Ich blieb in meinem Liegestuhl. Ich hörte, wie der Hall seiner sich entfernenden Schritte verklang, und dann war alles still, bis auf das Wehen einer leichten Brise in den Gipfeln der dunklen Kiefern. Ich war erleichtert, daß Don Santos nicht mehr neben mir saß. Wenn der Mann nicht verrückt war, so war er doch nicht weit davon entfernt. Seine Worte während meines Besuchs waren mehr als seltsam, und in seinen Augen war ein Leuchten, das ich schon früher wahrgenommen hatte, doch nie in den Augen eines gesunden Menschen. Sollte ich die Veranda verlassen, die Treppe hinuntergehen und mich aus dem Staub machen? War ich wirklich in Gefahr? Ich hätte mich leicht entfernen können, doch Lady Helen hatte mich mit Ihrem Auftrag betraut, und das Kästchen war im Besitz des Spaniers. Ich durfte das Haus nicht verlassen ohne die 5000 Pfund, die Lady Helen im Tausch für das Catalinikästchen zustanden. Auch mußte ich versuchen, den Scheck zu bekommen, den der Mann Mrs. Ingram versprochen hatte. Ich lag noch immer in meinem Stuhl zurückgelehnt, als ein gleitender Schatten, den eine Lampe im Zimmer hinter mir warf, sich plötzlich quer über die Veranda ausbreitete. Ich fuhr auf und drehte mich um. Guter Gott! es war Chetwynd selber. Er stürzte auf mich zu, die Augen brennend vor Entsetzen, die Stimme heiser vor Angst.

«Um Himmels willen, Paul, raus aus dem Stuhl!» rief er. «Springen Sie um Ihr Leben!»

Es blieb keine Zeit, auch nur überrascht zu sein. Mit einem Satz verließ ich den Stuhl, und im gleichen Augenblick wirbelte etwas nahe hinter mir durch die Luft. Es gab einen dumpfen Ton. Chetwynd faßte mich am Arm und zeigte nach oben. Keiner von uns konnte etwas sagen.

Fixed at the extremity of a huge steel spring which had been concealed as one of the planks on the veranda, the chair had flown up in a great arc above us, the spring had dashed against the bars of the iron railing, and the chair checked thus suddenly in its flight was still quivering to and fro from the terrific shock of the impact.

Chetwynd was the first to gain his voice.

"Hush! Look!" he whispered. Through the doorway, leering out into the darkness, was the face of the Spaniard. The next instant it vanished. Chetwynd blew loud blasts on a whistle, and we both rushed into the room. The man was gone, but before we had reached the top of the stairs a loud shriek, followed by the sounds of a desperate struggle, fell on our ears, and hurrying down we saw Don Santos struggling like a wild cat in the hands of two powerful detectives. It was a horrible sight. Chetwynd turned to me.

"I congratulate you, Cato," he said. "Two minutes more and you would have been lying amongst the gorse bushes. It was a little too near to be pleasant." He looked back at the señor, who was still filling the great hall with furious imprecations.

"Take him to the station, Mitchell," I heard Chetwynd say; "I will be with you the first thing tomorrow morning."

I shuddered. The shock, the suddenness of the whole thing, had unnerved me. I felt sick and faint.

"Come, old chap, it's over now," said my friend; "let me get you some brandy."

We entered the dining-room. The table was still strewn with the remains of our dinner. Chetwynd lit a candle, and I poured out a stiff glass of brandy and gulped it down.

"But what does it mean?" I cried.

"I suspected it," he answered; "not exactly what has happened, but something very like it. The

Befestigt am Ende einer riesigen Stahlfeder, die sich in einer der Planken auf der Veranda verbarg, war der Stuhl in einem großen Bogen über uns hinweg geflogen, die Feder war gegen die Stäbe der Eisenbrüstung gesaust, und der so in seinem Flug plötzlich gehemmte Stuhl zitterte von der ungeheuerlichen Wucht des Aufpralls noch immer hin und her.

Chetwynd fand als erster die Sprache wieder.

«Pst! Schauen Sie!» flüsterte er. Durch den Eingang hindurch sah man das Gesicht des Spaniers, das in die Dunkelheit hinausschielte. Im nächsten Augenblick verschwand es. Chetwynd pfiff laut mit einer Pfeife, und wir eilten beide ins Zimmer. Der Mann war weg, doch ehe wir an der Treppe angelangt waren, drang ein lauter, gellender Schrei an unsere Ohren, auf den Geräusche eines verzweifelten Kampfs folgten, und als wir hinuntereilten, sahen wir, wie Don Santos, einer wilden Katze gleich, sich gegen den Griff von zwei kräftigen Detektiven zur Wehr setzte. Es war ein fürchterlicher Anblick. Chetwynd wandte sich an mich.

«Ich beglückwünsche Sie, Cato», sagte er. «Noch zwei Minuten, und Sie hätten zwischen den Stechginsterstauden gelegen. Es war ein wenig zu knapp, um vergnüglich zu sein.» Er schaute auf den Señor zurück, der die große Halle noch immer mit seinen schrecklichen Verwünschungen ausfüllte.

«Bringen Sie ihn zur Polizeiwache, Mitchell», hörte ich Chetwynd sagen. Ich bin morgen in aller Frühe bei Ihnen.»

Ich schauderte. Der Schock, die Plötzlichkeit der ganzen Sache, hatte mich entnervt. Ich fühlte mich krank und schwach.

«Kommen Sie, alter Knabe, es ist nun vorbei», sagte mein Freund. «Ich will Ihnen jetzt einen Schnaps besorgen!»

Wir gingen ins Speisezimmer. Auf dem Tisch standen noch die Reste unseres Abendessens. Chetwynd zündete eine Kerze an, ich schenkte mir einen ordentlichen Schluck Branntwein ein und kippte ihn hinunter.

«Aber was bedeutet das?» rief ich.

«Ich habe es vermutet», antwortete er. «Nicht genau das, was sich zugetragen hat, aber etwas ganz Ähnliches. Der

señor is partly mad, but more wicked. He had a craze for the collection of art treasures, and wanted to secure them without paying his victims the necessary money. Thus he never intended to pay Lady Helen for the Catalini Casket. The old story which was repeated once in the case of Ingram would have again been the talk about you. Your lifeless body would have been found in the morning on Wimbledon Common, and the police would suppose that you had been robbed and murdered. I guessed that this was the señor's game, but it was impossible for me to tell how he performed his ghastly feats until I could get within the precincts of Roe House. When I found that you were really going there, I thought my opportunity had come. I resolved to watch you, and at the same time to let you go into danger. I followed you this evening, bringing two detectives in plain clothes with me. I perceived that there were no servants in the house, which strengthened my suspicions. We three managed to get into the garden, and watched you as you sat at supper. When you went up to the veranda we raised a window and got into the house, and then began our search. We first made our way to the room under the veranda. Come, I will show you." He took up a candle as he spoke. I followed him.

"We could hear your voices above us," continued Chetwynd. "When we entered the room I struck a light and then saw what I will now show you — something that sent me flying up to you. Thank God, I was just in time. Santos must have gone down the other way, so I missed him."

We had now entered a small, bare room. In the centre stood an enormous cogged wheel and ratchet, which could be wound by a handle. Upon the floor lay a long steel chain.

"Do you see this?" said Chetwynd. "The chain

Señor ist zwar in gewissem Grade verrückt, doch mehr noch ist er böse. Er hatte einen Fimmel, Kunstschätze zu sammeln, und wollte sie ergattern, ohne seinen Opfern das nötige Geld zu bezahlen. Er hatte nie vor, Lady Helen für das Catalinikästchen etwas zu bezahlen. Die alte Geschichte, die einmal im Falle Ingrams erprobt wurde, wäre in Ihrem Fall wieder Gesprächsgegenstand gewesen. Am Morgen hätte man Ihren leblosen Körper auf der Gemeindewiese von Wimbledon gefunden, und die Polizei hätte angenommen, Sie seien beraubt und umgebracht worden. Ich habe vermutet, daß dies das Spiel des Señors war, aber erst als ich in den Bereich von Roe House hineingelangen konnte, war es mir möglich zu sagen, wie er seine grausigen Taten vollbrachte. Als ich erfuhr, daß Sie sich wirklich dorthin begeben wollten, hielt ich meine Chance für gekommen. Ich beschloß, Sie zu beobachten und Sie gleichzeitig in die Gefahr tappen zu lassen. Heute abend folgte ich Ihnen und nahm zwei Detektive in Zivil mit. Ich bemerkte, daß keine Diener im Haus waren, was meinen Argwohn verstärkte. Es gelang uns dreien, in den Garten zu klettern, und wir beobachteten Sie, während Sie beim Essen saßen. Als Sie zur Veranda hinaufgingen, schoben wir ein Fenster hoch und stiegen ins Haus, und dann begann unsere Durchsuchung. Zuerst schlugen wir den Weg zu dem Raum unter der Veranda ein. Kommen Sie, ich werde es Ihnen zeigen!» Während er sprach, nahm er eine Kerze in die Hand. Ich folgte ihm.

«Wir konnten Ihre Stimmen über uns hören», fuhr Chetwynd fort. «Als wir den Raum betraten, zündete ich ein Streichholz an, und da sahen wir, was ich Ihnen jetzt zeige – was mich zu Ihnen hinaufstürmen ließ. Gott sei Dank kam ich rechtzeitig. Santos muß den anderen Weg hinuntergegangen sein, darum bin ich ihm nicht begegnet.»

Wir hatten nun einen kleinen, kahlen Raum betreten. In der Mitte stand ein riesiges Zahnrad mit Sperrklinke, das mittels eines Griffes gedreht werden konnte. Auf dem Boden lag eine lange Stahlkette.

«Sehen Sie das?» sagte Chetwynd. «Die Kette wurde

was used to wind down the huge steel spring in the veranda; this cord drew back the catch in order to release it, and then – well, you saw the rest for yourself. One moment more, and it would have flung you over the fir-tops and out on to the Common, three hundred yards away. Your dead body would have been found there in the morning. Just as in Ingram's case, there would have been no clue. Don Santos would have declared that you left the house with the money in your possession, thus giving the motive for your murder. No possible suspicion could have attached to him. Paul, I don't wonder you feel shaken, but think for your comfort that you have avenged Ingram and brought to the gallows one of the most crafty, scientific, and satanic criminals of the day! What a stir it will make!"

The next day Roe House underwent a careful examination by some of the ablest detectives in London. In all sorts of unlikely places treasures of immense worth were hidden. Doubtless they were most of them stolen. Amongst others the pearl necklace for which poor Ingram was murdered was found. It was sold again for an even larger figure, and thus Mrs Ingram got back her money. Lady Helen also received the Catalini Casket uninjured into her trembling hands. She had the courage and good sense, after so frightful a catastrophe, to inform her husband of the truth. He was more lenient than she had painted him, and her young brother was saved from absolute ruin.

As to Don Santos, even the plea of insanity availed nothing – two months later he was hanged for his crimes, and the world was rid of one of the most consummate scoundrels who has ever lived.

verwendet, um die riesige Stahlfeder auf die Veranda hinunterzuwinden. Dieses Seil zog die Sperre zurück, um sie freizugeben, und dann – na, das übrige haben Sie ja selbst gesehen. Ein weiterer Augenblick, und das Ding hätte Sie über die Kieferngipfel hinaus auf die Gemeindewiese geschleudert, dreihundert Yard weit weg. Dort hätte man am Morgen Ihren Leichnam gefunden. Genau wie im Fall von Ingram hätte es keinen Hinweis gegeben. Don Santos hätte erklärt, Sie hätten im Besitz des Geldes das Haus verlassen. Damit hätte er den Grund für Ihre Ermordung angegeben. Ihm hätte kein möglicher Verdacht angehängt werden können. Paul, ich wundere mich nicht, daß Sie sich mitgenommen fühlen. Denken Sie aber zu Ihrem Trost daran, daß Sie Ingram gerächt und einen der verschlagensten, gerissensten und teuflischsten Verbrecher unserer Zeit an den Galgen geliefert haben. Was wird das für ein Aufsehen erregen!»

Am nächsten Tag wurde Roe House von einigen der fähigsten Detektive Londons gründlich durchsucht. An allen möglichen unwahrscheinlichen Stellen waren Schätze von ungeheurem Wert versteckt. Sicherlich waren die meisten davon gestohlen. Unter anderen fand man das Perlenhalsband, dessentwegen der arme Ingram ermordet wurde. Es wurde für einen noch höheren Betrag wieder verkauft, und so erhielt Mrs. Ingram ihr Geld zurück. Auch Lady Helen nahm das Catalinikästchen unbeschädigt mit zitternden Händen entgegen. Sie war, nach einem so entsetzlichen Unglück, klug und mutig genug, ihrem Gatten die Wahrheit zu sagen. Er war nachsichtiger, als sie ihn geschildert hatte, und ihr jüngerer Bruder wurde vor dem völligen finanziellen Zusammenbruch bewahrt.

Was Don Santos betrifft, half nicht einmal der Antrag auf Geisteskrankheit. Zwei Monate später wurde er für seine Verbrechen gehängt, und die Welt war einen der abgefeimtesten Schurken los, der je gelebt hat.

Elsie, the under-housemaid at Number 71a, Seymour Gardens, Hyde Park, found the body when she came down to do the grates in the morning.

That Philip Gaylor should have been sitting, apparently asleep, in his armchair, with a reading lamp at his elbow and the heavy curtains drawn, was not without precedent. Mr. Gylor was an indifferent sleeper and often remained in his study until four or five in the morning.

Finding her master in the room, Elsie made to retire, but, mindful how he bullied his staff for any neglect of duty, she summoned her courage and, tiptoeing across the heavy pile carpet, went down on her knees, cleaned and blackleaded the grate, and relaid the fire. The while she reflected what a nasty old man he was.

Mr. Gaylor slept on – undisturbed.

Still moving quietly, Elsie drew the curtains and admitted the pale light of morning. While recrossing towards the door she became aware of something strained in her master's attitude. The head did not sit naturally on the shoulders – it poked sideways.

Elsie stretched out her hand to turn off the lamp, and as she did so the silence and the coldness of death crept in a wave towards her.

Elsie screamed twice and fled with fingers tangled in her hair. On the kitchen floor the scream articulated into a name.

"Mr Beldon! Mr Beldon!"

Beldon, the butler, came from his bedroom, which adjoined the servants' hall. There was a razor in his hand. One half of his face was shaved and the other was not. He wore a pyjama coat and a pair of black trousers with the braces looped over his hips.

Elsie, das zweite Dienstmädchen in Nummer 71a, Seymour Gardens, Hyde Park, fand die Leiche, als sie herunterkam, um in der Frühe die Feuerroste zu reinigen.

Es war nicht das erste Mal, daß Philip Gaylor schlafend, wie es schien, in seinem Sessel saß, eine Leselampe neben sich und die schweren Vorhänge zugezogen. Mr. Gaylor schlief nicht besonders gut und blieb oft bis vier oder fünf Uhr morgens in seinem Arbeitszimmer.

Als Elsie ihren Herrn im Zimmer sah, wollte sie hinausgehen, nahm aber, da sie sich erinnerte, wie er sein Personal wegen irgendeiner dienstlichen Nachlässigkeit herunterputzte, ihren Mut zusammen, schlich auf Zehenspitzen über den schweren Plüschteppich, ließ sich auf die Knie nieder, reinigte und schwärzte den Rost und machte wieder Feuer. Derweil dachte sie darüber nach, was für ein garstiger alter Mann er war.

Mr. Gaylor schlief weiter – ungestört.

Elsie, die sich noch immer leise bewegte, zog die Vorhänge auf und ließ das fahle Morgenlicht herein. Während sie wieder zur Tür zurückging, fiel ihr etwas Verkrampftes in der Haltung ihres Herrn auf. Der Kopf saß nicht natürlich auf den Schultern – er war zur Seite gerutscht.

Elsie streckte die Hand aus, um die Lampe auszuschalten, und dabei kroch ihr in einer wellenartigen Bewegung das Schweigen und die Kälte des Todes entgegen.

Elsie kreischte zweimal und floh, ihre Finger in den Haaren verheddert. Als sie die Küche erreichte, war aus ihrem Gekreisch ein Name herauszuhören.

«Mr. Beldon! Mr. Beldon!»

Beldon, der Butler, kam aus seinem Schlafzimmer, das neben dem Dienstbotenflur lag. In der Hand hielt er einen Rasierapparat. Die eine Hälfte seines Gesichts war rasiert, die andere nicht. Er trug eine Schlafanzugjacke und eine schwarze Hose, die Hosenträger hatte er um die Hüften geschlungen.

Elsie screamed again, and he said:

"My good girl, control yourself."

Came then Mrs Beldon, the cook, in a print dressing-gown, and with curl papers in her hair. She said:

"Stop it! You'll wake the master. Give over, do."

Then said Elsie, with shivering lips and eyes abulge:

"He'll never wake again. Oh – oh – oh – h! He's there – sitting there in his study – dead as a corpse – and I done the grate and never knew it."

"Girl's mad," said Mr Beldon. But he put down the razor because his hand was trembling. "I'll step upstairs and see."

Tucking in his pyjamas, he took a coat from the chairback and donned it.

"Wipe the soap off your face, Beldon," his wife admonished. "He's that particular."

"He'll never be partickler again," wailed Elsie, as Mr Beldon, smearing his cheek with a glass-cloth, hurried past her to the stairs.

On the half-landing above the hall was the door of the study, slightly ajar.

Mr Beldon rapped with his knuckles.

"Sir," said he.

Silence answered him, and a faint odour as of a mortuary.

Mr Beldon set his teeth and walked in.

In the leather armchair, his back towards the butler, was Mr Gaylor. Mr Gaylor's lumpy hands lay along the elbow-rests. Mr Gaylor's head was craned sideways. About his neck, drawn so tight as to have disappeared into the heavy folds of flesh, was twisted a length of wire with wooden holders at either end. Mr Gaylor had been garrotted with a grocer's cheese-cutter. On the underside of the jaw was a small black bruise. There was no suggestion of any disturbance having taken place. Books and

Elsie kreischte wieder, und er sagte:

«Mein gutes Mädchen, so beherrsch dich doch!»

Es kam dann Mrs. Beldon, die Köchin, in einem bedruckten Schlafrock und mit Papierlockenwicklern im Haar. Sie sagte:

«Schluß! Du weckst noch den Herrn. Hörst du wohl auf!»

Dann sagte Elsie mit zitternden Lippen und hervortretenden Augen:

«Er wird nie wieder aufwachen. Oh – oh – oh–h! Er is dort – sitzt in sei'm Arbeitszimmer – mausetot – un' ich mach 'n Rost sauber un' merk nix.»

«Das Mädchen ist verrückt», sagte Mr. Beldon. Doch er legte den Rasierapparat weg, weil seine Hand zitterte. «Ich gehe hinauf und sehe nach.»

Er steckte die Schlafanzugjacke in die Hose, nahm einen Rock von der Stuhllehne und zog ihn über.

«Wisch dir die Seife aus dem Gesicht, Beldon», ermahnte ihn seine Frau. «Er nimmt es doch so genau.»

«Er wird's nie wieder genau nehmen», jammerte Elsie, als Mr. Beldon, der sich mit einem Geschirrtuch die Wange abwischte, an ihr vorbei zur Treppe eilte.

Auf dem Halbpodest über der Diele war die Tür zum Arbeitszimmer, die ein wenig offenstand.

Mr. Beldon klopfte an.

«Sir», sagte er.

Die Antwort war Schweigen und ein leichter Geruch nach Leichenhalle.

Mr. Beldon biß die Zähne zusammen und ging hinein.

Im Ledersessel saß Mr. Gaylor, mit dem Rücken zum Butler. Mr. Gaylors dicke Hände lagen auf den Ellbogenstützen. Sein Kopf hing zur Seite über. Um den Hals war ein längeres Stück Draht geschlungen, das an jedem Ende hölzerne Griffe aufwies. Der Draht war so fest zusammengezogen, daß er in den schweren Fleischfalten verschwunden war. Mr. Gaylor war mit einem Draht erwürgt worden, wie ihn Krämer zum Käseschneiden verwenden. An der Unterseite des Kiefers befand sich eine kleine dunkle Quetschung. Es gab keinen Hinweis, daß irgendeine Auseinandersetzung stattgefunden

papers were in their accustomed order. The writing-table, the chairs, the telephone, the gramophone, small pieces of incidental furniture were exactly as they had been when, the previous night, Mr. Beldon had brought in the tray of drinks, and had seen his master alive for the last time.

Being a man of intelligence, he did not move anything. He stood just inside the room and looked. That was all. There was no need to touch the body to realise that life was extinct. The putty-coloured hands and the grey face told their own tale.

Removing the key, Mr Beldon stepped from the room and locked the door on the outside.

A frightened knot of servants had gathered in the hall below.

Mr Beldon came downstairs slowly, wiping the corners of his mouth with the glass-cloth. All his life he had made a study of imperturbability, and her was the moment to prove his perfection.

A rustle of horrified whispers greeted him – frightened inquiries.

"What's happened – what is it?"

Like dried leaves, wind-blown, they sounded.

He addressed his wife.

"Please to superintend the lowering of the blinds in the front of the house."

"Oh-h! Then it's true?"

"Fred." This to the boot-boy. "Slip up the Square and find a constable."

The boy was gone like a shot, only pausing to struggle with the frontdoor bolts.

"Elsie, my girl, you'd better lie down. The rest of you return to the kitchen."

He waited in the hall until his orders were obeyed, then unlocked the dining-room door and, entering, drank a glass of brandy – Courvoisier '98.

Presently the front-door bell rang.

hatte. Bücher und Papiere waren an ihrem gewohnten Platz. Der Schreibtisch, die Stühle, das Telefon, das Grammophon, kleine nebensächliche Möbelstücke standen genauso da wie am Abend zuvor, als Mr. Beldon das Tablett mit den Getränken hereingebracht und seinen Herrn zum letzten Mal lebend gesehen hatte.

Da er ein kluger Mensch war, rührte er nichts an. Er stand nur im Zimmer und sah sich um. Das war alles. Es lag keine Notwendigkeit vor, den Leichnam anzufassen, um zu erkennen, daß das Leben erloschen war. Die wachsfarbenen Hände und das graue Gesicht sprachen für sich.

Mr. Beldon zog den Schlüssel ab, ging aus dem Zimmer und verschloß die Tür von außen.

Ein eingeschüchtertes Häufchen von Dienern hatte sich im Flur unten versammelt.

Mr. Beldon kam langsam die Treppe herab und wischte sich die Mundwinkel mit dem Geschirrtuch ab. Sein ganzes Leben lang hatte er sorgfältig die Unerschütterlichkeit einstudiert, und jetzt war der Augenblick, seine Vollkommenheit zu beweisen.

Entsetztes Flüstern und Tuscheln begrüßte ihn − erschreckte Fragen.

«Was ist geschehen − was ist los?»

Wie dürres, vom Wind getriebenes Laub hörte es sich an. Er wandte sich an seine Frau.

«Bitte das Herablassen der Jalousien an der Vorderseite des Hauses überwachen.»

«Oh-h! Dann ist es also wahr?»

«Fred!» Das galt dem Stiefelputzer. «Scher dich zum Platz hinauf und hol einen Schutzmann!»

Der Junge war fort wie der Blitz. Er hielt nur kurz an, um sich mit den Riegeln der Vordertür abzumühen.

«Elsie, Mädchen, du solltest dich lieber hinlegen. Ihr anderen geht in die Küche zurück.»

Er wartete in der Diele, bis seine Befehle ausgeführt waren, schloß dann die Tür zum Speisezimmer auf, ging hinein und trank ein Glas Branntwein − Courvoisier '98.

Bald läutete es an der vorderen Haustür.

Fred and a policeman were on the steps.

When he found that it was a murder case the policeman rang up the station.

In the room above he remarked:

"Better not touch nothin', but 'e's gorn right enough."

The divisional surgeon and Detective-Inspector Lavey arrived together in a taxi. They were closeted in the study for a quarter of an hour before sending for Beldon.

"Did you find the body?" the detective asked.

Mr Beldon shook his head.

"It was found by the girl Elsie."

"Ah! Nothing been touched?"

"Except the grate, sir, nothing. Elsie did the grate and drew the curtains before recognising what had happened."

"Eh? Eh? Eh?" said the divisional surgeon, incredulously.

"It was not unheard of for the master to fall asleep in this chair, sir, and with that pink-shaded lamp she wouldn't have noticed his funny colour."

"An observer," said Lavery, cocking an eyebrow.

"Noticing is part of a butler's duties, sir."

"Later we'll find out how much you have noticed." He looked at the table. "Who was Mr. Gaylor's guest last night?"

"Ah, the empty glasses, sir; a Mr Chance Crichton."

"And he left – when?"

"I let him out at eleven forty-five p.m."

"Did anyone call after that?"

"No, sir. I locked up after that. Locked and bolted. The bolts was in place when I sent the boy for a constable."

"Did you see your master after Mr Crichton left the house?"

Fred und ein Schutzmann standen auf der Schwelle.

Als der Polizist erfuhr, daß es sich um einen Mordfall handelte, rief er die Wache an.

Im Zimmer darüber bemerkte er:

«Jetzt am besten überhaupt nichts anfassen – aber der is mausetot.»

Der Bezirksarzt und der Kriminalinspektor Lavery kamen zusammen in einem Taxi. Sie berieten im Arbeitszimmer eine Viertelstunde lang allein, ehe sie Beldon riefen.

«Haben Sie den Leichnam gefunden?» fragte der Detektiv.

Mr. Beldon schüttelte den Kopf.

«Er wurde von Elsie, dem Mädchen, gefunden.»

«Ach! Nichts angerührt worden?»

«Außer dem Feuerrost nichts, Herr Inspektor. Elsie hat den Rost sauber gemacht und die Vorhänge zurückgezogen, bevor sie erkannte, was geschehen war.»

«Wer? Wie? Was?» sagte der Arzt ungläubig.

«Es war nichts Ungewöhnliches, daß der Herr in diesem Sessel einschlief, Herr Doktor, und bei diesem rosafarbenen Lampenschirm hätte sie seine seltsame Farbe nicht bemerkt.»

«Ein Beobachter», sagte Lavery und zog eine Augenbraue zusammen.

«Das Beobachten gehört zu den Pflichten eines Butlers, Herr Inspektor.»

«Später werden wir feststellen, wieviel Sie beobachtet haben.» Er blickte auf den Tisch. «Wer war gestern abend Mr. Gaylors Gast?»

«Ach, die leeren Gläser, Herr Inspektor! Ein gewisser Mr. Chance Crichton.»

«Und er ging weg – wann?»

«Ich ließ ihn um elf Uhr fünfundvierzig aus dem Haus.»

«Hat danach jemand vorgesprochen?»

«Nein, Herr Inspektor. Habe gleich abgeschlossen. Abgeschlossen und verriegelt. Die Riegel waren noch genauso gestellt, als ich den Jungen nach einem Polizisten schickte.»

«Haben Sie Ihren Herrn gesehen, nachdem Mr. Crichton das Haus verließ?»

"No, sir."

Lavery shot a question at the divisional surgeon.

"How long dead?"

"Hard to say exactly, but not much less than eight hours – might be a bit more."

Lavery whistled.

"That looks awkward for Mr. Crichton, doesn't it?" said he.

"No, sir," said Beldon.

"Eh?"

"The master addressed me as I was letting Mr Crichton out."

"Did he, though? To what effect?"

"At a quarter to twelve, sir, my bell rang from the study. As I reached the hall Mr Crichton came out of the study. I heard the master say 'Goodnight, Crichton,' and Mr Crichton replied 'Goodnight' as he came down the stairs.

Then the master called, 'Beldon, Mr Crichton's car!' I replied, 'Very good, sir,' and he said, 'I shall be working late and don't want to be disturbed. You can lock up.'"

"That all?"

"No, sir; as I was shooting the bolts I heard the master whistle. I think it was 'I want to be happy'."

"Anyone else hear this dialogue?"

"Mrs Beldon, my wife, may have. She was in my service pantry fetching some polishers I'd borrowed."

"We must have a talk with Mrs Beldon."

"Yes, sir."

"In the meantime, Crichton seems out of the running. Anyone you can think of with a grudge against Mr Gaylor?"

The butler scratched his chin.

"No, sir, not in particular."

"What was he – what was his job?"

«Nein, Herr Inspektor.»

Lavery richtete pfeilschnell eine Frage an den Bezirksarzt.

«Wie lange tot?»

«Schwer, genau zu sagen, doch nicht viel weniger als acht Stunden – vielleicht ein bißchen mehr.»

Lavery pfiff.

«Das sieht unangenehm für Mr. Crichton aus, nicht wahr?» bemerkte er.

«Nein, Herr Inspektor», sagte Beldon.

«Wie?»

«Mein Herr hat mich angesprochen, als ich Mr. Crichton hinausließ.»

«Tatsächlich? Sieh an. Worum ging es da?»

«Um Viertel vor zwölf, Herr Inspektor, klingelte es bei mir vom Arbeitszimmer aus. Als ich in den Flur kam, trat Mr. Crichton aus dem Arbeitszimmer. Ich hörte meinen Herrn ‹Gute Nacht, Crichton› sagen, und Mr. Crichton erwiderte ‹Gute Nacht›, während er die Treppe herunterkam. Dann rief mein Herr: ‹Beldon, Mr. Crichtons Wagen.› Ich antwortete: ‹Sehr wohl, mein Herr›, und er sagte: ‹Ich werde bis spät in die Nacht hinein arbeiten und wünsche nicht gestört zu werden. Sie können absperren.›»

«Ist das alles?»

«Nein, Herr Inspektor. Als ich die Riegel vorschob, hörte ich den Herrn pfeifen. Ich glaube, es war ‹Ich will glücklich sein›.»

«Sonst noch jemand diesen Dialog gehört?»

«Mrs. Beldon, meine Frau, vielleicht. Sie war in meiner Anrichtekammer, um ein paar Poliermittel zu holen, die ich mir ausgeliehen hatte.»

«Wir müssen uns mit Mrs. Beldon unterhalten.»

«Jawohl, Herr Inspektor.»

«Mittlerweile scheint Crichton ja nicht mehr in Betracht zu kommen. Gibt's jemanden, von dem Sie sich vorstellen können, daß er einen Groll gegen Mr. Gaylor hegte?»

Der Butler kratzte sich am Kinn.

«Nein, Herr Inspektor, nicht im besonderen.»

«Was war er – was für einen Beruf übte er aus?»

"Mr Gaylor, sir, advanced money to people."

"A moneylender?"

"A financial adviser and expert, sir."

Lavery's face screwed itself into a half-comical expression.

"That widens the field of operations, doesn't it? As a profession, moneylending does not make for universal popularity."

"Mr Gaylor advertised himself as 'The Man Who Does You a Good Turn'."

"M'yes. Did he ever do you a good turn, Beldon?" The question was put with point.

The butler drew himself up.

"Never," he replied, steadily. "The money I received from Mr Gaylor I earned. I would like to add, sir, that after closing the front door last night I went straight downstairs to the servants' hall, where I played a game of patience with Mrs Beldon until we both went to bed."

The divisional surgeon smiled.

"Qui s'excuse," he quoted.

"Not in this case, sir," said Beldon, "if you'll pardon my being familiar with a little French."

The two men laughed.

"Is Mr Gaylor married?" Lavery demanded.

"His wife died some eighteen months ago, sir."

"Since when he has lived the life of a celibate, eh?"

"Once supposes so, sir."

"Come now."

"Mr Gaylor did not confide in me."

"But you have your opinions?"

"Mr Gaylor was a pleasure-loving gentleman, sir, and I do not think he allowed grief to take possession of him. However, 'de mortuis', if you happen to be familiar with a little Latin."

"Familiar enough to understand what you mean. But how about some details, Beldon?"

«Mr. Gaylor, Herr Inspektor, schoß Leuten Geld vor.»

«Ein Geldverleiher?»

«Ein Finanzberater und Finanzfachmann, Herr Inspektor.»

Laverys Gesicht verzog sich zu einem halb komischen Ausdruck.

«Das erweitert das Betätigungsfeld, nicht wahr? Als Beruf fördert das Geldverleihen nicht gerade die allgemeine Beliebtheit.»

«Mr. Gaylor warb für sich als ‹Der Mann, der Ihnen eine Gefälligkeit erweist›.»

«M'ja. Hat er Ihnen jemals eine Gefälligkeit erwiesen, Beldon?» Die Frage war mit Nachdruck gestellt.

Der Butler richtete sich würdevoll auf.

«Nie», erwiderte er ruhig. «Das Geld, das ich von Mr. Gaylor bekam, habe ich mir verdient. Ich möchte hinzufügen, Herr Inspektor, daß ich mich gestern abend, nachdem ich die vordere Tür geschlossen hatte, geradewegs in den Bedienstetenflur hinunterbegab, wo ich mit meiner Frau eine Partie Patience spielte, ehe wir beide zu Bett gingen.»

Der Bezirksarzt lächelte.

«Qui s'excuse», zitierte er.

«Nicht in diesem Fall, Herr Doktor», sagte Beldon, «falls Sie mir gestatten, daß ich ein bißchen Französisch verstehe.»

Die beiden Männer lachten.

«Ist Mr. Gaylor verheiratet?» fragte Lavery.

«Seine Frau starb vor etwa eineinhalb Jahren, Herr Inspektor.»

«Und seither hat er als Einsiedler gelebt, wie?»

«Das nimmt man an, Herr Inspektor.»

«Na, kommen Sie!»

«Mr. Gaylor hat mich nicht ins Vertrauen gezogen.»

«Aber Sie haben doch Ihre Ansichten?»

«Mr. Gaylor war ein Herr, der das Vergnügen liebte, Herr Inspektor, und ich glaube nicht, daß er sich vom Gram überwältigen ließ. Wie dem auch sei, ‹de mortuis›, falls Sie zufällig mit ein bißchen Latein vertraut sind.»

«Vertraut genug, um zu verstehen, was Sie meinen. Doch wie wär's mit ein paar Einzelheiten, Beldon?»

"He was fond of cards, sir – of wine, and – er – the accompanying – er – entertainments. I have heard it said, sir, that in private life Mr Gaylor was, to use the vernacular, a bit of a dog, sir – a devil. Though I should add in his own house he always behaved very regular and right."

"Was his marriage a happy one?"

Beldon seemed dubious.

"I can't speak at first hand. I came into his service when he was a widower, but it's rumoured that the lady suffered a good deal on his account – so much so that death lost some of its sting."

"Porter," said Lavery, addressing the constable, "get on to the station and ask them to find out about Mr Gaylor's wife – who she was, where she came from – all they can let me know." Once more he turned to Beldon. "This locking up last night. Of what does that consist?"

Beldon explained that it was a custom of the house to lock all the room doors on the ground level, and leave the keys on the outside. He pointed out that the basement windows were heavily barred and that without a ladder it would be impossible to reach the windows of the upper floors.

"Besides, sir, the sashes in the house are fitted with burglar alarms."

Lavery had already satisfied himself that the study window had not been tampered with. For one thing it was locked, and for a second there was a fine coating of dust upon the mahogany sill which anyone using the window for ingress or egress inevitably would have disturbed.

These facts pointed to the conclusion that the murder had been committed by some person or persons inside the house. A question to Beldon regarding the staff elicited the reply that besides his wife there were three female servants and the boy Fred.

«Er liebte das Kartenspiel, Herr Inspektor, den Wein und – hm – was an Unterhaltungen dazugehört. Es heißt, Herr Inspektor, daß Mr. Gaylor im Privatleben, um es volkstümlich auszudrücken, ein toller Hecht war – ein Draufgänger. Obschon ich hinzufügen sollte, daß er sich im eigenen Haus immer tadellos und angemessen benahm.»

«War seine Ehe glücklich?»

Beldon schien seine Zweifel zu haben.

«Ich kann nicht aus erster Hand berichten. Ich trat bei ihm in Dienst, als er Witwer war, doch es geht das Gerücht, daß die gnädige Frau seinetwegen viel gelitten habe – so viel, daß der Tod von seinem Stachel einiges verlor.»

«Porter», sagte Lavery, an den Polizisten gewandt, «gehen Sie aufs Revier: man möchte Nachforschungen über Mr. Gaylors Frau anstellen – wer sie war, woher sie kam – und alles, was herauszubringen ist, mich wissen lassen.» Nochmals wandte er sich an Beldon. «Dieses Verriegeln in der vergangenen Nacht. Worin besteht das?»

Beldon erklärte, es sei im Haus üblich gewesen, alle Zimmertüren im Erdgeschoß abzusperren und die Schlüssel außen stecken zu lassen. Er wies darauf hin, daß die Kellergeschoßfenster schwer vergittert waren und daß es ohne Leiter unmöglich sei, die Fenster der darüber liegenden Stockwerke zu erreichen.

«Außerdem, Herr Inspektor, sind die Schiebefenster mit Alarmanlagen ausgestattet.»

Lavery hatte sich schon überzeugt, daß sich am Fenster des Arbeitszimmers niemand zu schaffen gemacht hatte. Zum einen war es verriegelt, und zum zweiten lag eine feine Staubschicht auf dem Mahagoni-Fensterbrett, die jeder, der das Fenster benutzt hätte, um ein- oder auszusteigen, unweigerlich verwischt hätte.

Diese Tatsachen legten den Schluß nahe, daß der Mord von einer Person oder von Personen, die im Haus wohnten, begangen worden war. Eine das Personal betreffende Frage an Beldon entlockte ihm die Antwort, daß es außer seiner Frau drei weibliche Bedienstete und den Laufburschen Fred gab.

The divisional surgeon, whose examination was complete, asked if the body could be removed.

"Yes. You can have it shifted, but I look like being here some time yet."

With the swift and silent efficiency for which the police are famous, the earthly remains of Mr Philip Gaylor were removed to the cold inhospitality of a public morgue.

"Now, Beldon," said Lavery, "if you could give me a snack of breakfast and let me have Mr Gaylor's morning mail, and would ask your good wife to spare me five minutes, I should be obliged."

As Beldon reached the door he was recalled.

"And, by the way, we'll have the blinds up again, please. The servants are to remain in the house and are not to speak to the tradesmen or any other person. If anyone calls, I will see them."

"Very good, sir."

Left to himself, Lavery made a fresh examination of the study. Every detail came under a searching scrutiny. Cigar ash and half-burnt matches lay on the carpet near Gaylor's armchair – testifying a constant if untidy smoker. On a small table adjoining the second armchair was an ash-tray containing a number of cigarette ends of varying lengths. In one case a cigarette had burnt itself out practically unsmoked. Grey and cylindrical in form, the ash stretched across a small grooved rest on the edge of the tray and lay over the ends beneath. From the evenness of the lip stains, it was evident these cigarettes had been consumed by one smoker. Mr Chance Crichton, without a doubt. For some minutes Lavery puzzled over the lack of uniformity in the length of the cigarette ends. To the trained mind it conveyed a suggestion of nervousness. From among the cinders in the housemaid's box, which, in her terrified exit from the room, she had left in the grate, he rescued the

Der Bezirksarzt, dessen Untersuchung abgeschlossen war, fragte, ob der Leichnam entfernt werden könne.

«Ja. Sie können ihn wegschaffen lassen, aber es sieht aus, als ob ich noch einige Zeit hierbleibe.»

Mit der raschen, stummen Tüchtigkeit, für welche die Polizei bekannt ist, wurden Mr. Philip Gaylors sterbliche Überreste in die kalte Ungastlichkeit einer öffentlichen Leichenhalle überführt.

«Beldon, wenn Sie mir jetzt», sagte Lavery, «eine Kleinigkeit zum Frühstücken gäben und Mr. Gaylors Morgenpost aushändigten, ferner Ihre gute Frau bäten, fünf Minuten für mich zu erübrigen, dann wäre ich Ihnen verbunden.»

Als Beldon an der Tür war, wurde er zurückgerufen.

«Und übrigens werden wir die Jalousien wieder hochziehen lassen, bitte. Die Diener sollen im Hause bleiben und nicht mit den Krämern oder sonst jemandem reden. Wenn jemand vorspricht, will ich ihn sehen.»

«Sehr wohl, Herr Inspektor.»

Nachdem er allein war, nahm Lavery erneut eine Überprüfung des Arbeitszimmers vor. Jede Einzelheit wurde gründlich untersucht. Zigarrenasche und halbverbrannte Streichhölzer lagen neben Gaylors Sessel auf dem Teppich — bezeugten, daß der Mann Gewohnheitsraucher war, allerdings ein unordentlicher. Auf einem Tischchen neben dem zweiten Sessel stand ein Aschenbecher, der eine Anzahl Zigarettenstummel von verschiedener Länge enthielt. In einem Fall war eine Zigarette praktisch ungeraucht zu Ende gebrannt. Grau und zylinderförmig erstreckte sich die Asche quer über eine kleine, als Rille geformte Ablage am Rand des Aschenbechers und lag über den darunter befindlichen Stummeln. Aus der Gleichförmigkeit der Lippenspuren ging klar hervor, daß diese Zigaretten von ein und derselben Person geraucht worden waren. Zweifellos von Mr. Chance Crichton. Einige Minuten lang rätselte Lavery über den Mangel an Übereinstimmung in der Länge der Zigarettenkippen. Für den geschulten Geist drückte das eine Spur von Aufgeregtheit aus. Aus der Asche des Eimers, den das Hausmädchen im Feuerrost gelassen hatte, als es entsetzt aus dem

butts of three cigars bearing indentations of Mr Gaylor's teeth.

The glass on the writing table within reach of Mr Gaylor's arm was still half full of stale whisky and soda. Chance Crichton's glass was empty. Lavery turned his attention to the writing-table. Lying upon the blotting pad was a rough draft of a Colonial Building Society scheme to which a slip of paper was attached that read:

Dear G –
I think there's money in the idea. Look it over and give me your views when I dine with you Thursday.

Yours, C. C.

The draft was in typescript, with corrections in the same handwriting as the note. Evidently it was to discuss this matter that Chance Crichton had spent the preceding evening with the dead man.

Lavery found nothing else of significance on the writing-table, although in one of the drawers there was a fully loaded revolver. There were no personal letters of any kind. The furniture bore no traces of violence. Everything was orderly and correct.

"As I read the card," Lavery murmured to himself, "the murderer knocked Gaylor out and throttled him while he was still insensible."

He could find no instrument in the room with which the blow could have been struck, and it seemed reasonable to suppose a knuckleduster had been used.

A curious feature of the case – perhaps the most curious – was a semicircle of cigar ash forming a broad band on the carpet immediately in front of the dead man's chair. Except in one place this ash had not been trodden upon. This Lavery had noticed the minute he first entered the room. It was

Zimmer lief, stellte Lavery die Stummel von drei Zigarren sicher, die Einkerbungen von Mr. Gaylors Zähnen trugen.

Das Glas auf dem Schreibtisch in Reichweite von Mr. Gaylors Arm war noch halb voll von abgestandenem Whisky mit Soda. Chance Crichtons Glas war leer. Lavery wandte sein Augenmerk dem Schreibtisch zu. Auf der Schreibunterlage aus Löschpapier lag ein Rohentwurf des Plans einer Kolonialen Baugesellschaft mit einem darangeklammerten Zettel, auf dem zu lesen war:

Lieber G...
ich glaube, in dem Plan steckt Geld. Sehen Sie ihn durch und lassen Sie mich wissen, was Sie davon halten, wenn ich am Donnerstag mit Ihnen speise.

Ihr C. C.

Der Entwurf war mit Maschine geschrieben, mit Korrekturen in der gleichen Handschrift wie der Zettel. Offensichtlich um diese Angelegenheit zu besprechen, hatte Chance Crichton den vorangegangenen Abend mit dem Toten verbracht.

Lavery fand sonst nichts von Belang auf dem Schreibtisch, wenngleich in einer der Schubladen ein Revolver mit vollem Magazin lag. Es waren keine persönlichen Briefe irgendwelcher Art vorhanden. Die Möbel wiesen keine Spuren von Gewalt auf. Alles war ordentlich und einwandfrei.

«So wie ich die Sache deute», murmelte Lavery bei sich, «hat der Mörder Gaylor zusammengeschlagen und ihn erdrosselt, solange er noch bewußtlos war.»

Er konnte keinen Gegenstand im Zimmer finden, mit dem der Schlag hätte ausgeführt werden können, und es erschien vernünftig anzunehmen, daß ein Schlagring verwendet worden war.

Eine merkwürdige Besonderheit des Falles – vielleicht die merkwürdigste – war ein Halbkreis aus Zigarrenasche, der ein breites Band auf dem Teppich unmittelbar vor dem Stuhl des Toten bildete. Mit Ausnahme einer einzigen Stelle war auf dieser Asche nicht herumgetreten worden. Das hatte Lavery in dem Augenblick bemerkt, als er zum erstenmal in

significant, and pointed to the conclusion that Gaylor was sitting in his chair when the blow had fallen – or rather risen, for the bruise on the jaw could only have been caused by something in the nature of an uppercut. The trodden ash marked the toe of a shoe pointing inwards or towards the body.

If Crichton had committed the murder there would have been nothing surprising in this feature, for what was to prevent Crichton from attacking his host unaware? But Crichton clearly was not the murderer, or Beldon would not have heard his master's voice saying "Good-night" during and after letting Crichton out of the house.

Surely Gaylor, confronted with an unexpected intruder in the middle of the night, would have sprung to his feet and put up some sort of defence. But there was the testimony of the cigar ash to prove he had not done so.

Before the body was removed Lavery had placed his left foot on the footmark in the ash and had found from that position he could have conveniently landed his right fist on the point of the dead man's jaw. The distance was perfect. The only other person in the house who might have approached Gaylor without exciting suspicion was Beldon, but Lavery could not bring himself to suspect that pillar of respectability and level-headedness. It was unlikely Mrs. Beldon or one of the female servants commanded a punch sufficiently powerful to render a man insensible with a single blow. That sort of feat called for practice. And yet the whole house had been locked up – inside and out.

The case, which at first had looked simple, was beginning to pile up complexities.

Frowning to himself, Lavery turned his attention to the bookshelves. Here were a number of volumes dealing with business methods and finance,

den Raum gekommen war. Es war bezeichnend und legte den Schluß nahe, daß Gaylor in seinem Sessel saß, als der Schlag niedergesaust – oder vielmehr nach oben gegangen war, denn die Quetschung am Kiefer konnte nur von einer Art Kinnhaken verursacht worden sein. Die zusammengetretene Asche zeigte die Spitze eines Schuhs, die nach innen oder auf den Körper zuwies.

Falls Crichton den Mord begangen hatte, so wäre daran nichts Überraschendes gewesen, denn was sollte Crichton abhalten, seinen Gastgeber anzugreifen, da dieser nichts ahnte? Doch Crichton war offensichtlich nicht der Mörder, sonst hätte Beldon nicht gehört, wie die Stimme seines Herrn «Gute Nacht!» sagte, während und nachdem er Crichton hinausließ.

Wenn Gaylor sich mitten in der Nacht einem unerwarteten Eindringling gegenübergesehen hätte, wäre er sicherlich aufgesprungen und hätte sich irgendwie verteidigt. Doch da war die Zigarrenasche als Beweis, daß er das nicht getan hatte.

Bevor der Leichnam weggeschafft wurde, hatte Lavery seinen linken Fuß auf die Fußspur in der Asche gesetzt und herausgefunden, daß er von dieser Stellung aus bequem seine rechte Faust da hätte landen können, wo das Kinn des Toten war. Die Entfernung war vortrefflich. Die einzige andere Person im Haus, die sich Gaylor hätte nähern können, ohne Verdacht zu erregen, war Beldon, doch Lavery konnte sich nicht dazu verstehen, diesen Pfeiler der Ehrbarkeit und Vernunft zu verdächtigen. Es war unwahrscheinlich, daß Mrs. Beldon oder eine der Dienerinnen über einen hinreichend kräftigen Fausthieb verfügte, um einen Mann mit einem einzigen Schlag bewußtlos zu machen. Diese Art von Leistung erforderte Übung. Und doch war das ganze Haus versperrt gewesen, innen und außen.

In dem Fall, der zuerst einfach ausgesehen hatte, begannen sich Schwierigkeiten aufzutürmen.

Stirnrunzelnd über sich selber, wandte Lavery sein Augenmerk den Bücherregalen zu. Hier standen eine Anzahl von Bänden, die von Geschäftsmethoden und Finanzwesen

some lighter reading of rather too piquant a flavour, confessions of ladies' maids and other persons with unique opportunities for intimate observation – translations from the French, etc. – a shelf bearing a litter of gramophone records, selections from comic operas and jazz tunes, some loose and some in albums, and a lower shelf containing the Encyclopaedia britannica.

It was evident Mr Gaylor's tastes had balanced between the recondite and the frivolous. Lavery opened the cupboard beneath the pedestal gramophone, but apart from two or three dusty records there was nothing of interest. From the top of the gramophone he picked up a pair of small-sized man's gloves. Mindful of Gaylor's large fat hands, Lavery assumed that they must have been the property of someone else.

Leaving the gloves where he found them, Lavery went downstairs to breakfast.

Mrs Beldon, who brought him his breakfast on a tray, was a buxom woman with a pneumatic figure, which under the pressure of circumstances appeared somewhat deflated.

"Tell me", said Lavery, "just what you heard from the service pantry."

"Well, sir, it wasn't much, to be sure, but I heard master wish Mr Crichton good-night, and while Beldon was locking up I heard him whistling."

"You are sure of that?"

"Oh, yes, sir."

"Mr Gaylor was fond of whistling?"

"Well, he was, sir, there's no denying it. A catchy tune would always set him off."

"I see."

Lavery took a shot in the dark.

"Mrs Beldon, after you and your husband went to bed last night, what persuaded him to get up again?"

handelten, dann etwas leichterer Lesestoff von leicht anstößigem Beigeschmack, Bekenntnisse von Zofen und anderen Personen mit einzigartiger Gelegenheit zu Einblicken in die Intimsphäre – Übersetzungen aus dem Französischen, usw. – ein Bord, auf dem sich ein Durcheinander von Grammophonplatten befand: Zusammenschnitte aus Operetten und Jazzmelodien, einige lose und einige in Alben, sowie ein niedrigeres Regal, das die Encyclopaedia Britannica enthielt.

Es war ersichtlich, daß Mr. Gaylors Neigungen zwischen dem Abgründigen und dem Zweideutigen das Gleichgewicht gehalten hatten. Lavery öffnete das Schränkchen unter dem Sockelgrammophon, doch abgesehen von zwei oder drei verstaubten Platten war da nichts von Bedeutung. Auf dem Grammophon fand er ein Paar Männerhandschuhe, eine kleine Nummer. Da er an Gaylors große fleischige Hände dachte, nahm er an, sie müßten jemand anderem gehören.

Er ließ die Handschuhe liegen und ging zum Frühstücken die Treppe hinunter.

Mrs. Beldon, die ihm sein Frühstück auf einem Tablett brachte, war eine dralle, vollbusige Frau, die unter dem Druck der Umstände etwas zusammengesunken wirkte.

«Erzählen Sie mir einfach», sagte Lavery, «was Sie von der Anrichtekammer aus gehört haben.»

«Nun, Herr Inspektor, es war gewiß nicht viel, aber ich hörte, daß mein Herr Mr. Crichton gute Nacht wünschte, und während mein Mann zusperrte, hörte ich, wie der Herr pfiff.»

«Sind Sie sich dessen sicher?»

«Oh ja, Herr Inspektor.»

«Pfiff Mr. Gaylor gern?»

«Also, Herr Inspektor, das ist nicht zu leugnen. Eine flotte Melodie brachte ihn immer in Laune.»

«Ich verstehe.»

Lavery klopfte plötzlich auf den Busch.

«Mrs. Beldon, nachdem Sie und Ihr Gatte gestern abend zu Bett gegangen waren, was hat ihn da bewogen, wieder aufzustehen?»

Mrs Beldon caught her breath and blushed.

"It was the hiccups," she said. "'E's had trouble with his juno-enum, and often has to take a drop of vinegar to steady it."

Lavery resisted a temptation to laugh.

"How long did he leave you alone?"

"He didn't, sir. I went with him, for I never allow even Beldon to meddle with my cupboards."

"Vinegar, you said?"

"Yes, sir, Sarson's. I do 'ope you don't suspect Beldon of —"

"No, I don't," said Lavery, to her intense relief. Then: "Where you fond of your master, Mrs Beldon?"

"No, sir," the woman replied with candour.

"Oh!"

"He was not my idea of a nice gentleman — though I never 'ad any cause myself to complain."

"Why do you say he was not nice, then?"

"Well, sir, apart from 'earsay a woman knows the kind of man a man is by bein' near him. It's no good pretending she doesn't."

"That'll do, Mrs Beldon, thank you," said Lavery, and turned his attention to a pile of letters addressed to Philip Gaylor, Esq.

The correspondence was scarcely of the kind a man might wish to have read by a stranger on the morning after his death. There were pathetic appeals from various persons begging for more time in which to repay, an hysterical letter from a curate calling down the vengeance of heaven upon oppressors, and a passionate screed from a woman who signed herself "Lottie", and who wrote that beyond all doubt or question Philip Gaylor was "the vilest creature that crawled". As he dropped the pile into his pocket, Lavery reflected that if this was a sample of the feeling Gaylor

Mrs. Beldon hielt den Atem an und errötete.

«Es war der Schluckauf», sagte sie. «Er hat Schwierigkeiten mit seinem Duer-dehnum und muß oft einen Tropfen Essig nehmen, damit der sich wieder beruhigt.»

Lavery widerstand einer Versuchung zu lachen.

«Wie lange ließ er Sie allein?»

«Er ließ mich nicht allein, Herr Inspektor. Ich bin mitgegangen. Ich erlaube nicht mal Beldon, daß er an meinen Schränken herumhantiert.»

«Essig, sagten Sie?»

«Ja, Herr Inspektor, Essig von Sarson. Ich hoffe doch, Sie haben Beldon nicht im Verdacht...»

«Nein», sagte Lavery, zu ihrer unendlichen Erleichterung. Dann: «Hatten Sie Ihren Herrn gern, Mrs. Beldon?»

«Nein, Herr Inspektor», erwiderte die Frau aufrichtig.

«Ach!»

«Er entsprach nicht meiner Vorstellung von einem netten Herrn – wenn ich auch selber nie irgendeinen Grund hatte, mich zu beklagen.»

«Warum sagen Sie dann, daß er nicht nett war?»

«Nun, Herr Inspektor, abgesehen vom Hörensagen weiß eine Frau, was für ein Mann ein Mann ist, wenn sie sich in seiner Nähe aufhält. Es hat keinen Zweck, so zu tun, als wüßte sie es nicht.»

«Das genügt, Mrs. Beldon, danke», sagte Lavery und wandte sein Augenmerk einem Stapel von Briefen zu, die an Philip Gaylor, Esq., gerichtet waren.

Die Briefe waren kaum von der Art, wie man sie am Morgen nach dem eigenen Tod von einem Fremden gelesen haben möchte. Es waren mitleiderregende Bitten von verschiedenen Leuten um Zahlungsaufschub, ein hysterischer Brief von einem Hilfspfarrer, der die Rache des Himmels auf Unterdrücker herabflehte, und ein leidenschaftliches, langatmiges Schreiben von einer Frau, die mit ‹Lottie› unterzeichnete und von Philip Gaylor sagte, er sei ganz fraglos «das erbärmlichste Geschöpf, das herumkriecht». Als Lavery den Stapel in seine Tasche schob, überlegte er, daß, wenn dies eine Auswahl der Gefühle war, die Gaylor bei seinen Kunden

had inspired among clients and associates, it would appear that a number of persons might have sought to take his life with enthusiasm.

The telephone bell in the lobby rang and Lavery rose to answer it. As he crossed the hall there was a knock at the front door. The policeman on duty in the study came downstairs to answer it as Lavery picked up the receiver.

It was a call from the Yard.

"No, the line's dull," he said. "What? Mrs Gaylor was not married to Mr Gaylor? Wife by courtesy! I see. Who? Wait, I'll write that down. Lydia Charrable, yes. Wife of Edward Charrable."

As Mr Chance Crichton entered the house, with eyebrows slightly raised to the sight of the policeman who had admitted him, Lavery's voice was distinctly audible.

"Who do you want?" the policeman demanded.

Chance Crichton ignored the question of a moment. His attention was elsewhere. At a repetition of the question, he replied:

"Mr Gaylor, please."

The policeman told him to wait.

Lavery came out ot the lobby.

"Yes?" said he.

Chance Crichton looked him up and down.

"I am beginning to wonder if I am not in the wrong house," he said. "Except that it is impossible for two houses to have such villainous wallpaper, I should be sure of it."

Chance Crichton was a tall, spare man with a thin, weather-beaten face and an oddly comical twist to his mouth. Bright eyes, squarelidded, twinkled from deep hollows surmounted by heavy brows. There was something debonair in his carriage – a kind of insolent grace by no means unattractive. His age was perhaps forty, or a little more.

und Geschäftspartnern ausgelöst hatte, es sehr wohl danach aussähe, daß mehrere Leute ihm brennend gern nach dem Leben getrachtet haben könnten.

Das Telefon im Vestibül klingelte, und Lavery stand auf, um abzuheben. Während er den Flur überquerte, klopfte es an der vorderen Tür. Der im Arbeitszimmer diensthabende Polizist kam die Treppe herunter, um aufzumachen, als Lavery den Hörer abhob.

Es war ein Anruf von Scotland Yard.

«Nein, die Leitung ist tot», sagte er. «Was? Mrs. Gaylor war nicht mit Mr. Gaylor verheiratet? Ehefrau ehrenhalber! Ich verstehe. Wer? Warten Sie, ich will das aufschreiben. Lydia Charrable, ja. Frau von Edward Charrable.»

Als Mr. Chance Crichton das Haus betrat, die Augenbrauen leicht hochgezogen beim Anblick des Polizisten, der ihn hereingelassen hatte, war Laverys Stimme deutlich zu hören.

«Wen wünschen Sie?» fragte der Polizist.

Chance Crichton schenkte der Frage einen Augenblick lang keine Beachtung. Seine Aufmerksamkeit war anderswo. Als die Frage wiederholt wurde, erwiderte er:

«Mr. Gaylor, bitte.»

Der Polizist sagte ihm, er möge warten.

Lavery kam aus dem Vestibül.

«Ja?» sagte er.

Chance Crichton musterte ihn von oben bis unten.

«Ich beginne mich zu fragen, ob ich nicht im falschen Haus bin», sagte er. «Ich wäre mir dessen sicher, aber zwei Häuser können unmöglich dieselbe scheußliche Tapete aufweisen.»

Chance Crichton war ein hochgewachsener, hagerer Mann mit einem schmalen, vom Wetter gegerbten Gesicht und einem merkwürdig komischen, schiefgezogenen Mund. Strahlende Augen mit breiten Lidern blitzten aus tiefen, von dichten Brauen überwölbten Höhlen. Es war etwas Unbefangenes in seinem Auftreten – eine Art frecher, aber keineswegs reizloser Anmut. Er war vielleicht vierzig oder etwas darüber.

"Be good enough to tell me who you are," said Lavery.

"My name is Chance Crichton."

"Ah!" said Lavery. "Come in here, Mr Crichton. My name is Lavery and I am a detective-inspector."

He led the way to the dining-room and closed the door.

"Now what can I do for you?" he demanded.

Chance Crichton laid his hat and stick upon the table.

"I want to see Mr Gaylor, please."

"You can't," said Lavery.

"Well, then, I can't," said Crichton, and smiled. "Had you an appointment?"

"No; I came to fetch some papers I left with him last night. Some papers and a pair of gloves."

Lavery manoeuvred to get his back to the window that the light might fall upon his visitor's face.

"I am afraid it is impossible for you to see Mr Gaylor," he said slowly, "for the reason that Mr Gaylor is dead."

Chance Crichton did not betray the slightest embarrassment. His face developed an expression of real satisfaction.

"Well, come," said he. "That's the first thing I ever heard about Gaylor that I really liked."

Lavery started.

"Better be careful, hadn't you, Mr Crichton?" he exclaimed. "Isn't that rather a dangerous statement?"

"I don't see why."

"Then I'll tell you why. Mr Gaylor was murdered shortly before or after midnight."

"Well, no one could be more pleased than I am," was the answer.

"Do you want to get yourself hanged?" cried Lavery, in genuine amazement.

«Seien Sie so freundlich und sagen mir, wer Sie sind», sagte Lavery.

«Mein Name ist Chance Crichton.»

«Ach so!» sagte Lavery. «Kommen Sie bitte hier herein, Mr. Crichton. Mein Name ist Lavery; ich bin Kriminalinspektor.»

Er ging vor ihm her zum Speisezimmer und schloß dann die Tür.

«Nun, was kann ich für Sie tun?» fragte er.

Chance Crichton legte Hut und Stock auf den Tisch.

«Ich möchte Mr. Gaylor sprechen, bitte.»

«Das können Sie nicht», sagte Lavery.

«Na, dann kann ich's nicht», sagte Crichton und lächelte.

«Hatten Sie eine Verabredung?»

«Nein. Ich bin gekommen, um mir einige Papiere zu holen, die ich ihm gestern abend dagelassen habe. Einige Papiere und ein Paar Handschuhe.»

Lavery richtete es so ein, daß er mit dem Rücken zum Fenster stand, damit das Licht auf das Gesicht seines Besuchers fiel.

«Leider ist es nicht möglich, daß Sie Mr. Gaylor sehen», sagte er langsam, «weil Mr. Gaylor nämlich tot ist.»

Chance Crichton ließ sich nicht die geringste Verlegenheit anmerken. Auf seinem Gesicht breitete sich ein Ausdruck echter Zufriedenheit aus.

«Nanu», sagte er, «das ist das erste, was ich je über Gaylor gehört habe, was mir wirklich gefällt!»

Lavery fuhr auf.

«Sie sollten lieber vorsichtig sein, Mr. Crichton, hören Sie?» rief er. «Ist das nicht eine ziemlich gefährliche Äußerung?»

«Ich wüßte nicht, warum.»

«Dann will ich Ihnen sagen warum. Mr. Gaylor wurde kurz vor oder nach Mitternacht ermordet.»

«Na, niemand könnte zufriedener sein als ich», war die Antwort.

«Wollen Sie sich selber an den Galgen bringen?» rief Lavery in echter Überraschung.

"Not in the least. I have suffered more than enough sorrow and inconvenience from Philip Gaylor to add a hanging to the score. But I can't see what is to prevent me expressing pleasure at the news that someone has polished off a first-class blighter. After all, it saves me the risk and inconvenience of having to do it."

In all his professional experience Lavery had never been so bewildered.

"Are you so sure you didn't do it, Mr Crichton?"

"Have you any reason to believe I did?"

"You were alone with Gaylor till eleven forty-five last night. You were the last man to see him alive."

"There's a flaw in the argument somewhere," Crichton replied, "for as I was putting on my coat in the hall Gaylor shouted to that butler fellow, Beldon, that he wasn't to be disturbed again."

Lavery tapped his foot irritably.

"So you heard the voice too?"

"Too? Has Beldon already supplied me with a clean slate? That's capital."

Lavery set his teeth and looked grim.

"If it hadn't been for that you'd be under arrest by now, Mr. Crichton."

"Yes, I suppose it lets me out," Crichton answered with as laugh. "Although perhaps it was Gaylor's ghost who spoke – redressing a life of sin by protecting the righteous."

"Perhaps you found a means of getting back into the house, Mr Crichton?"

"I suppose it's possible, but it would have to have been very late. Ten minutes after leaving here I was playing bridge with a few friends. We didn't break up till four a. m."

"Where were you playing?"

"The Tudor House, St. James's Street."

«Nicht im geringsten. Ich habe wegen Philip Gaylor mehr als genug Leid und Unannehmlichkeiten erfahren, als daß ich mir obendrein noch einen Strick zulege. Doch ich kann nicht einsehen, was mich davon abhalten soll, meiner Freude über die Nachricht auszudrücken, daß jemand ein Ekel ersten Ranges weggeputzt hat. Schließlich erspart mir das den Verdruß und das Wagnis, es selber tun zu müssen.»

In seiner ganzen beruflichen Praxis war Lavery nie so verblüfft gewesen.

«Sind Sie so sicher, daß Sie es nicht getan haben, Mr. Crichton?»

«Haben Sie einen Grund zu der Annahme, ich hätte es getan?»

«Sie waren gestern abend mit Mr. Gaylor bis elf Uhr fünfundvierzig allein. Sie waren der letzte, der ihn lebend sah.»

«Da steckt ein Fehler in der Beweiskette», erwiderte Crichton, «denn während ich im Vestibül meinen Mantel anzog, rief Gaylor dem Butler, diesem Beldon, zu, er wolle nicht mehr gestört werden.»

Lavery stampfte gereizt mit dem Fuß auf.

«Sie haben also auch die Stimme gehört?»

«Auch? Hat mir Beldon schon eine weiße Weste bescheinigt? Das ist ja ausgezeichnet.»

Lavery biß die Zähne zusammen und sah grimmig drein.

«Wenn das nicht der Fall gewesen wäre, so wären Sie jetzt verhaftet, Mr. Crichton.»

«Ja, vermutlich entlastet mich das», antwortete Crichton lachend. «Obwohl vielleicht Gaylors Geist sprach – und ein sündhaftes Leben dadurch wieder in Ordnung brachte, daß er die Rechtschaffenen beschützte.»

«Vielleicht haben Sie eine Möglichkeit gefunden, ins Haus zurückzukehren, Mr. Crichton?»

«Vermutlich ist das möglich, aber es hätte sehr spät sein müssen. Zehn Minuten, nachdem ich von hier wegging, spielte ich mit ein paar Freunden Bridge. Wir brachen erst um vier Uhr morgens auf.»

«Wo haben Sie gespielt?»

«Im Tudor House, St. James's Street.»

"I can verify that."

"Do. Or would it be simpler for you to ring up Lord Alfred Forres? I was his guest."

Lavery bit his lip.

"I wonder", he said, "what exactly you are up to? You confess to having had a grudge against Gaylor."

Crichton nodded.

"And confess you wouldn't have minded killing him yourself."

"True; but let's understand one another. Certainly Gaylor is better dead; on the other hand, I was in no hurry to kill him. One presumes that dead men have no feelings, and I wanted him to suffer a bit beforehand."

"Suffer?"

"Among other things I meant to break him financially. He was the kind of beast who kept his soul in his trousers pocket, along with his other small change."

"You meant to break him? That's interesting."

"I had given a good deal of time and thought to it. You may have come across a building prospectus on his table. That was a bait he was on the verge of swallowing. It was a most arrant swindle, believe me."

In face of candour such as this Lavery was nonplussed. There was no precedent save in lunacy for a man to behave as Crichton was behaving. True he had a perfect alibi, but it went beyond the bounds of common sense to take for granted that he could talk like this and still be free from suspicion of guilt.

A gathering conviction spread over Lavery's mind that this candour was in itself an expression of guilt – a form of hysteria manifested by ease and coolness rather than by terror. He began to wonder whether he was not in the presence of a man who

«Das kann ich überprüfen.»

«Tun Sie es. Oder wäre es einfacher, daß Sie Lord Alfred Forres anrufen? Ich war bei ihm zu Gast.»

Lavery biß sich auf die Lippe.

«Ich frage mich», sagte er, «worauf Sie eigentlich hinaus wollen. Sie bekennen, daß Sie gegenüber Gaylor Groll gehegt haben.»

Crichton nickte.

«Und bekennen, daß es Ihnen nichts ausgemacht hätte, ihn selber zu töten?»

«Stimmt. Aber verstehen wir uns doch richtig! Gewiß ist es besser, daß Gaylor tot ist. Andrerseits hatte ich es nicht eilig, ihn umzubringen. Es wird angenommen, daß Tote keine Gefühle haben, und ich wollte, daß er zuvor ein wenig leidet.»

«Leidet?»

«Unter anderem gedachte ich, ihn finanziell zugrundezurichten. Er war die Art von Scheusal, das die Seele, zusammen mit dem übrigen Kleingeld, in der Hosentasche aufbewahrt.»

«Sie gedachten ihn zugrundezurichten? Sehr spannend!»

«Ich hatte darauf viel Zeit und Überlegung verwendet. Vielleicht ist Ihnen auf seinem Tisch ein Bauprogramm in die Hände geraten. Das war ein Köder, den er drauf und dran war zu schlucken. Es handelte sich um einen ganz ausgemachten Schwindel, glauben Sie mir.»

Angesichts solcher Aufrichtigkeit war Lavery verwirrt. Es gab, außer bei Geisteskrankheit, kein Beispiel dafür, daß sich ein Mensch so verhielt, wie Crichton es tat. Es stimmte, daß er ein vollkommenes Alibi hatte, doch es überstieg die Grenzen des gesunden Menschenverstandes, als selbstverständlich anzunehmen, daß er so daherreden und dennoch frei von Tatverdacht sein könnte. In Laverys Denken setzte sich immer mehr die Überzeugung fest, diese Aufrichtigkeit sei an sich schon ein Ausdruck von Schuld – eine Art Hysterie, die sich eher in Behagen und Kühle als in Entsetzen äußerte. Er begann sich zu fragen, ob er nicht einen Mann vor sich hatte, der ein mordgieriges Genie war – der eine

was a homicidal genius – the one murderer of all the ages who had devised and carried out the perfect untraceable crime. If this were so his only hope of obtaining a conviction would be to trip up Crichton into a confession, and as sometimes the scene in which a crime has been committed reacts upon the nervous system of a criminal, Lavery determined to take his visitor upstairs.

"Let's finish our talk in the study," he said, watching the effect of his words. "The servants will be wanting to clear the table."

Chance Crichton did not show a vestige of concern.

"Where you will," he remarked. "I should have to have gone up to recover my gloves, if they are still there."

Lavery led the way.

"Wait below," he said to the policeman on duty. "And switch the telephone through to the study." He shut the door. "Take that chair, Mr Crichton – you're used to it."

Charles Crichton dropped into the chair indicated and lit a cigarette. A silence fell. Lavery was first to speak.

"You smoked a great deal last night."

"No more than usual. They say smoking is bad for the nerves; but I have never found it so."

"A cigarette end is an open book to the trained mind, Crichton."

"A form of light reading, I suppose."

"The cigarettes in your ash-tray told me a good deal."

"For example?"

"That you were in a highly nervous state."

Crichton shrugged his shoulders.

"On a professional point it is rude to contradict an expert. Perhaps I was rather keyed up. But if you were to be sitting with a man you were long-

unter den Mördern aller Zeiten, der das vollkommene, unaufspürbare Verbrechen ersonnen und ausgeführt hatte. Wäre das der Fall, so bestünde die einzige Hoffnung, Crichton zu überführen, darin, daß man ihn aufs Glatteis führte, um ihn zu einem Geständnis zu bewegen, und da mitunter der Ort, an dem ein Verbrechen begangen wurde, auf das Nervenkostüm eines Verbrechers einwirkt, entschloß sich Lavery, seinen Besucher nach oben mitzunehmen.

«Beenden wir unsere Unterhaltung im Arbeitszimmer!» sagte er und beobachtete die Wirkung seiner Worte. «Die Bediensteten werden den Tisch abräumen wollen.»

Chance Crichton zeigte keine Spur von Betroffenheit.

«Wohin Sie wünschen», bemerkte er. «Ich hätte sowieso hinaufgehen müssen, um meine Handschuhe wiederzubekommen, falls sie noch da sind.»

Lavery ging voran.

«Warten Sie unten!» sagte er zum diensthabenden Polizisten. «Und stellen Sie das Telefon ins Arbeitszimmer durch!» Er schloß die Tür. «Nehmen Sie diesen Sessel, Mr. Crichton – Sie sind an ihn gewöhnt.»

Charles Crichton ließ sich in den angewiesenen Sessel fallen und zündete sich eine Zigarette an. Man schwieg. Lavery sprach als erster.

«Sie haben gestern abend sehr viel geraucht.»

«Nicht mehr als gewöhnlich. Die Leute sagen, Rauchen sei schlecht für die Nerven, aber das habe ich nie finden können.»

«Ein Zigarettenstummel ist für den geschulten Verstand ein offenes Buch, Crichton.»

«Eine Art Unterhaltungsroman, nehme ich an.»

«Die Zigaretten in Ihrem Aschenbecher haben mir viel verraten.»

«Zum Beispiel?»

«Daß Sie sich in einem sehr erregten Zustand befanden.»

Crichton zuckte mit den Schultern.

«Es ist unhöflich, einem Sachverständigen in einem fachlichen Punkt zu widersprechen. Vielleicht war ich ziemlich angespannt. Aber wenn Sie mit einem Mann beisammen-

ing to slosh in the jaw you'd be nervous yourself, Lavery."

Candour had armed Chance Crichton at every point. If was evident that subtler methods would have to be tried. In a low voice Lavery began to reconstruct the crime, bit by bit, suiting action to the word as he did so.

"He can have suspected nothing – his assailant stepped up and struck him with a knuckleduster – so, here on the jaw. Then he did a horrible thing. He whipped a wire round his neck and twisted, twisted it tight – tight –"

He paused dramatically.

"I suppose at this point," said Crichton, "like the King in Hamlet, I leap to my feet crying 'Lights – lights – away!'"

Lavery sank back in his chair, breathing heavily.

"No, no, Lavery. You're on the wrong track, my dear fellow. I agree that the whole business is very baffling, but it's sheer waste of time trying to paste a warrant for murder on to me."

"I'm beginning to believe you're right," Lavery confessed. "Though if you're innocent, I'd like to know why you hadn't the sense to keep your mouth shut."

"You would – you shall; for that's easily answered. A beast has been killed, Lavery, wherefore I rejoice."

Chance Crichton had dropped all banter now and his eyes blazed.

"What reason have you to call him a beast?" said Lavery, tensely.

"The best in the world. Look about you! Look at the fat, smug stall the beast lived in. Think of the beast himself – his thick, fat hands and neck. Look at his dirty trade – his dirty, bloodsucking methods. Look at the filth and trash that to him stood for amusement."

säßen, dem Sie gern die Fresse polieren möchten, wären sogar Sie aufgeregt, Lavery.»

In jeder Hinsicht war Charles Crichton durch seine Aufrichtigkeit gewappnet. Es war ersichtlich, daß ausgetüfteltere Verfahrensweisen versucht werden mußten. Mit leiser Stimme begann Lavery das Verbrechen, Stück um Stück, nachzuvollziehen, wobei er seine Gebärden den Worten anpaßte.

«Er kann nichts geahnt haben – sein Angreifer ging auf ihn zu und traf ihn mit einem Schlagring – so, hier ans Kinn. Dann tat er etwas Schreckliches. Er wickelte ihm einen Draht um den Hals und drehte und drehte ihn fest – fest –»

Er machte eine dramatische Pause.

«An diesem Punkt», sagte Crichton, «springe ich vermutlich auf, wie der König im Hamlet, und rufe: ‹Leuchtet mir! fort!›»

Lavery sank in seinem Sessel zurück und atmete schwer.

«Nein, nein, Lavery. Sie sind auf dem Holzweg, mein Lieber. Ich gebe zu, daß die ganze Sache sehr verwirrend ist, doch es ist schiere Zeitverschwendung, wenn Sie versuchen, mir einen Haftbefehl wegen Mord anzuhängen.»

«Allmählich glaube ich, daß Sie recht haben», räumte Lavery ein. «Obgleich ich gerne wissen möchte, warum Sie, wenn Sie unschuldig sind, nicht so klug waren, den Mund zu halten.»

«Sie möchten das wissen – Sie sollen es; denn das ist leicht beantwortet. Ein Scheusal ist umgebracht worden, Lavery, worüber ich hocherfreut bin.»

Chance Crichton hatte jetzt alle Neckerei aufgegeben, und seine Augen strahlten.

«Was für einen Grund haben Sie, ihn ein Scheusal zu nennen?» fragte Lavery gespannt.

«Den besten auf der Welt. Sehen Sie sich um! Sehen Sie sich den großen, schmucken Stall an, in dem das Scheusal lebte. Denken Sie an das Scheusal selbst – an seine dicken, fetten Hände und das Genick. Sehen Sie sich sein dreckiges Gewerbe an – seine dreckigen, blutsaugerischen Verfahrensweisen. Sehen Sie sich den Unrat und Schund an, der ihm zur Unterhaltung diente.»

He jumped up and paced across the room. "These books – pornographic muck – shelves of 'em. The music he listened to!" He flung open the gramophone and set the plate revolving with a trigger The automatic action dropped the needle on a record and a vulgar jazz tune blared out noisily. "Listen to it – why, even a Hottentot wouldn't degrade –"

"Stop that damn thing at once," Lavery ordered. "Have you no sense of decency? A man died in this room less than a dozen hours ago –"

Crichton laughed.

"What more fitting requiem?" he said, picking up the record and tossing it carelessly among a heap of others on the shelf. "Or, if you don't think he's deserving of musical honours, choose a passage from one of those", and he indicated a row of paper-backed novels, "to read over his grave."

Lavery dropped a heavy hand on Crichton's shoulder.

"Sit down," he ordered. "Sit down and answer my question."

Crichton picked up his neglected cigarette and returned to his chair. The moment of craziness had passed completely.

"I am sorry I offended your sensibilities, Lavery, but Gaylor is a subject I feel rather strongly about."

"And you don't leave this room till I know why."

There was a long pause, then:

"You're a decent fellow, Lavery – I like you, and I don't see why you shouldn't know. I can't affect me one way or another, and if I don't tell you, you are sure to find out. The Mrs Gaylor who died just over a year ago was my wife."

"What's that?"

"Yes. My real name's Charrable. You were using

Er sprang auf und schritt durch das Zimmer. «Diese Bücher – pornographischer Mist – Regale voll davon. Die Musik, die er sich anhörte!» Er riß das Grammophon auf und setzte den Plattenteller mit einem Auslösehebel in Bewegung. Der selbsttätige Antriebsmechanismus ließ die Nadel auf eine Platte herabsinken, und eine ordinäre Jazzmelodie heulte geräuschvoll auf. «Hören Sie sich das an – na, nicht einmal ein Hottentotte würde sich herablassen...»

«Stellen Sie das verdammte Ding sofort ab!» befahl Lavery. «Haben Sie keinen Sinn für Schicklichkeit? Vor weniger als zwölf Stunden starb in diesem Zimmer ein Mensch...»

Crichton lachte.

«Gibt's ein geeigneteres Requiem?» sagte er, hob die Platte auf und warf sie achtlos zu einem Haufen anderer auf das Regal. «Oder wählen Sie, wenn Sie glauben, er verdiene keine musikalische Ehrungen, eine Stelle aus einem von diesen da», und er zeigte auf eine Reihe von Romanen im Pappeinband, «um sie an seinem Grab vorzulesen.»

Lavery ließ eine schwere Hand auf Crichtons Schulter fallen.

«Setzen Sie sich!» befahl er. «Setzen Sie sich und beantworten Sie meine Frage!»

Crichton nahm seine vernachlässigte Zigarette wieder in die Hand und ging zu seinem Sessel zurück. Der Augenblick der Tollheit war gänzlich vorbei.

«Es tut mir leid, Lavery, daß ich Ihr Feingefühl verletzt habe, aber Gaylor ist ein Thema, bei dem ich mich ziemlich stark errege.»

«Und Sie verlassen diesen Raum nicht, bis ich weiß, warum.»

Es trat eine lange Pause ein. Dann sagte Crichton:

«Sie sind ein anständiger Kerl, Lavery – ich mag Sie, und ich sehe nicht ein, warum Sie es nicht wissen sollten. Es kann mich weder so noch so berühren, und wenn ich's Ihnen nicht sage, bringen Sie es heraus. Jene Mrs. Gaylor, die vor jetzt über einem Jahr starb, war meine Frau.»

«Was heißt das?»

«Ja. Mein wirklicher Name ist Charrable. Sie haben ihn

it as I came into the house. But for that, perhaps I shouldn't have been quite so candid."

"Go on," said Lavery.

In a curiously dry and staccato manner Charrable began to speak.

"It was in 1916. We married – all in a hurry. You know – and next day I was packed off – to Mespot. A pretty hellish wrench; but war's war, and it was something to have half a warm heart beating under one's ribs and the other half left safely at home in somebody's keeping. Did I say safely? Ha! What a word! It's hard to get a clear vision of those times after all this while, don't you agree? But women – some women – well, I suppose the war rattled 'em. Enough to! Anyway, Lydia –" He broke off and rubbed his hands over his eyes. "It's pretty damnable when you're doing your silly bit out there – the inconvenience – danger too, if it comes to that – and some Cuthbert – some blighter who hadn't the guts to see a London air raid through 'cept from underground – some blighter, I was saying, sneaks in, collars the only person you ever cared a damn for. Howsoever, they contrived to manage it somehow.

When I heard – a letter from a pal told me – I put in for leave for myself and one Webley Mark Four loaded in six chambers. But somehow, the old man – my colonel – tumbled to it that I was out for mischief, and he scotched me. Lydia wrote if I gave her a divorce the beast would marry her. I'd have given Lydia anything in the world, and it wasn't a great deal to ask. The thing was fixed up with me as the guilty one. I didn't go home after the war – didn't want to. I went – never mind where I went. That's my affair. Little over a year ago I heard Lydia was dead – and glad to be dead. I heard, too, that Gaylor had never kept his promise. They were not married." He

vorhin gebraucht, als ich in das Haus kam. Aber trotzdem hätte ich vielleicht nicht ganz so freimütig sein sollen.»

«Fahren Sie fort», sagte Lavery.

In einer merkwürdig trockenen, abgehackten Weise begann Charrable zu sprechen.

«Es war 1916. Wir heirateten – ganz eilig. Sie verstehen – und am nächsten Tag wurde ich in Marsch gesetzt – nach Mesopotamien. Eine verdammt schmerzliche Trennung. Aber Krieg ist Krieg, und es bedeutete schon etwas, wenn ein halbes warmes Herz unter den eigenen Rippen schlug und die andere Hälfte sicher in jemandes Obhut daheim blieb. Habe ich ‹sicher› gesagt? Ha! Was für ein Wort! Es ist schwer, nach dieser ganzen Zeit ein klares Bild von damals zu bekommen, finden Sie nicht auch? Aber Frauen – einige Frauen – nun, vermutlich brachte sie der Krieg durcheinander. Genug, um...! Lydia jedenfalls...» Er brach ab und rieb sich mit die Augen. «Es ist ziemlich scheußlich. Man tut da draußen seine verdammte Pflicht und Schuldigkeit – die Unbequemlichkeit – Gefahr auch, wenn es soweit ist – und irgendein Drückeberger – ein Knilch, der nicht den Mumm hatte, einen Luftangriff auf London durchzustehen, es sei denn im Keller, irgend so ein Knilch, sagte ich, schleicht sich ein und ergattert das einzige Wesen, das einem jemals etwas bedeutet hat. Wie dem auch sei, sie brachten es irgendwie fertig. Als ich davon erfuhr – durch einen Brief von einem Kameraden – reichte ich Urlaub für mich und eine Webley Mark Four ein, die mit sechs Patronen geladen war. Doch irgendwie kriegte der Alte – mein Oberst – spitz, daß ich Böses im Schilde führte, und er bremste mich. Lydia schrieb, das Scheusal würde sie heiraten, wenn ich meine Einwilligung zur Scheidung gäbe. Ich hätte Lydia alles auf der Welt gegeben, es war da nicht viel zu bitten. Die Sache wurde, mit mir als dem Schuldigen, geregelt. Nach dem Krieg ging ich nicht nach Hause – wollte nicht. Ich ging – na, es tut nichts zur Sache, wohin ich ging. Es betrifft nur mich. Vor etwas über einem Jahr hörte ich, daß Lydia tot sei – daß sie froh war, tot zu sein. Auch erfuhr ich, daß Gaylor sein Versprechen nie gehalten hatte. Sie waren nicht ver-

lit another cigarette and blew a thin spiral upward. "I think I'm justified in calling Gaylor a beast, don't you?"

It was a full minute before Lavery replied.

"I don't think – I know – know exactly what I'd have done in your place."

"Shot him?"

The detective nodded.

"With an easy conscience – what?"

The detective nodded.

Chance Crichton gave a short, hard laugh.

"You'd forgive yourself, Lavery. It's easy to forgive oneself, but would you forgive another man, if it happened to be your job to catch him?"

Lavery scratched his chin.

"The law doesn't allow –" he began.

"Doesn't allow the individual the privilege of recognising the justice of another's actions. I know – I know. Because of that – I am grateful to whoever it was who killed Philip Gaylor after I left the house."

For a long while the two men watched one another in silence. Then Lavery said:

"I like you, Charrable, as well as any man I've met. In confidence now – how did you do it?"

Charrable laughed. "I'm half ashamed", he said, "to be unable to answer that. As an avenger, I've been cheated. Aren't you satisfied I couldn't have done it?"

"I'm satisfied it can't be proved that you did it."

"Then you've met a man who has committed the perfect and undetectable crime. More than that, a crime that is hallowed by justice."

He rose and held out a hand.

"Unless you feel justified in detaining me?"

"I sha'n't detain you. There's not enough evidence. But in my own mind, Charrable, I'm just as sure – as sure –"

heiratet.» Er zündete sich noch eine Zigarette an und blies eine dünne Spirale nach oben. «Ich glaube, daß ich berechtigt bin, Gaylor ein Scheusal zu nennen, oder?»

Erst nach einer vollen Minute erwiderte Lavery:

«Ich glaube nicht, daß – ich weiß –, genau weiß, was ich an Ihrer Stelle getan hätte.»

«Ihn erschossen?»

Der Detektiv nickte.

«Leichten Gewissens – was?»

Der Detektiv nickte.

Chance Crichton lachte kurz und hart auf.

«Sie würden sich selbst verzeihen, Lavery. Es ist leicht, sich selbst zu verzeihen, aber würden Sie einem anderen verzeihen, wenn es Ihre Aufgabe wäre, ihn zu schnappen?»

Lavery kratzte sich am Kinn.

«Das Gesetz gestattet nicht . . .» begann er.

«Gestattet dem einzelnen nicht das Vorrecht, die Gerechtigkeit der Handlungen eines anderen anzuerkennen. Ich weiß – ich weiß. Deswegen – bin ich, wer es auch war, demjenigen dankbar, der Philip Gaylor umgebracht hat, nachdem ich das Haus verließ.»

Lange Zeit beobachteten sich die zwei Männer wortlos. Dann sagte Lavery:

«Ich mag Sie, Charrable, mehr als sonstwen, dem ich begegnet bin. Nur unter uns: wie haben Sie es gemacht?»

Charrable lachte. «Ich schäme mich fast, daß ich das nicht beantworten kann. Als Rächer bin ich betrogen worden. Genügt es Ihnen nicht, daß ich es nicht getan haben kann?»

«Ich bin zufrieden, daß nicht bewiesen werden kann, daß Sie es getan haben.»

«Dann kenne Sie nun einen, der das vollkommene Verbrechen begangen hat, das nicht aufzuklärende. Mehr noch: ein Verbrechen, das von der Justiz abgesegnet ist.»

Er stand auf und streckte eine Hand aus.

«Wenn es nicht geboten ist, mich festzuhalten?»

«Ich werde Sie nicht festhalten. Es gibt keine hinreichenden Beweise. Doch meiner persönlichen Ansicht nach, Charrable, bin ich mir genauso sicher – so sicher . . .»

At the door Charrable turned.

"I wish I could give you a hint," he said, "but, after all, it isn't my affair. The best of luck."

After the front door closed Lavery sat for half an hour with his head in his hands. At the ringing of the telephone at his elbow, he started like a man awakened from a dream.

"Hullo! hullo!" he shouted.

The voice that answered was Charrable's.

"That you, Lavery? I hated leaving you all screwed up with perplexity. Actually, there's no need, for I've marked out a line of flight I'm laying odds you wouldn't follow in a thousand years. And my ultimate destination is a place where few strangers penetrate. I did kill Gaylor, and I just can't bear the idea of anyone else getting the credit. Pride, eh? If you want to know how, here's a hint. Think out everything I did after you took me up to the study, and if that doesn't lead you right, bear in mind that I'm pretty average mimic. Goodbye."

"Here, wait a moment," Lavery roared, but there was no answer – the line was dead.

When illumination came, it came with a rush, and leaping across the room Lavery rummaged hurriedly among the scattered gramophone records until he found what he sought.

But before putting the record on to the plate, he went to the landing and called to the policeman below.

"Go down to the kitchen and shut yourself in."

Then he returned and closed the door.

There was a self-stopping mechanism to the gramophone that automatically came into action at the end of every piece.

Lavery put on the record and set the motor in action.

The vulgar jazz rattled and wailed to a climax.

An der Tür drehte sich Charrable um.

«Ich wollte, ich könnte Ihnen einen Hinweis geben», sagte er, «aber schließlich ist das nicht meine Sache. Viel Glück!»

Nachdem die Vordertür zu war, saß Lavery eine halbe Stunde lang da, den Kopf in die Hände gestützt. Als das Telefon neben ihm läutete, schreckte er auf wie jemand, der aus einem Traum geweckt wird.

«Hallo! Hallo!» rief er.

Es war Charrables Stimme, die antwortete.

«Sind Sie's, Laverty? Es reut mich, daß ich von Ihnen weggegangen bin und Sie in ihrer Verwirrung allein gelassen habe. Es war eigentlich gar nicht nötig, denn ich habe mir einen Fluchtweg zurechtgelegt, den Sie in tausend Jahren nicht aufspüren – wetten! Mein allerletztes Reiseziel ist ein Ort, zu dem wenige Fremde vordringen. Ich habe tatsächlich Gaylor getötet und kann einfach den Gedanken nicht ertragen, daß es jemand anderem angerechnet wird: Stolz? Kann sein. Wenn Sie wissen wollen wie, so gebe ich Ihnen einen Hinweis: Überlegen Sie, was ich alles getan haben kann, nach dem Sie mich ins Arbeitszimmer hinaufgeführt hatten. Und wenn Sie das nicht auf die rechte Fährte bringt, so bedenken Sie, daß ich ziemlich gut Leute nachahmen kann. Leben Sie wohl!»

«Halt, warten Sie einen Augenblick!» brüllte Lavery, doch es kam keine Antwort – die Verbindung war tot.

Als die Erleuchtung kam, kam sie auf einen Schlag. Lavery machte einen Satz quer durch das Zimmer und wühlte eifrig in den verstreuten Grammophonplatten herum, bis er fand, was er suchte.

Doch ehe er die Platte auf den Plattenteller legte, ging er zum Treppenabsatz und rief zu dem Polizisten unten:

«Gehen Sie in die Küche hinunter und schließen Sie sich ein!»

Dann ging er zurück und machte die Tür zu.

An dem Grammophon war ein Selbstausschalter, der am Ende eines jeden Stückes in Tätigkeit trat.

Lavery legte die Platte auf und setzte den Motor in Gang.

Der ordinäre Jazz rasselte und wimmerte einem Höhe-

Then came a pause – then a voice, thick and rather guttural, said:

"Good-night, Crichton . . . Beldon, Mr Crichton's car." A longer pause. "I shall be working late and don't want to be disturbed. You can lock up." Followed a considerable silence before a few bars of music were whistled.

The machine clicked, the record ceased rotating – the needle was jerked up on a spring.

Lavery stood for a while thinking and rubbing the lower half of his face with a nervous hand. Suddenly he came to a decision, and, taking the record from the plate, he broke it into a dozen small pieces and dropped them in his pocket.

A moment later he was ringing up Scotland Yard.

"This needs a better brain than mine," he said.

punkt zu. Daraufhin kam eine Pause – dann sagte eine belegte, ziemlich rauhe Stimme:

«Gute Nacht, Crichton... Beldon, Mr. Crichtons Wagen.» Eine längere Pause. «Ich werde bis spät in die Nacht hinein arbeiten und wünsche nicht, gestört zu werden. Sie können absperren.» Es folgte eine erhebliche Zeit der Stille, ehe ein paar Takte Musik gepfiffen wurden.

Das Gerät knackte, die Platte hörte auf, sich zu drehen – die Nadel wurde an einer Feder in die Höhe gerissen.

Lavery stand eine Weile da, dachte nach und rieb sich mit nervöser Hand die untere Gesichtshälfte. Plötzlich kam er zu einer Entscheidung: er nahm die Schallplatte vom Teller, zerbrach sie in ein Dutzend kleiner Stücke und ließ sie in seine Tasche gleiten.

Einen Augenblick später rief er Scotland Yard an.

«Dazu bedarf es eines besseren Gehirns als des meinigen», sagte er.

The commercial room at the Pig and Pewter pre-
sented to Mr Montague Egg the aspect of a dim
cavern in which some primeval inhabitant had been
cooking his mammoth-meat over a fire of damp
seaweed. In other words, it was ill lit, cold, smoky
and permeated with an odour of stale food.

"Oh dear, oh dear!" muttered Mr Egg. He poked
at the sullen coals, releasing a volume of pea-col-
oured smoke which made him cough.

Mr Egg rang the bell.

"Oh, if you please, sir," said the maid who answered the summons, "I'm sure I'm very sorry, but
it's always this way when the wind's in the east,
sir, and we've tried ever so many sorts of cowls and
chimney-pots, you'd be surprised. The man was
here today a-working in it, which is why the fire
wasn't lit till just now, sir, but they don't seem able
to do nothink with it. But there's a beautiful fire in
the bar-parlour, sir, if you cared to step along.
There's a very pleasant party in there, sir. I'm
sure you would be comfortable. There's another
commercial gentleman like yourself, sir, and old
Mr Faggott and Sergeant Jukes over from Drabblesford. Oh, and there's two parties of motorists, but
they're all quite nice and quiet, sir."

"That'll suit me all right," said Mr Egg amiably.
But he made a mental note, nevertheless, that he
would warn his fellowcommercials against the Pig
and Pewter at Mugbury, for an inn is judged by its
commercial room. Moreover, the dinner had been
bad, with a badness not to be explained by his own
rather late arrival.

In the bar-parlour, however, things were better.
At one side of the cheerful hearth sat old Mr Faggott, an aged countryman, beneath whose scanty

Der Tagesraum im «Pig and Pewter» bot Mr. Montague Egg den Anblick einer düsteren Höhle, in der einige Urmenschen über einem von feuchtem Seetang genährten Feuer Mammutfleisch gebraten hatten. Mit anderen Worten: der Raum war schlecht beleuchtet, rauchig und roch nach abgestandenem Essen.

«Ach je, ach je!» murmelte Mr. Egg vor sich hin. Er stocherte in den grämlich glimmenden Kohlen, die daraufhin eine Wolke gelblichen Rauchs von sich gaben.

Hustend drückte Mr. Egg auf die Klingel.

«O bitte sehr, Sir», sagte das Mädchen, das auf sein Läuten erschien, «es tut mir wirklich leid, aber so ist es immer bei Ostwind, Sir, und wir haben es schon mit allen möglichen Schornsteinkappen und Zugrohren probiert, Sie würden sich wundern. Heute war der Mann da und hat daran gearbeitet, darum haben wir erst eben Feuer angezündet, Sir. Aber anscheinend läßt sich nichts dran ändern. Doch in der Bar ist ein schönes Feuer, Sir, wenn Sie dorthin gehen möchten. Es ist sehr angenehme Gesellschaft dort, Sir, Sie würden sich bestimmt wohl fühlen. Sie finden da drüben noch einen Herrn, der auf Kundenreise ist wie Sie, und den alten Mr. Faggott und Polizeisergeant Jukes aus Drabblesford. Ja, und noch zwei oder drei Leute, die mit dem Auto oder Motorrad gekommen sind, aber alle sehr nett und ruhig, Sir.»

«Es wird mir sicher gefallen», sagte Mr. Egg liebenswürdig. Dennoch nahm er sich im stillen vor, seine Vertreter-Kollegen vor dem «Pig and Pewter» in Mugbury zu warnen; denn ein Gasthof wird nach seinem Tagesraum eingestuft. Außerdem war das Essen schlecht gewesen, und zwar so schlecht, daß es sich nicht durch seine ziemlich späte Ankunft erklären ließ.

In der Bar jedoch sahen die Dinge besser aus. An der einen Seite des freundlich wärmenden Feuers saß der alte Mr. Faggott, ein bejahrter Landwirt, unter dessen dünnem,

white beard dangled a long, scarlet comforter. In his hand was a tankard of ale. Opposite to him, also with a tankard, was a large man, obviously a policeman in mufti. At a table in front of the fireplace sat an alert-looking, darkish, youngish man whom Mr Egg instantly identified as the commercial gentleman by the stout leather bag at his side. He was drinking sherry. A young man and a girl in motorcycling kit were whispering together at another table, over a whisky-and-polly and a glass of port. Another man, with his hat and burberry on, was ordering Guiness at the little serving-hatch which communicated with the bar, while, in a far corner, an indeterminate male figure sat silent and half concealed by a slouch hat and a newspaper. Mr Egg saluted the company with respect and observed that it was a nasty night.

The commercial gentleman uttered an emphatic agreement.

"I ought to have got on to Drabblesford tonight," he added, "but with this frost and drizzle and frost again the roads are in such a state, I think I'd better stay where I am."

"Same here," said Mr Egg, approaching the hatch. "Half of mild-and-bitter, please. Cold, too, isn't it?"

"Very cold," said the policeman.

"Ar," said old Mr Faggott.

"Foul," said the man in the burberry, returning from the hatch and seating himself near the commercial gentleman. "I've reason to know it. Skidded into a telegraph-pole two miles out. You should see my bumpers. Well! I suppose it's only to be expected this time of year."

"Ar!" said old Mr Faggott. There was a pause.

"Well," said Mr Egg, politely raising his tankard, "here's luck!"

The company acknowledged the courtesy in a

weißem Bart ein langes, scharlachrotes Halstuch herabhing. Ihm gegenüber, ebenfalls einen Deckelkrug vor sich, saß ein großer Mann, den man von weitem als Polizeibeamten in Zivil erkannte. An einem Tisch vor dem Kamin hatte sich ein gewandt aussehender, dunkelhaariger, ziemlich junger Mann niedergelassen, den Mr. Egg an seiner dicken Ledertasche auf den ersten Blick als den anderen Handlungsreisenden identifizierte. Er trank Sherry. An einem anderen Tisch steckten ein junger Mann und ein Mädchen in Motorradkleidung über einem Whisky-and-Polly und einem Glas Portwein flüsternd die Köpfe zusammen. Ein Mann in Hut und Regenmantel bestellte an der Theke ein Guinness-Bier, während ganz hinten in der Ecke stumm eine unbestimmbare männliche Gestalt saß, halb verdeckt von einem Schlapphut und einer Zeitung. Mr. Egg grüßte sehr höflich und bemerkte, es sei häßliches Wetter heute abend.

Der Handelsvertreter äußerte nachdrücklich seine Zustimmung.

«Ich hätte noch nach Drabblesford weiterfahren sollen», sagte er, «aber bei diesem Frost und Sprühregen und wieder Frost, da sind die Straßen in einem Zustand, daß ich wohl besser bleibe, wo ich bin.»

«Genauso geht es mir», sagte Mr. Egg und trat an die Theke. «Eine Halbe Mild-And-Bitter, bitte. Es ist auch so kalt, nicht wahr?»

«Sehr kalt», sagte der Polizist.

«Stimmt», sagte der alte Mr. Faggott.

«Scheußlich», pflichtete der Mann im Regenmantel bei, der von der Theke zurückkam und sich neben den Handelsvertreter setzte. «Ich weiß, was ich sage. Bin zwei Meilen vor dem Ort gegen einen Telegrafenmast geschlittert. Sie sollten meine Stoßstange sehen. Nun ja, in dieser Jahreszeit kann man nicht viel anderes erwarten.»

«Stimmt», sagte der alte Mr. Faggott. Das Gespräch verstummte.

Mr. Egg hob seinen Krug und trank den andern höflich zu: «Sehr zum Wohl!»

Die Gesellschaft dankte, wie es sich gehört, dann breitete

suitable manner, and another pause followed. It was broken by the traveller.

"Acquainted with this part of the country, sir?"

"Why, no," said Monty Egg. "It's not my usual beat. Bastable covers it as a rule – Henry Bastable – perhaps you know him? He and I travel for Plummet & Rose, wines and spirits."

"Tall, red-haired fellow?"

"That's him. Laid up with rheumatic fever, poor chap, so I'm taking over temporarily. My name's Egg – Montague Egg."

"Oh, yes, I think I've heard of you from Taylor of Harrogate Bros. Redwood is my name. Fragonard & Co., perfumes and toilet accessories."

Mr Egg bowed and inquired, in a discreet and general way, how Mr Redwood was finding things.

"Not too bad. Of course, money's a bit tight; that's only to be expected. But, considering everything, not too bad. I've got a line here, by the way, which is doing pretty well and may give you something to think about." He bent over, unstrapped his bag and produced a tall flask, its glass stopper neatly secured with a twist of fine string. "Tell me what you think of that." He removed the string and handed the sample to Monty.

"Parma violet?" said the gentleman, with a glance at the label. "The young lady should be the best judge of this. Allow me, miss. Sweets to the sweet," he added gallantly. "You'll excuse me, I'm sure."

The girl giggled.

"Go on, Gert," said her companion. "Never refuse a good offer." He removed the stopper and sniffed heartily at the perfume. "This is high-class stuff, this is. Put a drop on your handkerchief. Here – I'll do it for you!"

"Oh! it's lovely!" said the girl. "Refined, I call it. Get along, Arthur, do! Leave my handkerchief

sich wieder Schweigen aus. Der Geschäftsreisende unterbrach es.

«Sie kennen die Gegend, Sir?»

«Nein, eigentlich nicht», antwortete Monty Egg. «Ist nicht mein üblicher Bezirk. In der Regel arbeitet Bastable hier – Henry Bastable – vielleicht ist er Ihnen bekannt? Er reist wie ich für Plummet & Rose, Wein und Spirituosen.»

«Ein langer rothaariger Bursche?»

«Ja, das ist er. Liegt zu Bett mit rheumatischem Fieber, der arme Kerl, und ich vertrete ihn vorläufig. Mein Name ist Egg, Montague Egg.»

«Ach, ich glaube, ich habe schon von Ihnen gehört, durch Taylor von der Firma Harrogates. Mein Name ist Redwood, von Fragonard & Co., Parfums und Toilettenartikel.»

Mr. Egg verbeugte sich und fragte, taktvoll und ganz allgemein, wie Mr. Redwood die Verhältnisse beurteile.

«Nicht allzu schlecht. Natürlich, Geld ist ein bißchen knapp, darauf muß man gefaßt sein. Aber, alles in allem, nicht ganz schlecht. Ich habe hier übrigens einen Artikel, der sehr gut einschlägt und Ihnen vielleicht ein bißchen Stoff zum Nachdenken liefert.» Er bückte sich, schnallte seine Tasche auf und holte ein großes Flakon heraus, dessen Glasstöpsel ordentlich mit einer feinen Schnur gesichert war. «Sagen Sie mir, was Sie davon halten.» Er löste die Schnur und reichte Monty das Probeexemplar.

«Parmaveilchen?» sagte dieser mit einem eleganten Blick auf das Etikett. «Dafür sollte die junge Dame die beste Sachverständige sein. Gestatten Sie, Miss. ‹Der Süßen das Süße›», setzte er kavaliersmäßig hinzu. «Sie werden mir sicher verzeihen.»

Das Mädchen kicherte.

«Sei nicht dumm, Gerty», mischte sich ihr Begleiter ein, «ein gutes Angebot soll man nie zurückweisen». Er zog den Stöpsel heraus und schnupperte herzhaft an dem Parfum. «Das ist mal ein erstklassiges Zeug. Tu einen Tropfen ins Taschentuch. Hier – ich mach dir's schon.»

«Oh, es ist wunderbar», sagte das Mädchen. «Raffiniert, finde ich. Hör auf, Arthur, laß mein Taschentuch in Ruhe –

alone – what they'll all think of you! I'm sure this gentleman won't mind you having a drop for yourself if you want it."

Arthur favoured the company with a large wink, and sprinkled his handkerchief liberally. Monty rescued the flask and passed it to the man in the burberry.

"Excuse me, sir," said Mr. Redwood, "but if I might point it out, it's not everybody knows the right way to test perfume. Just dab a litle on the hand, wait while the liquid evaporates, and then raise the hand to the nostrils."

"Like this?" said the man in the burberry, dexterously hitching the stopper out with his little finger, pouring a drop of perfume into his left palm and re-stoppering the bottle, all in one movement. "Yes, I see what you mean."

"That's very interesting," said Monty, much impressed and following the example set him. "Same as when you put old brandy in a thin glass and cradle it in the hollow of the palm to bring out the aroma. The warmth of the hand makes the ethers expand. I'm very glad to know from you, Mr Redwood, what is the correct method with perfumes. Ready to learn means ready to earn – that's Monty Egg, every time. A very fine perfume indeed. Would you like to try it, sir?"

He offered the bottle first to the aged countryman (who shook his head, remarking acidly that he "couldn't abide smells and such nastiness") and then to the policeman, who, disdaining refinements, took a strong sniff at the bottle and pronounced the scent "good, but a bit powerful for his liking."

"Well, well, tastes differ," said Monty. He glanced round, and, observing the silent man in the far corner, approached him confidently with a request for his opinion.

"What the devil's the matter with you?" growled

was sollen die Leute von dir denken! Der Herr wird nichts dagegen haben, wenn du dir selber auch einen Tropfen nimmst.»

Arthur beehrte die Gesellschaft mit einem heftigen Augenzwinkern und besprengte dann freigebig sein Taschentuch. Monty nahm das Flakon an sich und gab es dem Mann im Regenmantel.

«Entschuldigen Sie, Sir», sagte Redwood, «aber ich möchte darauf hinweisen, daß nicht jeder weiß, wie man Parfum richtig ausprobiert. Man tupft ein bißchen auf die Hand, wartet, bis die Flüssigkeit verdunstet und hält dann die Hand unter die Nase.»

«So?» fragte der Mann im Regenmantel, lüpfte gewandt mit dem kleinen Finger den Stöpsel, ließ einen Tropfen Parfum in seine andere Handfläche fallen und verschloß das Fläschchen wieder, alles mit einer Bewegung. «Aha, ich verstehe, was Sie meinen.»

«Das ist hochinteressant», sagte Monty sehr beeindruckt und folgte dem Beispiel seines Vorgängers. «Es ist das gleiche, wie wenn Sie alten Brandy in ein dünnes Glas gießen und es in der hohlen Hand hin und her schwenken, um die Blume herauszuholen. In der Körperwärme entwickeln sich die ätherischen Stoffe erst richtig. Ich bin sehr froh, daß ich von Ihnen erfahren habe, Mr. Redwood, wie man Parfums richtig prüft. ‹Lernbereit jederzeit› – so ist Monty Egg, in allem. Ein sehr feines Parfum, in der Tat. Möchten Sie es auch vesuchen, Sir?»

Er bot das Fläschchen erst dem alten Bauern an, der mit der bissigen Bemerkung, er könne Düfte und ähnliche Widerlichkeiten nicht ausstehen, den Kopf schüttelte, dann dem Polizisten, der, alle Umschweife verschmähend, eine kräftige Nase voll von dem Flakon nahm und erklärte, es dufte gut, aber ein bißchen stark für seinen Geschmack.

«Ja, ja, die Geschmäcker sind verschieden», sagte Monty. Er blickte um sich, und als er den schweigsamen Mann in seinem Winkel bemerkte, trat er ungezwungen auf ihn zu mit der Bitte, auch er möge sein Urteil abgeben.

«Was, zum Teufel, ist mit Ihnen los?» knurrte der, wider-

this person, emerging reluctantly from behind his barricade of newspaper, and displaying a bristling and bellicose fair moustache and a pair of sulky blue eyes. "There seems to be no peace in this bar. Scent? Can't abide the stuff." He snatched the perfume impatiently from Mr Egg's hand, sniffed and thrust the stopper back with such blind and fumbling haste that it missed the neck of the flask altogether and rolled away under the table. "Well, it's scent. What else do you want me to say about it? I'm not going to buy it, if that's what you're after."

"Certainly not, sir," said Mr Redwood, hurt, and hastening to retrieve his scattered property. "Wonder what's bitten him," he continued, in a confidential undertone. "Nasty glitter in his eye. Hands all of a tremble. Better look out for him, sergeant. We don't want murder done. Well, anyhow, madam and gentlemen, what should you say if I was to tell you that we're able to retail that large bottle, as it stands – retail it, mind you – at three shillings and sixpence?"

"Three-and-six?" said Mr Egg, surprised. "Why, I should have thought that wouldn't so much as pay the duty on the spirit."

"Nor it would," triumphed Mr Redwood, "if it was spirit. But it isn't, and that's the whole point. It's a trade secret and I can't say more, but if you were to be asked whether that was or was not the finest Parma violet, equal to the most expensive marks, I don't mind betting you'd never know the difference."

"No, indeed," said Mr Egg. "Wonderful, I call it. Pity they can't discover something similar to help the wine and spirit business, though I needn't say it wouldn't altogether do, or what would the Chancellor of the Exchequer have to say about it? Talking of that, what are you drinking? And you,

strebend hinter seiner Zeitungsbarrikade auftauchend, wobei ein kriegerisch gesträubter heller Schnurrbart und ein Paar verdrießliche blaue Augen sichtbar wurden. «In diesem Wirtshaus scheint es keine Ruhe zu geben. Parfum? Kann das Zeug nicht leiden.» Er riß Mr. Egg das Fläschchen ungeduldig aus der Hand, schnupperte und steckte den Stöpsel mit solch blinder, linkischer Hast zurück, daß er den Hals des Flakons verfehlte und der Stöpsel unter den Tisch rollte. «Schön, es riecht. Was soll ich Ihnen sonst noch darüber sagen? Ich werde es nicht kaufen, wenn Sie darauf hinauswollen.»

«Gewiß nicht, Sir», sagte Mr. Redwood verletzt und beeilte sich, sein verstreutes Eigentum wieder einzusammeln. «Möchte wissen, was für ein Tier den gebissen hat», fuhr er in vertraulichem Ton fort, «der hat so ein häßliches Glitzern in den Augen. Und zittrige Hände. Wäre vielleicht gut, Sergeant, wenn Sie ihn im Auge behielten. Wir möchten keinen Mord erleben. Jedenfalls, meine Dame, meine Herren, was sagen Sie dazu, daß wir diese große Flasche, wie sie hier vor Ihnen steht, zu einem Kleinhandelspreis – wohlgemerkt Kleinhandelspreis! – von dreieinhalb Schilling verkaufen?»

«Dreieinhalb Schilling?» wiederholte Mr. Egg überrascht. «Ich hätte gedacht, das würde nicht einmal die Alkoholsteuer decken.»

«Das würde es auch nicht», triumphierte Mr. Redwood, «wenn es Alkohol wäre. Es ist aber keiner, und darin liegt der ganze Witz. Die Sache ist Firmengeheimnis, und mehr kann ich darüber nicht sagen, doch wenn Sie gefragt würden, ob das feinstes Parmaveilchen-Parfum war oder nicht, etwas, das den teuersten Marken gleichkommt – ich wette ohne Besinnung, daß Sie keinen Unterschied feststellen könnten.»

«Nein, wirklich nicht», sagte Mr. Egg. «Wundervoll finde ich's. Ein Jammer, daß man nicht etwas Ähnliches entdecken kann, um dem Wein- und Spirituosengeschäft aufzuhelfen, obwohl ich ja nicht zu sagen brauche, daß das gründlich schiefginge – was würde der Schatzkanzler dazu sagen? Um von etwas anderem zu reden: was trinken Sie? Und Sie,

miss? I hope you'll allow me, gentlemen. Same again all round, please."

The landlord hastened to fulfil the order and, as he passed through the bar-parlour, switched on the wireless, which instantly responded with the 9 o'clock time-signal, followed clearly by the voice of the announcer:

"This ist the National Programme from London. Before I read the weather report, here is a police message. In connection with the murder of Alice Steward, at Nottingham, we are asked by the Commissioner of Police to broadcast the following. The police are anxious to get in touch with a young man named Gerald Beeton, who is known to have visited the deceased on the afternoon preceding her death. This man is aged thirty-five, medium height, medium build, fair hair, small moustache, grey or blue eyes, full face, fresh colour. When last seen was wearing a grey loung suit, soft grey hat and fawn overcoat, and is thought to be now travelling the country in a Morris car, number unknown. Will this man, or anyone able to throw light on his whereabouts, please communicate at once with the Superintendent of police, Nottingham, or with any police-station? Here is the weather report. A deep depression . . ."

"Oh, switch it off, George," urged Mr Redwood. "We don't want to hear about depressions."

"That's right," agreed the landlord, switching off. "What gets me is these police descriptions. How'd they think anyone's going to recognise a man from the sort of stuff they give you? Medium this and medium the other, and ordinary face and fair complexion and a soft hat – might be anybody."

"So it might," said Monty. "It might be me."

"Well, that's true, it might," said Mr Redwood. "Or it might be this gentleman."

Miß? Ich hoffe, Sie gestatten, meine Herren. Für alle noch einmal das gleiche, bitte.»

Der Wirt beeilte sich, die Bestellung auszuführen, und als er durch den Schankraum ging, drehte er das Radio an. Sogleich erklang von dort das Neun-Uhr-Zeitzeichen, und dann ertönte, klar zu hören, die Stimme des Nachrichtensprechers:

«Hier spricht London. Bevor ich Ihnen den Wetterbericht übermittle, habe ich eine Meldung der Polizei durchzugeben. Im Zusammenhang mit dem Mord an Alice Steward in Nottingham wurden wir von der Polizeidirektion gebeten, folgendes zu verlesen: die Polizei sucht dringend Kontakt mit einem jungen Mann namens Gerald Beeton, von dem bekannt ist, daß er die Verstorbene am Nachmittag vor ihrem Tod besucht hat. Dieser Mann ist fünfunddreißig Jahre alt, mittelgroß, von mittlerem Körperbau, hat helles Haar, kleinen Schnurrbart, graue oder blaue Augen, ein volles Gesicht von frischer Farbe. Als er zuletzt gesehen wurde, trug er einen grauen Sakkoanzug, einen weichen grauen Hut und einen hellbraunen Überzieher. Es wird angenommen, daß er mit einem Morris, Autonummer unbekannt, das Land bereist. Dieser Mann oder jeder andere, der über seinen Aufenthaltsort Auskunft geben kann, möge bitte unverzüglich Verbindung aufnehmen mit dem Polizeisuperintendenten von Nottingham oder der nächsten Polizeiwache. Und nun der Wetterbericht. Ein starkes Tief...»

«Ach, drehen Sie's ab», forderte Mr. Redwood den Wirt auf, «wir wollen von dem Tief nichts hören.»

«Sie haben recht», sagte der und brachte das Radio zum Schweigen. «Was mich ärgert, sind diese polizeilichen Personalbeschreibungen. Wie kommen die bloß auf die Idee, irgend jemand könnte den Mann wiedererkennen nach dem Zeug, das sie einem erzählen? Mittleres dies und mittleres das und alltägliches Gesicht und frische Hautfarbe und weicher Hut – das kann jeder sein.»

«Tatsächlich», sagte Monty, «etwa ich könnte es sein.»

«Das stimmt», meinte Mr. Redwood, «oder auch dieser Herr.»

"That's a fact," admitted the man in the burberry. "Or it might be fifty men out of every hundred."

"Yes, or" – Monty jerked his head cautiously towards the newspaper in the corner – "him!"

"Well, so you say," said Redwood, "but nobody else has seen him to look at. Unless it's George."

"I wouldn't care to swear to him," said the landlord, with a smile. "He come straight in here and ordered a drink and paid for it without so much as looking at me, but from what I did see of him the description would fit him as well as anybody. And what's more, he's got a Morris car – it's in the garage now."

"That's nothing against him," said Monty. "So've I."

"And I," said the man in the burberry.

"And I," chimed in Redwood. "Encourage home industries, I say. But it's no help to identifying a man. Beg your pardon, sergeant, and all that, but why don't the police make it a bit easier for the public?"

"Why," said the sergeant, "because they 'as to rely on the damnfool descriptions given to them by the public. That's why."

"One up to you," said Redwood pleasantly. "Tell me, sergeant, all this stuff about wanting to interview the fellow is all eyewash, isn't it? I mean, what they really want to do is to arrest him."

"That ain't for me to say," replied the sergeant ponderously. "You must use your own judgement about that. What they're asking for is an interview, him being known to have been one of the last people to see her before she was done in. If he's sensible, he'll turn up. If he don't answer to the summons – well, you can think what you like."

"Who is he, anyway?" asked Monty.

«Zweifellos», gab der Mann im Regenmantel zu, «oder fünfzig von hundert Männern.»

«Ja, oder...» Monty machte eine vorsichtige Kopfbewegung in Richtung auf die Zeitung in der entfernten Ecke –, «oder er.»

«Na, das sagen Sie so», sagte Redwood, «aber sonst hat ihn niemand richtig gesehen. Außer George.»

«Ich möchte seine Identität nicht beschwören müssen», sagte der Wirt lächelnd. «Er kam geradewegs hier herein, bestellte etwas zu trinken und zahlte, eigentlich ohne einen Blick auf mich zu werfen, aber nach dem, was ich von ihm sah, würde die Beschreibung so gut auf ihn passen wie auf den ersten besten. Und was wichtiger ist, er fährt einen Morris – der steht jetzt in der Garage.»

«Das läßt sich nicht gegen ihn verwenden», wandte Monty ein, «ich fahre auch einen.»

«Ich auch», fügte der Mann im Regenmantel hinzu.

«Ich auch», stimmte Redwood mit ein. «Man muß die heimische Industrie unterstützen, sage ich mir. Aber ein Morris ist keine Hilfe, einen Mann zu identifizieren. Ich bitte um Entschuldigung, Sergeant, aber warum macht es die Polizei dem Publikum nicht etwas leichter?»

«Warum?» wiederholte der Sergeant. «Weil man sich auf die verdammt dummen Beschreibungen verlassen muß, die eben das Publikum gibt. Deshalb.»

«Eins zu null für Sie», sagte Redwood vergnügt. «Erzählen Sie mal, das ganze Zeug – man wollte den Kerl ein bißchen ausfragen und so – das ist doch alles Schmus, nicht wahr? Ich meine, in Wirklichkeit wollen sie ihn verhaften.»

«Das kann ich Ihnen nicht sagen», erwiderte der Sergeant gewichtig. «Darüber müssen Sie sich Ihr eigenes Urteil bilden. Man bittet ihn um eine Unterredung, da er einer der letzten war, die die Frau gesehen haben, bevor sie ermordet wurde. Wenn er vernünftig ist, meldet er sich. Wenn er nicht reagiert auf die Aufforderung – nun, denken Sie sich, was Sie wollen.»

«Wer ist er denn?» fragte Monty.

"Now you want to know something. Ain't you seen the evening papers?"

"No; I've been on the road since five o'clock."

"Well, it's like this here. This old lady, Miss Alice Steward, lived all alone with a maid in a little 'ouse on the outskirts of Notthingham. Yesterday afternoon was the maid's afternoon out, and just as she was stepping out of the door, a bloke drives up in a Morris – or so she says, though you can't trust these girls, and if you ask me, it may just as well have been an Austin or Wolseley, or anything else, for that matter. He asks to see Miss Steward and the girl shows him into the sitting-room, and as she does so she hears the old girl say, 'Why, Gerald!' – like that. Well, she goes off to the pictures and leaves 'em to it, and when she gets back at 10 o'clock, she finds the old lady lying with 'er 'ead bashed in."

Mr Redwood leaned across and nudged Mr Egg. The stranger in the far corner had ceased to read his paper, and was peering stealthily round the edge of it.

"That's brought him to life, anyway," muttered Mr Redwood. "Well, sergeant, but how did the girl know the fellow's surname and who he was?"

"Why," replied the sergeant, "she remembered once 'earing the old lady speak of a man called Gerald Beeton – a good many years ago, or so she said, and she couldn't tell us much about it. Only she remembered the name, because it was the same as the one on her cookery-book."

"Was that at Lewes?" demanded the young man called Arthur, suddenly.

"Might have been," admitted the sergeant, glancing rather sharply at him. "The old lady came from Lewes. Why?"

"I remember, when I was a kid at school, hearing my mother mention an old Miss Steward

«Nun, da fragen Sie aber etwas! Haben Sie die Abendzeitungen nicht gesehen?»

«Nein, ich war seit fünf Uhr unterwegs.»

«Also, die Sache ist die: diese alte Dame, Miß Alice Steward, lebte ganz allein mit ihrem Mädchen in einem kleinen Haus am Stadtrand von Nottingham. Gestern nachnachmittag hatte ihr Mädchen Ausgang, und gerade als sie zur Tür hinaus wollte, fuhr ein Kerl in einem Morris vor – so sagt sie wenigstens, aber man kann sich ja auf so junge Dinger nicht verlassen, und wenn Sie mich fragen, kann es genausogut ein Austin oder ein Wolseley oder sonstwas gewesen sein. Er fragte nach Miss Steward, und das Mädchen führte ihn ins Wohnzimmer; dort hörte sie das alte Fräulein sagen: ‹Was, du, Gerald!› – oder so ähnlich. Sie geht also fort ins Kino und läßt die beiden allein, und als sie um zehn Uhr zurückkommt, findet sie die alte Dame mit ein geschlagenem Schädel auf dem Boden liegen.»

Mr. Redwood beugte sich vor und stieß Mr. Egg an. Der Fremde in der anderen Ecke hatte mit seiner Zeitungslektüre aufgehört und äugte verstohlen über den Rand des Blattes.

«Das hat ihn aufgeweckt», murmelte Mr. Redwood. «Aber, Sergeant, woher wußte denn das Mädchen den Familiennamen des Burschen und wer er war?»

«Weil sie», gab der Sergeant zur Antwort, «sich erinnerte, daß sie die alte Dame einmal von einem Mann namens Gerald Beeton hatte sprechen hören – vor einer Reihe von Jahren, sagt sie, viel mehr konnte sie uns nicht darüber erzählen. Nur auf den Namen besann sie sich noch, auf ihrem Kochbuch steht nämlich derselbe.»

«War das in Lewes?» fragte plötzlich der ‹Arthur› genannte junge Mann.

«Das kann schon sein», räumte der Sergeant ein und sah ihn dabei scharf an. «Die alte Dame kam von Lewes. Warum?»

«Ich erinnere mich, daß ich als Schulkind meine Mutter von einer alten Miss Steward aus Lewes reden hörte, die sehr

at Lewes, who was very rich and had adopted a young fellow out of a chemist's shop. I think he ran away, and turned out badly, or something. Anyway, the old lady left the town. She was supposed to be very rich and to keep all her money in a tin box, or something. My mother's cousin knew an old girl who was Miss Steward's housekeeper — but I daresay it was all rot. Anyhow, that was about six or seven years ago, and I believe my mother's cousin is dead now and the housekeeper too. My mother," went on the young man called Arthur, anticipating the next question, "died two years ago."

"That's very interesting, all the same," said Mr Egg encouragingly. "You ought to tell the police about it."

"Well, I have, haven't I?" said Arthur, with a grin, indicating the sergeant. "Though I expect they know it already. Or do I have to go to the police-station?"

"For the present purpose," replied the sergeant, "I am a police-station. But you might give me your name and address."

The young man gave his name as Arthur Bunce, with an address in London. At this point the girl Gertrude was struck with an idea.

"But what about the tin box? D'you think he killed her to get it?"

"There's nothing in the papers about the tin box," put in the man in the burberry.

"They don't let everything get into the papers," said the sergeant.

"It doesn't seem to be in the paper our disagreeable friend is reading," murmured Mr Redwood, and as he spoke, that person rose from his seat and came over to the serving-hatch, ostensibly to order more beer, but with the evident intention of overhearing more of the conversation.

reich war und einen jungen Burschen aus einer Drogerie adoptiert hatte. Ich glaube, er lief davon und entpuppte sich als übler Kerl, oder so ähnlich. Jedenfalls verließ die alte Dame die Stadt. Man sagte, sie sei sehr reich und bewahre ihr ganzes Geld in einer Blechbüchse auf, oder so ähnlich. Die Kusine meiner Mutter kannte ein altes Mädchen, die war Miss Stewards Haushälterin – ich glaube aber, das war alles Quatsch.

Jedenfalls ist das jetzt sechs oder sieben Jahre her, und die Kusine meiner Mutter ist, glaube ich, inzwischen gestorben und die Haushälterin auch. Meine Mutter», fuhr der ‹Arthur› genannte junge Mann fort, um die nächstfällige Frage im voraus zu beantworten, «ist vor zwei Jahren gestorben.»

«Das ist doch alles sehr interessant», sagte Mr. Egg beifällig. «Sie sollten das der Polizei erzählen.»

«Nun, das habe ich ja getan, oder nicht?» antwortete Arthur und deutete grinsend auf den Sergeanten. «Wenn ich auch annehme, Sie haben das alles schon gewußt. Oder muß ich zur Wache gehen?»

«Im vorliegenden Fall», erwiderte der Sergeant, «bin ich die Polizeiwache. Aber Sie könnten mir Ihren Namen und Ihre Adresse geben».

Der junge Mann gab als Namen Arthur Bunce an, dazu eine Adresse in London. Nun fiel dem Mädchen Gertrude etwas ein.

«Aber was ist mit der Blechbüchse? Meinst du, er hat sie deshalb umgebracht?»

«In den Zeitungen stand nichts von der Blechbüchse», warf der Mann im Regenmantel ein.

«Sie bringen nicht alles in der Zeitung», sagte der Sergeant.

«In der Zeitung, die unser unangenehmer Freund gerade liest, scheint es nicht zu stehen», raunte Mr. Redwood, und während er noch sprach, stand der Fremde auf und kam an die Theke, vorgeblich, um noch ein Bier zu bestellen, aber offenkundig in der Absicht, mehr von dem Gespräch zu hören.

"I wonder if they'll catch the fellow," pursued Redwood thoughtfully. "They – by Jove! yes, that explains it – they must be keeping a pretty sharp look-out. I wondered why they held me up outside Wintonbury to examine my driving-licence. I suppose they're checking all the Morrises on the roads. Some job."

"All the Morrises in this district, anyway," said Monty. "They held me up just outside Thugford."

"Oho!" cried Arthur Bunce, "that looks as though they've got a line on the fellow. Now, sergeant, come across with it. What do you know about this, eh?"

"I can't tell you anything about that," replied Sergeant Jukes, in a stately manner. The disagreeable man moved away from the serving-hatch, and at the same moment the sergeant rose and walked over to a distant table to knock out his pipe, rather unnecessarily, into a flower-pot. He remained there, refilling the pipe from his pouch, his bulky form towering between the Disagreeable Man and the door.

"They'll never catch him," said the Disagreeable Man, suddenly and unexpectedly. "They'll never catch him. And do you know why? I'll tell you. Not because he's too clever for them, but because he's too stupid. It's all too ordinary. I don't suppose it was this man Beeton at all. Don't you read your papers? Didn't you see that the old lady's sitting-room was on the ground floor, and that the dining-room window was found open at the top? It would be the easiest thing in the world for a man to slip in through the dininig-room – Miss Steward was rather deaf – and catch her unawares and bash her on the head. There's only crazy paving between the garden gate and the windows, and there was a black frost yesterday night, so he'd leave no footmarks on the carpet. That's the difficult sort of

«Ich bin gespannt, ob sie den Burschen fassen», fuhr Redwood nachdenklich fort. «Da müssen sie – lieber Himmel, ja, das erklärt es – sie müssen ziemlich scharf Ausschau halten. Ich habe mich gewundert, warum sie mich außerhalb Wintonbury stoppten und meinen Führerschein kontrollierten. Ich nehme an, sie überprüfen alle Morris-Wagen auf den Straßen. Ganz hübsche Arbeit!»

«Alle Morris in diesem Bezirk mindestens», sagte Monty. «Mich haben sie kurz vor Thugford angehalten.»

«Oho», rief Arthur Bunce, «das sieht ja so aus, als ob man bereits eine Spur von dem Burschen hätte. Also, Sergeant, heraus mit der Sprache, was wissen Sie davon, hm?»

«Darüber kann ich Ihnen nichts sagen», erwiderte Sergeant Jukes würdevoll. Der unangenehme Mann entfernte sich von der Theke, und im selben Augenblick erhob sich der Polizeibeamte und ging hinüber zu einem etwas abseits stehenden Tisch, wo er, ganz unnötigerweise, seine Pfeife in einen Blumentopf ausklopfte. Er blieb dort stehen und stopfte die Pfeife umständlich aus seinem Tabaksbeutel, seine massige Gestalt hatte sich als Sperre zwischen den unangenehmen Mann und die Tür geschoben.

«Sie werden ihn nie fassen», sagte der Unangenehme plötzlich und unvermittelt. «Nie. Und wissen Sie, warum? Ich will's Ihnen verraten. Nicht weil er zu schlau ist für sie, sondern weil er zu dumm ist. Das Ganze scheint viel zu alltäglich. Ich glaube nicht, daß es dieser Beeton überhaupt war. Lesen Sie Ihre Zeitungen denn nicht? Haben Sie nicht bemerkt, daß das Wohnzimmer der Dame im Erdgeschoß liegt und man das Eßzimmerfenster oben offen fand? Es wäre die einfachste Sache der Welt für einen Mann, sich durch das Eßzimmer einzuschleichen – Miss Steward war ziemlich taub –, sie unvermutet zu überfallen und ihr den Schädel einzuschlagen. Zwischen dem Gartentor und den Fenstern ist nur ein Mosaikpflaster, und gestern nacht war trockener Frost, der Mann hinterließ also keine Fußspuren auf dem Teppich. Das ist die Sorte Mord, die man nur schwer aufklären kann – kein großer Scharfsinn dahinter,

murder to trace – no subtlety, no apparent motive. Look at the Reading murder, look at –"

"Hold hard a minute, sir," interrupted the sergeant. "How do you know there was crazy paving? That's not in the papers, so far as I know."

The Disagreeable Man stopped short in the full tide of his eloquence, and appeared disconcerted.

"I've seen the place, as a matter of fact," he said with some reluctance. "Went there this morning to look at it – for private reasons, which I needn't trouble you with."

"That's a funny thing to do, sir."

"It may be, but it's no business of yours."

"Oh, no, sir, of course not," said the sergeant. "We all of us has our little 'obbies, and crazy paving may be yours. Landscape gardener, sir?"

"Not exactly."

"A journalist, perhaps?" suggested Mr Redwood.

"That's nearer," said the other. "Looking at my three fountainpens, eh? Quite the amateur detective."

"The gentleman can't be a journalist," said Mr Egg. "You will pardon me, sir, but a journalist couldn't help but take an interest in Mr Redwood's synthetic alcohol or whatever it is. I fancy I might put a name to your profession if I was called upon to do so. Every man carries the marks of his trade, though it's not always as conspicuous as Mr Redwood's sample case or mine. Take books, for instance. I always know an academic gentleman by the way he opens a book. It's in his blood, as you might say. Or take bottles. I handle them one way. A doctor or a chemist handles them another way. This scent-bottle, for example. If you or I was to take the stopper out of this bottle, how would we do it? How would you do it, Mr Redwood?"

"Me?" said Mr Redwood. "Why, dash it all! On the word 'one' I'd apply the thumb and two fingers

kein greifbares Motiv. Denken Sie an den Mord von Reading, denken Sie ...»

«Einen ganz kleinen Augenblick, Sir», unterbrach ihn der Sergeant. «Woher wissen Sie, daß dort ein Mosaikpflaster ist? Das stand nämlich nicht in den Zeitungen.»

Der Unangenehme verstummte mitten in seinem Redefluß und schien etwas außer Fassung gebracht.

«Ich habe mir's angesehen, offen gestanden», sagte er schließlich widerwillig. «Heute morgen ging ich hin, um einen Blick darauf zu werfen – aus persönlichen Gründen, mit denen ich Sie nicht zu behelligen brauche.»

«Eine komische Beschäftigung, Sir.»

«Mag sein, aber nicht Ihre Angelegenheit.»

«Nein, Sir, natürlich nicht», sagte der Sergeant. «Wir haben alle unser kleines Steckenpferd, und Mosaikpflaster mag das Ihrige sein. Landschaftsgärtner, Sir?»

«Nicht ganz.»

«Vielleicht Journalist?» schlug Mr. Redwood vor.

«Das kommt der Sache näher», antwortete der andere. «Haben meine drei Füllfederhalter bemerkt, hm? Ein richtiger Amateurdetektiv.»

«Der Herr kann nicht Journalist sein», sagte Mr. Egg. «Sie entschuldigen, Sir, aber ein Journalist würde sich unbedingt für Mr. Redwoods synthetischen Alkohol, oder was es nun sei, interessieren. Ich bilde mir ein, ich könnte Ihren Beruf benennen, wenn ich aufgefordert würde. Jeder Mensch trägt die Merkmale seines Berufes mit sich herum, auch wenn sie nicht immer so in die Augen fallen wie Mr. Redwoods oder meine Mustertasche. Nehmen Sie zum Beispiel Bücher. Ich erkenne einen Akademiker immer an der Art, wie er ein Buch öffnet. Er hat's im Blut, könnte man sagen. Oder nehmen Sie Flaschen. Ich habe eine bestimmte Art, damit umzugehen – es ist mein Beruf. Ein Arzt oder Apotheker macht es anders. Diese Parfumflasche zum Beispiel: wenn Sie oder ich den Stöpsel herausziehen müßten, wie würden wir das machen? Wie würden Sie's machen, Mr. Redwood?»

«Ich?» fragte Redwood. «Nun, zum Donnerwetter! Auf ‹eins› würde ich den Daumen und zwei Finger der rechten

of the right hand to the stopper and on the word 'two' I would elevate them briskly, retaining a firm grip on the bottle with the left hand in case of accident. What would you do?" He turned to the man in the burberry.

"Same as you," said that gentleman, suiting the action to the word. "I don't see any difficulty about that. There's only one way I know of to take out stoppers, and that's to take 'em out. What d'you expect me to do? Whistle 'em out?"

"But this gentleman's quite right, all the same," put in the Disagreeable Man. "You do it that way because you aren't accustomed to measuring and pouring with onehand while the other's occupied. But a doctor or a chemist pulls the stopper out with his little finger, like this, and lifts the bottle in the same hand, holding the measuring-glass in his left – so – and when he –"

"Hi, Beeton!" cried Mr Egg in a shrill voice, "look out!"

The flask slipped from the hand of the Disagreeable Man and crashed on the table's edge as the man in the burberry started to his feet. An overpowering odour of violets filled the room. The sergeant darted forward – there was a brief but violent struggle. The girl screamed. The landlord rushed in from the bar, and a crowed of men surged in after him and blocked the doorway.

"There," said the sergeant, emerging a little breathless from the mix-up, "you best come quiet. Wait a minute! Gotter charge you. Gerald Beeton, I arrest you for the murder of Alice Steward – stand still, can't you? – and I warns you as anything you say may be taken down and used in evidence at your trial. Thank you, sir. If you'll give me a 'and with him to the door, I've got a pal waiting just up the road, with a police car."

In a few minutes' time Sergeant Jukes returned,

Hand um den Stöpsel legen, und auf ‹zwei› würde ich sie kräftig hochziehen, wobei ich die Flasche mit der Linken festhalten würde, um einem Unfall vorzubeugen. Was würden denn Sie tun?» Er wandte sich an den Mann im Regenmantel.

«Das gleiche wie Sie», sagte dieser und ließ den Worten die Tat folgen. «Ich sehe darin kein Problem. Es gibt meines Wissens nur eine Art, Stöpsel herauszunehmen, und die ist, sie eben herauszunehmen. Was erwarten Sie von mir? Sie herauszupfeifen?»

«Aber der Herr hat trotzdem ganz recht», warf der Unangenehme ein. «Sie machen es auf diese Weise, weil Sie nicht gewohnt sind, abzumessen und umzugießen mit einer Hand, während die andere beschäftigt ist. Aber ein Arzt oder Apotheker zieht den Stöpsel mit dem kleinen Finger heraus, so, und nimmt die Flasche mit derselben Hand auf, weil er in der Linken das Meßglas hält, so – und wenn er –»

«He! Beeton!» schrie Mr. Egg plötzlich mit durchdringender Stimme, «aufgepaßt!»

Das Flakon entglitt der Hand des Unangenehmen und zersplitterte an der Tischecke, als der Mann im Regenmantel auf die Füße sprang. Ein überwältigender Duft nach Veilchen erfüllte den Raum. Der Sergeant stürzte vorwärts – es gab einen kurzen, aber heftigen Kampf. Das Mädchen kreischte. Der Wirt stürmte aus dem großen Schankraum herbei und hinter ihm eine Welle anderer Leute, die die Tür verstopften.

«So», sagte der Sergeant, ein wenig atemlos aus dem Handgemenge auftauchend, «am besten, Sie halten jetzt still. Einen Augenblick. Aufgepaßt! Gerald Beeton, ich muß Sie verhaften wegen Mordes an Alice Steward – können Sie nicht ruhig stehen? – und ich mache Sie darauf aufmerksam, daß alles, was Sie sagen, aufgenommen und in Ihrem Prozeß gegen Sie verwandt werden kann. Danke, Sir. Wenn Sie mir helfen wollten, mit ihm bis zur Tür zu kommen, ein Stückchen weiter oben auf der Straße wartet ein Kamerad mit einem Polizeiwagen.»

Nach wenigen Minuten kehrte Sergeant Jukes zurück, sich

struggling into his overcoat. His amateur helpers accompanied him, their faces bright, as of those who have done their good deed for the day.

"That was a very neat dodge of yours, sir," said the sergeant, addressing Mr Egg, who was administering a stiff pick-me-up to the young lady, while Mr. Redwood and the landlord together sought to remove the drench of Parma violet from the carpet. "Whew! Smells a bit strong, don't it? Regular barber's shop. We had the office he was expected this way, and I had an idea that one of you gentlemen might be the man, but I didn't know which. Mr Bunce here saying that Beeton had been a chemist was a big help; and you, sir, I must say you touched him off proper."

"Not at all," said Mr Egg. "I noticed the way he took that stopper out the first time – it showed he had been trained to laboratory work. That might have been accident, of course. But afterwards, when he pretended he didn't know the right way to do it, I thought it was time to see if he'd answer to his name."

"Good wheeze," said the Disagreeable Man agreeably. "Mind if I use it some time?"

"Ah!" said Sergeant Jukes. "You gave me a bit of a turn, sir, with that crazy paving. Whatever did you –"

"Professional curiosity," said the other, with a grin. "I write detective stories. But our friend Mr Egg is a better hand at the real thing."

"No, no," said Monty. "We all helped. The hardest problem's easy of solution when each one makes his little contribution. Isn't that so, Mr Faggott?"

The aged countryman had risen to his feet.

"Place fair stinks o' that dratted stuff," he said disapprovingly. "I can't abide sich nastiness." He hobbled out and shut the door.

mühsam in seinen Überzieher hineinarbeitend. Seine Amateurhelfer begleiteten ihn, ihre Gesichter strahlten wie bei Leuten, die ihr Tagwerk redlich getan haben.

«Das war ein sehr guter Kniff von Ihnen, Sir», sagte der Sergeant zu Mr. Egg gewandt, der der jungen Dame einen kräftigen Erholungstrunk einflößte, während Mr. Redwood und der Wirt miteinander versuchten, den Parmaveilchen-Guß vom Teppich zu entfernen. «Puh! Riecht ein bißchen stark, nicht wahr? Regelrecht nach Friseurladen. Wir hatten Nachricht, daß er hier herum erwartet würde, und mir war so, als ob einer von den Herren hier der bewußte Mann sein könnte, aber ich wußte nicht, welcher. Daß Mr. Bunce erzählte, Beeton sei Drogist gewesen, war eine große Hilfe; und Sie, Sir, ich muß sagen, Sie haben ihn schön reingelegt.»

«Keineswegs», sagte Mr. Egg. «Ich bemerkte, auf welche Weise er den Stöpsel das erste Mal herausnahm – man konnte da sehen, daß er mit Laboratoriumsarbeit vertraut war. Das hätte natürlich ein Zufall sein können. Aber nachher, als er so tat, als wüßte er nicht, wie man das macht, dachte ich, es sei an der Zeit, mal nachzuprüfen, ob er auf seinen Namen reagierte.»

«Guter Trick», sagte der Unangenehme mit angenehmem Lächeln. «Macht es Ihnen etwas aus, wenn ich ihn einmal verwende?»

«Ach, Sir!» sagte Sergeant Jukes, «Sie haben mich vielleicht drangekriegt mit Ihrem Mosaikpflaster! Was in aller Welt haben Sie ...»

«Berufsbedingte Neugier», sagte der andere grinsend. «Ich schreibe Detektivgeschichten. Aber unser Freund Egg versteht sich in Wirklichkeit besser aufs Handwerk.»

«Nein, nein», wehrte Monty ab. «Wir haben alle geholfen. ‹Ein jedes Problem, so schwierig es sei, ist lösbar, trägt jeder das Seine bei.› Stimmt's nicht, Mr. Faggott?»

Der alte Landwirt war aufgestanden.

«Stinkt hier ganz schön nach dem verfluchten Zeug», sagte er mißbilligend. «Kann sowas Widerliches nicht ausstehen.» Er humpelte hinaus und schloß die Tür hinter sich.

It was the strangest murder trial I ever attended. They namend it the Peckham murder in the headlines, though Northwood Street, where the old woman was found battered to death, was not strictly speaking in Peckham. This was not one of those cases of circumstantial evidence, in which you feel the jurymen's anxiety – because mistakes have been made – like domes of silence muting the court. No, this murderer was all but found with the body; no one present when the Crown counsel outlined his case believed that the man in the dock stood any chance at all.

He was a heavy stout man with bulging bloodshot eyes. All his muscles seemed to be in his thighs. Yes, an ugly customer, one you wouldn't forget in a hurry – and that was an important point because the Crown proposed to call four witnesses who hadn't forgotten him, who had seen him hurrying away from the little red villa in Northwood Street. The clock had just struck two in the morning.

Mrs. Salmon in 15 Northwood Street had been unable to sleep; she heard a door click shut and thought it was her own gate. So she went to the window and saw Adams (that was his name) on the steps of Mrs. Parker's house. He had just come out and he was wearing gloves. He had a hammer in his hand and she saw him drop it into the laurel bushes by the front gate. But before he moved away, he had looked up – at her window. The fatal instinct that tells a man when he is watched exposed him in the light of a street-lamp to her gaze – his eyes suffused with horrifying and brutal fear, like an animal's when you raise a whip. I talked afterwards to Mrs. Salmon, who naturally

Graham Greene: Der Entlastungszeuge

Es war der sonderbarste Mordprozeß, dem ich je beigewohnt habe. Die Schlagzeilen der Zeitungen nannten ihn den «Peckhamer Mord», obwohl die Northwood Street, wo man die alte Frau erschlagen aufgefunden hatte, genau genommen nicht in Peckham liegt. Es war nicht einer jener Indizienprozesse, bei denen man spürt, wie die Unsicherheit der Geschworenen – Justizirrtümer sind ja doch vorgekommen! – drückend auf dem Gerichtssaal lastet und jedes Wort zu dämpfen scheint. Nein, dieser Mörder wurde fast noch am Tatort erkannt, und keiner, der den Staatsanwalt bei seiner Beweisführung hörte, glaubte daran, daß der Mann auf der Anklagebank auch nur die geringste Chance hätte.

Er war ein massiger, untersetzter Mensch mit hervorstehenden blutunterlaufenen Augen. Seine gesamte Muskulatur schien sich in seinen mächtigen Oberschenkeln zusammengeballt zu haben. Ja, ein häßlicher Bursche, einer, den man nicht so schnell vergißt – und dies war ein wichtiger Punkt, weil der Staatsanwalt vier Zeugen vorzuführen gedachte, die ihn nicht vergessen hatten; sie hatten ihn gesehen, wie er von der kleinen Backsteinvilla in der Northwood Street fortlief. Die Uhr hatte gerade zwei geschlagen.

Frau Salmon im Hause Northwood Street Nr. 5 hatte nicht einschlafen können; sie hörte plötzlich das Einschnappen eines Türschlosses und meinte, es wäre ihre eigene Gartentür gewesen. Deshalb trat sie ans Fenster und erblickte Adams (so hieß der Angeklagte) auf den Stufen vor der Haustür von Frau Parker. Er war eben aus dem Haus gekommen und trug Handschuhe. In der Hand hielt er einen Hammer, und Frau Salmon sah, wie er ihn in die Lorbeerbüsche am Gartentor warf. Doch ehe er verschwand, sah er hoch – genau zu ihrem Fenster hinauf. Der verhängnisvolle Instinkt, der einem Menschen sagt, daß er beobachtet wird, gab Adams im Schein einer Straßenlaterne ihrem Blicke preis: seine Augen waren erfüllt von Furcht und Grauen wie bei einem Tier, wenn man die Peitsche hebt. Ich sprach später

after the astonishing verdict went in fear herself. As I imagine did all the witnesses – Henry Mac Dougall, who had been driving home from Benfleet late and nearly ran Adams down at the corner of Northwood Street. Adams was walking in the middle of the road looking dazed. And old Mr. Wheeler, who lived next door to Mrs. Parker, at No. 12, and was wakened by a noise – like a chair falling – through the thin-as-paper villa wall, and got up and looked out of the window, just as Mrs. Salmon had done, saw Adams's back and, as he turned, those bulging eyes. In Laurel Avenue he had been seen by yet another witness – his luck was badly out; he might as well have committed the crime in broad daylight.

"I understand," counsel said, "that the defence proposes to plead mistaken identity. Adam's wife will tell you that he was with her at two in the morning on February 4, but after you have heard the witnesses for the Crown and examined carefully the features of the prisoner, I do not think you will be prepared to admit the possibility of a mistake."

It was all over, you would have said, but the hanging.

After the formal evidence had been given by the policeman who had found the body and the surgeon who examined it, Mrs. Salmon was called. She was the ideal witness, with her slight Scotch accent and her expression of honesty, care and kindness.

The counsel for the Crown brought the story gently out. She spoke very firmly. There was no malice in her, and no sense of importance at standing there in the Central Criminal Court with a judge in scarlet hanging on her words and the reporters writing them down. Yes, she said, and then she had gone downstairs and rung up the police station.

mit Frau Salmon, die sich nach dem erstaunlichen Spruch der Geschworenen begreiflicherweise ängstigte – wie übrigens, denke ich mir, die anderen Zeugen auch, etwa Henry Mac Dougall, der so spät von Benfleet nach Hause fuhr und an der Ecke der Northwood Street beinahe Adams überfahren hätte. Der ging in der Mitte der Straße und machte einen benommenen Eindruck. Oder der alte Mr. Wheeler, der neben Frau Parker im Haus Nr. 12 wohnte und den durch die papierdünne Wand hindurch ein Geräusch wie das Fallen eines Stuhles geweckt hatte, so daß er aufstand und genau wie Frau Salmon aus dem Fenster schaute. Er sah erst Adams Rücken und dann, als sich umwandte, seine Glotzaugen. In der Laurel Avenue war er von einem weiteren Zeugen gesehen worden; er hatte wirklich Pech gehabt, hätte sein Verbrechen ebensogut am hellichten Tag begehen können.

«Wie ich höre», sagte der Staatsanwalt, «will die Verteidigung zur Entlastung des Angeklagten nachweisen, daß eine Personensverwechslung vorliegt. Die Frau des Angeklagten wird Ihnen erklären, daß dieser am 14. Februar um 2 Uhr früh bei ihr war. Wenn Sie aber die belastenden Zeugenaussagen gehört und die Gesichtszüge des Angeklagten genau betrachtet haben, dann werden Sie, so meine ich, die Möglichkeit eines Irrtums wohl ausschließen.»

Bis aufs Hängen war alles komplett, hätte man sagen können.

Nachdem der Polizist, der die Leiche gefunden hatte, seine Aussage gemacht und der Gerichtsarzt, der sie untersucht hatte, sein amtliches Gutachten abgegeben hatte, wurde Frau Salmon aufgerufen. Mit ihrem leichten schottischen Akzent und dem Eindruck der Biederkeit, Genauigkeit und Güte, den sie verbreitete, war sie die ideale Zeugin.

Die Staatsanwalt zog ganz behutsam die Geschichte aus ihr heraus. Sie sprach mit großer Entschiedenheit. Sie war weder böswillig noch kam sie sich wichtig vor, weil sie vor einem Londoner Kriminalgerichtshof stand, ein Richter in der scharlachroten Robe an ihren Lippen hing und die Reporter ihre Worte mitstenographierten. Sie sagte: «Ja, und dann bin ich hinuntergelaufen und habe die Polizei angerufen.»

"And do you see the man here in court?"

She looked straight across at the big man in the dock, who stared hard at her with his pekingese eyes without emotion.

"Yes," she said, "there he is."

"You are quite certain?"

She said simply, "I couldn't be mistaken, sir."

It was all as easy as that.

"Thank you, Mrs. Salmon."

Counsel for the defence rose to cross-examine. If you had reported as many murder trials as I have, you would have known beforehand what line he would take. And I was right, up to a point.

"Now, Mrs. Salmon, you must remember that a man's life may depend on your evidence."

"I do remember it, sir."

"Is your eyesight good?"

"I have never had to wear spectacles, sir."

"You are a woman of fifty-five?"

"Fifty-six, sir."

"And the man you saw was on the other side of the road?"

"Yes, sir."

"And it was two o'clock in the morning. You must have remarkable eyes, Mrs. Salmon?"

"No, sir. There was moonlight, and when the man looked up, he had the lamplight on his face."

"And you have no doubt whatever that the man you saw is the prisoner?"

I couldn't make out what he was at. He couldn't have expected any other answer than the one he got.

"None whatever, sir. It isn't a face one forgets."

Counsel took a look round the court for a moment. Then he said: "Do you mind, Mrs. Salmon, examining again the people in court? No, not the prisoner. Stand up, please, Mr. Adams," and there

«Und Sie sehen den Mann hier im Gerichtssaal?»

Sie sah geradewegs zu dem mächtigen Mann auf der Anklagebank hinüber, der sie mit den Augen eines Pekineserhündchens vollkommen ruhig anstarrte.

«Ja», sagte sie, «dort sitzt er.»

«Sind Sie ganz sicher?»

Sie sagte schlicht: «Ich kann mich nicht täuschen, Sir.»

So selbstverständlich spielte sich die Sache ab.

«Danke Frau Salmon.»

Dann erhob sich der Verteidiger zum Kreuzverhör. Wenn Sie über so viele Mordprozesse Bericht erstattet hätten wie ich, hätten Sie von vornherein gewußt, wie er vorgehen würde. Ich hatte recht – bis zu einem gewissen Punkt.

«Nun, Frau Salmon», begann er, «Sie müssen bedenken, daß von Ihrer Aussage ein Menschenleben abhängen kann.»

«Das bedenke ich sehr wohl, Sir.»

«Haben Sie gute Augen?»

«Ich habe noch nie Augengläser tragen müssen.»

«Sie sind fünfundfünfzig Jahre alt?»

«Sechsundfünfzig, Sir.»

«Und der Mann, den Sie sahen, befand sich auf der anderen Straßenseite?»

«Ja.»

«Es war zwei Uhr früh. Da müssen Sie schon außergewöhnlich gute Augen haben, Frau Salmon, nicht wahr?»

«Durchaus nicht. Der Mond schien, und als der Mann aufsah, fiel das Licht der Straßenlampe auf sein Gesicht.»

«Und Sie hegen nicht den leisesten Zweifel, daß der Mann, den Sie gesehen haben, der Angeklagte ist?»

Ich begriff nicht, worauf er hinauswollte. Denn er konnte nicht mit einer anderen Antwort gerechnet haben als mit der, die er erhielt.

«Nicht den leisesten Zweifel, Sir. Er hat ein Gesicht, das man nicht leicht vergißt.»

Der Verteidiger blickte sich kurz im Gerichtssaal um. Dann sagte er: «Dürfte ich Sie bitten, Frau Salmon, sich die Menschen hier im Saal nochmals ganz genau anzusehen? Nein, nicht den Angeklagten. Stehen Sie doch bitte auf,

at the back of the court, with thick stout body and muscular legs and a pair of bulging eyes, was the exact image of the man in the dock. He was even dressed the same – tight blue suit and striped tie.

"Now think very carefully, Mrs. Salmon. Can you still swear that the man you saw drop the hammer in Mrs. Parker's garden was the prisoner – and not this man, who is his twin brother?"

Of course she couldn't. She looked from one to the other and didn't say a word.

There the big brute sat in the dock with his legs crossed and there he stood too at the back of the court and they both stared at Mrs. Salmon. She shook he head.

What we saw then was the end of the case. There wasn't a witness prepared to swear that it was the prisoner he'd seen. And the brother? He had his alibi, too; he was with his wife.

And so the man was acquitted for lack of evidence. But whether – if he did the murder and not his brother – he was punished or not, I don't know. That extraordinary day had an extraordinary end. I followed Mrs. Salmon out of court and we got wedged in the crowed who were waiting, of course, for the twins.

The police tried to drive the crowed away, but all they could do was keep the roadway clear for traffic. I learned later that they tried to get the twins to leave by a back way, but they wouldn't. One of them – no one knew which – said, "I've been acquitted, haven't I?" and they walked bang out of the front entrance. Then it happened. I don't know how; though I was only six feet away. The crowed moved and somehow one of the twins got pushed on to the road right in front of a bus.

He gave a squeal like a rabbit and that was all; he

Mr. Adams.» Und dort, ganz hinten im Saal, erhob sich mit einem dicken, klobigen Körper, muskulösen Beinen und Glotzaugen das genaue Ebenbild des Mannes auf der Anklagebank. Er war sogar ganz gleich gekleidet – er trug einen knapp sitzenden blauen Anzug und eine gestreifte Krawatte.

«Nun denken Sie bitte sorgfältig nach, Frau Salmon. Können Sie immer noch beschwören, daß der Mann, den Sie den Hammer in Frau Parkers Vorgarten werfen sahen, der Angeklagte war – und nicht dieser Mann, sein Zwillingsbruder?»

Das konnte sie natürlich nicht. Sie blickte von einem zum andern und brachte kein Wort hervor.

Da saß das plumpe Scheusal mit gekreuzten Beinen auf der Anklagebank, und dort stand es noch einmal im Hintergrund des Saales, und beide starrten auf Frau Salmon. Sie schüttelte unruhig den Kopf.

Was wir nun erlebten, war das Ende des Prozesses. Kein einziger Zeuge fand sich bereit, zu beeiden, daß es der Angeklagte war, den er gesehen hatte. Und der Bruder? Der hatte auch sein Alibi; er war bei seiner Frau gewesen.

So wurde der Angeklagte aus Mangel an Beweisen freigesprochen. Ob er – wenn er den Mord begangen hatte und nicht sein Bruder – seine Strafe erhielt, weiß ich nicht. Denn jener ungewöhnliche Tag hatte ein ungewöhnliches Ende. Ich folgte Frau Salmon aus dem Gerichtsgebäude, und wir gerieten in eine Menschenmenge, die natürlich auf die Zwillinge wartete. Die Polizei suchte die Ansammlung abzudrängen, erreichte aber nicht mehr, als daß die Fahrbahn für den Verkehr frei wurde. Später erst erfuhr ich, daß man versucht hatte, die Zwillingsbrüder zu überreden, den Gerichtshof durch einen Seitenausgang zu verlassen; sie hatten dies jedoch abgelehnt. Einer von den beiden – niemand wußte, welcher – hatte gesagt: «Ich bin doch freigesprochen worden!» und sie gingen geradewegs durchs Haupttor hinaus. Dann geschah es. Wie, das weiß ich nicht, obwohl ich keine zwei Meter entfernt war. Die Menschenmenge geriet in Bewegung, und einer der Zwillingsbrüder wurde auf die Straße gestoßen – genau vor die Räder eines Autobusses.

Er gab einen quietschenden Ton von sich wie ein Kanin-

was dead, his skull smashed just as Mrs. Parker's had been. Divine vengeance? I wish I knew. There was the other Adams getting on his feet from beside the body and looking straight over at Mrs. Salmon. He was crying, but wheter he was the murderer or the innocent man, nobody will ever be able to tell. But if you were Mrs. Salmon, could you sleep at night?

chen, und dann war es aus; er war tot, sein Schädel war ihm genauso eingedrückt worden wie der von Mrs. Parker. Strafe Gottes? Wenn ich das nur wüßte! Neben dem Toten erhob sich der andere Adams und blickte unverwandt zu Frau Salmon hinüber. Er weinte; ob er der Mörder war oder der unschuldige Bruder, das wird niemand je ergründen. Wenn Sie aber Frau Salmon wären, könnten Sie dann in der Nacht ruhig schlafen?

It takes two to make a murder. The psychology of the murderer has been analysed often enough; what qualifies a man to be murdered is a subject less frequently discussed, though sometimes, perhaps, more interesting.

Derek Walton, who was killed by Ted Brackley on a dark December evening in Boulter's Mews, Mayfair, was uniquely fitted for his part in that rather sordid little drama. He was a well-built young man, five feet eight inches high, with dark hair and hazel eyes. He had a toothbrush moustache and walked with a slight limp. He was employed by Mallard's, that small and thriving jewellers' establishment just off Bond Street, and at the time of his death had in his pocket a valuable parcel of diamonds which Mallard had told him to take to Birmingham to be reset.

The diamonds, naturally enough, provided the motive for the murder, but Walton would not have died exactly when and how he did had he been fat, or blueeyed, or more than five feet nine, for Brackley was a cautious man. There was one other fact in Walton's life which finally loaded the scales against him — he was given to gambling on the dogs, and fairly heavily in debt.

There was very little about Walton that Brackley did not know, after a period of intense study which had extended now for a matter of months. Patiently and remorselessly he had studied his quarry in every aspect. Every detail in his physical appearance, down to the least trick of gesture, gait or accent, had been noted with a more than lover-like devotion. A creature of habit, Walton was an easy subject for observation, and his goings-out and com-

Zu einem Mord gehören mindestens zwei. Das Seelenleben des Mörders ist schon oft genug untersucht worden; was aber einen Mann dazu qualifiziert, ermordet zu werden, ist ein seltener erörtertes Thema, obwohl es vielleicht manchmal interessanter wäre.

Derek Walton, der an einem dunklen Dezemberabend von Ted Brackley in Boulter's Gasse, Mayfair, getötet wurde, war für seine Rolle in jenem ziemlich schmutzigen, gemeinen kleinen Drama einmalig geeignet. Er war ein gut gewachsener junger Mann, einen Meter und dreiundsiebzig Zentimeter groß, mit dunklem Haar und haselnußbraunen Augen. Er trug einen kleinen, bürstenartigen Schnurrbart und hinkte leicht beim Gehen. Er war bei Mallard beschäftigt, jener kleinen blühenden Juwelenhandlung ganz in der Nähe der Bond Street, und zur Zeit seines Todes trug er in einer seiner Taschen ein Päckchen mit wertvollen Brillanten, die er in Mallards Auftrag nach Birmingham zum Neufassen bringen sollte. Wie nicht anders zu erwarten, ergaben die Brillanten das Motiv für den Mord; aber Walton wäre nicht zu eben diesem Zeitpunkt und auf diese Art gestorben, wäre er fett oder blauäugig oder größer als einsdreiundsiebzig gewesen, denn Brackley war ein vorsichtiger Mensch. Und noch eine andere Tatsache gab es in Waltons Leben, die schließlich und letzten Endes die Waagschale zu seinen Ungunsten ausschlagen ließ – durch seine Leidenschaft für Windhundrennen war er tief in Wettschulden geraten.

Es gab nur sehr wenig, was Brackley nicht über Walton wußte, nachdem er ihn über einen Zeitraum von mehreren Monaten sorgfältig studiert hatte. Geduldig und ohne Gewissensbisse hatte er sein Opfer aus jedem nur möglichen Blickwinkel heraus beobachtet. Jede Einzelheit seiner Erscheinung, seiner Gangart und Sprechweise bis zu den unbedeutendsten Gesten hatte er sich mit einer Hingabe eingeprägt, wie sie selbst ein Liebhaber seiner Angebeteten gegenüber nicht hätte aufbringen können. Als Mensch mit festen

ings-in had long since been learned by heart. Brackley knew all about the lodgings in West London where he lived, the pubs he frequented, the bookies he patronized, his furtive and uninteresting love affairs. More than once he had followed him to Birmingham, where his parents lived, and to the very doors of Watkinshaws, the manufacturing jewellers there who carried out the exquisite designs on which old Nicholas Mallard's reputation had been built.

In fact, Brackley reflected, as he waited in the shadows of Boulter's Mews, about the only thing he did not precisely know about Walton was what went on inside his head. But that was an irrelevant detail, as irrelevant as are the emotions of a grazing stag to the stalker the moment before he presses the trigger.

Walton was later than usual that evening. Brackley took a quick glance at his wrist-watch and frowned. In ten minutes' time the constable on his beat was due at the end of the Mews. He decided that he could allow himself another two minutes at the most. After that, the margin of safety would be too small, and the operation would have to be called off for the night. A later opportunity would offer itself no doubt, and he could afford to wait, but it would be a pity, for the conditions were otherwise ideal. The shops had closed and the sound of the last assistants and office workers hurrying home had long since died away. The tide of pleasure traffic to the West End had not yet set in. A faint mist, too thin to be called a fog, had begun to rise from the damp pavements. What on earth was keeping Walton back?

The two minutes had still thirty seconds to run when Brackley heard what he was waiting for. Fifty yards away, in Fentiman Street, he heard the back door of Mallard's close, and the rattle of the key

Gewohnheiten war Walton ein leichtes Ziel für Beobachtungen, und den Zeitpunkt seines Kommens und Gehens kannte Brackley schon lange auswendig. Brackley wußte alles über Waltons Wohnquartiere in West-London, die Kneipen, die er regelmäßig besuchte, die Buchmacher, die er bevorzugte, seine heimlichen und uninteressanten Liebesaffären. Mehr als einmal war er ihm nach Birmingham gefolgt, wo seine Eltern lebten; bis vor die Türschwelle von Walkinshaws war er ihm nachgegangen, jener großen Juwelierfirma, wo die vortrefflichen Geschmeide angefertigt wurden, welche das Ansehen des alten Nicholas Mallard begründet hatten. Das einzige, was er nicht genau kannte – so dachte Brackley, als er im Schatten von Boulter's Gasse wartete –, waren Waltons Gedankengänge. Aber das war eine gänzlich unbedeutende Einzelheit – so unbedeutend wie die Gefühle eines äsenden Hirsches für einen pirschenden Jäger in dem Augenblick, wo er den Finger am Abzug krümmt.

Walton war an diesem Abend später als gewöhnlich. Brackley warf einen schnellen Blick auf seine Armbanduhr und runzelte die Stirn. In zehn Minuten mußte der wachhabende Polizist auf seiner Runde am Ende der Gasse erscheinen. Er entschied sich, daß er höchstens noch zwei Minuten warten durfte. Danach würde der Zeitraum für die sichere Durchführung seines Planes zu kurz sein, und das Unternehmen müßte für diesen Abend abgeblasen werden. Zweifellos würde sich später eine neue Gelegenheit bieten, und er konnte es sich leisten zu warten; trotzdem wäre es jammerschade, denn die Bedingungen waren sonst einfach ideal. Die Geschäfte hatten geschlossen, und die Schritte der letzten Gehilfen und Büroangestellten waren längst verhallt. Der Ansturm des Vergnügungsverkehrs nach Westend hatte noch nicht eingesetzt. Ein schwacher Dunst, zu dünn, um Nebel genannt zu werden, begann von den feuchten Trottoirs aufzusteigen. Was, zum Kuckuck, hielt denn Walton auf?

Dreißig Sekunden fehlten noch bis zum Ablauf der zwei Minuten, als Brackley das Geräusch vernahm, auf das er wartete. Er hörte, wie etwa sechzig Schritte entfernt, in der Fentiman Street, die Hintertür von Mallards Geschäft ge-

in the lock as Walton secured the premises behind him. Evidently he was the last out of the shop as usual. There was a pause, long enough to make Brackley wonder whether his quarry had defeated him by deciding to walk out into Bond Street instead of taking his usual short cut through the Mews; and then he heard the unmistakable limping footsteps coming towards him.

He realized, as he slid back into the open doorway behind him, that the steps were decidedly faster than usual. That was unfortunate, since everything depended on precise timing. Now, at the critical moment, so long prepared, so carefully rehearsed, there would have to be an element of improvisation, and improvisation meant risk. Brackley had been to endless pains to eliminate risk in this affair. He resented having any put upon him.

After all, he need not have worried. The business went perfectly according to plan. As Walton passed the doorway Brackley stepped out behind him. A quick glance to either side assured him that the Mews was deserted. He took two soundless paces in time with his victim. Then the rubberhandled cosh struck once, behind the right ear, precisely as he had intended, and Walton pitched forward without a groan.

The body never touched the ground. Even as he delivered the blow, Brackley had followed up and caught it round the waist with his left hand. For an instant he stood supporting it, and then with a quick heave lifted it on to his shoulder and carried it into the entry from which he had emerged. The whole incident had not taken more than ten seconds. There had been no sound, except the dull impact of the blow itself and the faint clatter made by the suitcase which Walton had been carrying as it fell to the ground. The case itself and Walton's

schlossen wurde und der Schlüssel im Schloß rasselte, als Walton hinter sich zusperrte. Offenbar ging er wie gewöhnlich als letzter aus dem Laden. Dann trat eine Pause ein, lange genug, um Brackley zweifeln zu lassen, ob sein Opfer ihn im Stich lassen und sich dazu entscheiden würde, dem Bogen der Bond Street zu folgen, anstatt wie gewöhnlich den kurzen Weg durch die Gasse zu nehmen. Doch dann hörte er die unverwechselbaren, hinkenden Schritte auf sich zukommen. Als er rückwärts in den offenen Torweg hinter sich schlüpfte, bemerkte er, daß die Schritte entschieden schneller als sonst klangen. Das war nicht sehr günstig, da alles von einer genauen Zeiteinteilung abhing. Jetzt, in diesem kritischen Augenblick, den er so lange vorbereitet, so oft geprobt hatte, würde er vielleicht improvisieren müssen – und Improvisation war gleichbedeutend mit Risiko. Brackley hatte sich unendlicher Mühe unterzogen, um jedes Risiko in dieser Sache auszuschalten. Der Gedanke daran war ihm unangenehm.

Wie es sich herausstellte, hätte er sich keine Sorgen zu machen brauchen. Alles verlief vollkommen nach seinem Plan. Als Walton den Torweg passierte, trat Brackley hinter ihm heraus. Ein schneller Blick nach beiden Seiten versicherte ihm, daß die Gasse verlassen war. Gleichzeitig mit seinem Opfer machte er zwei geräuschlose Schritte. Dann schlug er einmal mit dem gummiüberzogenen Kabelende zu, genau hinter das rechte Ohr, wie er es sich vorgenommen hatte, und Walton fiel ohne einen Laut vornüber.

Der Körper berührte nicht den Boden. Schon während er den Schlag ausführte, war Brackley vorgesprungen, hatte Walton den linken Arm um die Hüfte gelegt und ihn aufgefangen. Einen Augenblick blieb er so stehen und stützte ihn, dann warf er sich den Körper mit einem Schwung über die Schulter und trug ihn in den Eingang, aus dem er gekommen war. Der ganze Vorgang hatte nicht länger als zehn Sekunden gedauert. Außer dem dumpfen Auftreffen des Schlages und dem schwachen Klappern des kleinen Koffers, den Walton im Tode hatte fallen lassen, hatte kein Geräusch die Stille des Abends durchbrochen. Der Koffer und Waltons

hat, lying side by side in the gutter, were the only evidence of what had occurred. Within as short a space of time again Brackley had darted out once more and retrieved them. The door closed silently behind him. Boulter's Mews was as silent as a grave and as empty as a cenotaph.

Panting slightly from his exertions, but completely cool, Brackley went swiftly to work by the light of an electric torch. He was standing in a small garage of which he was the legitimate tenant, and he had laid the body upon a rug behind the tail-board of a small van of which he was the registered owner. The cosh was beside it. There had been little bleeding, and he had made sure that what there was had been absorbed by the rug. Quickly and methodically he went through Walton's pockets. The diamonds, as he expected, were in a small, sealed packet in an inside coat pocket. A brown leather wallet contained some of Walton's business cards, a few pound notes and some personal papers. Then came an agreeable surprise. In a hip pocket, along with a cheap cigarette case, was a thick bundle of pound notes. Brackley did not stop to count them, but he judged that there were a hundred of them, more or less. He grinned in the darkness. Other arrangements had compelled him to allow Walton to go to the dog races unattended during the last two weeks. Evidently his luck there had turned at last – and just in time. He stuffed the notes along with the rest into his own pockets and then minutely examined the appearance of the dead man from head to foot.

What he saw satisfied him completely. Walton, that creature of habit, had dressed for his work that day in exactly the same clothes as usual. The clothes that Brackley was now wearing were identically the same. Brackley's shoulders were not quite so broad as Walton's, but a little padding

Hut lagen Seite an Seite in der Gosse und bildeten die einzigen Zeugen des Geschehens. Innerhalb kürzester Frist war Brackley wieder herausgeschossen und hatte sie an sich genommen. Leise schloß sich die Tür hinter ihm. Boulter's Gasse war schweigsam wie ein Grab und leer wie eine Gedenkstätte.

Etwas schwer atmend von der Anstrengung, aber sonst völlig kühl, machte sich Brackley beim Licht einer Taschenlampe schnell an die Arbeit. Er befand sich jetzt in einer kleinen Garage, deren legitimer Mieter er war. Die Leiche hatte er auf eine grobe Decke hinter die rückwärtige Tür eines kleinen Lieferwagens gelegt, dessen Papiere auf seinen Namen lauteten. Der Totschläger lag daneben. Es war nur wenig Blut geflossen, und er hatte dafür gesorgt, daß es von der Decke aufgesaugt worden war. Schnell und methodisch untersuchte er Waltons Taschen. Wie er erwartet hatte, befanden sich die Brillanten in einem kleinen versiegelten Paket in einer Innentasche der Jacke. Eine braune, lederne Brieftasche enthielt Waltons Personalausweis, ein paar Pfundnoten und einige persönliche Papiere.

Und dann kam eine angenehme Überraschung. In einer Gesäßtasche, zusammen mit einem billigen Zigarettenetui, steckte ein dickes Bündel Pfundnoten. Brackley hielt sich nicht damit auf, sie zu zählen; aber er schätzte, daß es ungefähr hundert waren. Er grinste in die Dunkelheit. Andere Verabredungen hatten ihn in den beiden letzten Wochen gezwungen, Walton allein zu den Hunderennen gehen zu lassen. Augenscheinlich hatte sein Glück im Spiel sich gewendet – gerade zur rechten Zeit. Er stopfte die Geldscheine zusammen mit den anderen Dingen in seine Tasche. Dann betrachtete er sorgfältig von Kopf bis Fuß das Äußere des Toten.

Was er sah, befriedigte ihn vollkommen. Walton, dieser Gewohnheitsmensch, hatte sich für seine Arbeit an diesem Tage dieselben Kleider angezogen wie immer. Die Kleidung, die Brackley jetzt trug, war genau die gleiche. Brackleys Schultern waren nicht ganz so breit wie Waltons, aber ein Paar kleine Polster in der Jacke hatten den Unterschied ver-

in the shoulders of the overcoat had eliminated that distinction. Brackley stood only five feet seven inches in his socks, but in the shoes he had prepared for the occasion he looked as tall as Walton had been. A touch of dye had corrected the slight difference between the colours of their hair. Brackley stroked the toothbrush moustache which he had been cultivating for the last month and decided that the resemblance would pass.

No casual observer would have doubted that the man who limped out of the southern end of the Mews carrying a small suitcase was other than the man who had entered its northern end a scant five minutes earlier. Certainly the newspaper seller in Bond Street did not. Automatically he extended Walton's usual paper, automatically he made the same trite observation he had made to Walton every evening, and heard without comment the reply which came to him in a very fair imitation of Walton's Midland accent. By a piece of good fortune, a policeman was passing at the time. He would remember the incident if the newspaperman did not. Walton's presence in Bond Street was now firmly established; it remained to lay a clear trail to Birmingham.

A taxi appeared at just the right moment. Brackley stopped it and in a voice pitched loud enough to reach the constable's ear told the man to drive to Euston. For good measure, he asked him if he thought he could catch the 6.55 train to Birmingham, and expressed exaggerated relief when the driver assured him that he had time to spare.

Walton always took the 6.55 to Birmingham, and travelled first class at his firm's expense. Brackley did the same. By a little touch of fussiness and a slightly exaggerated tip, he contrived to leave an impression on the porter who carried his bag to the train which he hoped would be remembered. Wal-

schwinden lassen. Brackley maß auf Strümpfen nur einen Meter und siebzig, aber in den Schuhen, die er für dieses Unternehmen vorbereitet hatte, sah er genau so groß aus wie Walton. Eine leichte Tönung hatte die geringe Verschiedenheit in der Farbe ihrer Haare beseitigt. Brackley strich über den kleinen, bürstenartigen Schnurrbart, den er sich während des letzten Monats hatte wachsen lassen und kam zu dem Ergebnis, daß die Ähnlichkeit ausreichen würde.

Ein zufälliger Beobachter würde nicht vermutet haben, daß der Mann, der mit einem kleinen Koffer in der Hand aus dem südlichen Ende der Gasse hinkte, ein anderer sein könnte als derjenige, der sie vor knapp fünf Minuten von Norden her betreten hatte. Der Zeitungsverkäufer in der Bond Street jedenfalls merkte nichts. Automatisch streckte er ihm die von Walton regelmäßig gekaufte Abendzeitung entgegen, automatisch machte er die gleiche banale Bemerkung über das Wetter wie jeden Abend und hörte ohne Entgegnung die Antwort in einer ausgezeichneten Imitation von Waltons mittelenglischem Akzent. Das Glück wollte es, daß eben in diesem Augenblick ein Polizist vorbeikam. Er würde sich an diese Begebenheit erinnern, falls der Zeitungsverkäufer es vergessen sollte. Waltons Erscheinen in der Bond Street war nun unerschütterlich bewiesen; er brauchte jetzt nur noch eine deutliche Fährte nach Birmingham auszulegen.

Ein Taxi erschien im rechten Augenblick, Brackley hielt es an und stieg ein. Gerade laut genug, daß der Polizist es hören könnte, gab er dem Chauffeur den Auftrag, nach Euston zu fahren. Um ganz sicherzugehen, fragte er ihn auch, ob er den Zug um 18.55 nach Birmingham noch erreichen würde, und dankte mit überschwenglicher Erleichterung, als der Chauffeur ihm versicherte, daß er noch reichlich Zeit habe.

Walton hatte stets den Zug um 18.55 Uhr nach Birmingham genommen und war erster Klasse auf Kosten der Firma gereist. Brackley tat das gleiche. Mit ein wenig übertriebener Umständlichkeit und einem etwas zu hohen Trinkgeld bemühte er sich, bei dem Gepäckträger, der seinen Koffer zum Zug brachte, eine Erinnerung an sein Erscheinen auf dem

ton always dined in the restaurant car. Brackley was in two minds wheter to carry his impersonation as far as that. The car was well lighted, and some of these waiters had long memories and sharp eyes. He decided to venture, and had no cause to regret it.

The attendant asked him if he would have a Guiness as usual, and remarked that it was some time since he had seen him on that train and hadn't he grown a little thinner? Brackley, taking care not to show his teeth, which were more irregular than Walton's, agreed that he had, and drank off his Guinness in the rather noisy manner that Walton always affected. He left the dining-car just before the train ran into New Street, taking care not to overdo the limp.

As he made his way back to his compartment he reflected with the conscious pride of the artist that the campaign had been a complete success. What was left to be done was comparatively simple, and that had been prepared with the same methodical detail as the rest. At New Street station Walton would abruptly and finally disappear. His suitcase would go into the railway cloakroom, to be discovered, no doubt, in due course when the hue and cry for him had begun. Walking through carefully reconnoitred back streets, Brackley would make his way from the station to the furnished room where a change of clothes and identity awaited him. Next day, in London, the van in which Walton's body was now stiffening would drive quietly from Boulter's Mews to the garage in Kent, where a resting place was prepared for its burden beneath six inches of newly laid concrete. There would be nothing to connect that unobtrusive journey with a young man last seen a hundred miles the other side of London.

The trail would end at Birmingham, and there

Bahnhof zu hinterlassen. Walton hatte immer im Speisewagen gegessen. Brackley war sich nicht ganz klar darüber, ob er die Verkörperung Waltons damit auf die Spitze treiben sollte. Der Wagen war hell erleuchtet, und Kellner haben gewöhnlich scharfe Augen und ein gutes Gedächtnis. Er entschloß sich, es zu wagen, und brauchte es auch nicht zu bereuen. Der Tischkellner fragte ihn, ob er wie gewöhnlich ein Guinness trinken wolle, und bemerkte, daß er ihn seit längerer Zeit nicht mehr gesehen habe. Hätte er seitdem nicht etwas abgenommen? Brackley bejahte und bemühte sich, bei der Antwort nicht seine Zähne zu zeigen, die etwas unregelmäßiger als Waltons Zähne waren. Dann schlürfte er geräuschvoll sein Bier, wie Walton es zu tun pflegte. Kurz bevor der Zug in den Bahnhof von New Street einlief, verließ er den Speisewagen und nahm sich dabei in acht, das Hinken nicht zu übertreiben.

Auf dem Wege zu seinem Abteil wiegte er sich in dem selbstbewußten Stolz eines guten Schauspielers, dessen Rolle ein voller Erfolg gewesen ist. Was nun noch zu tun übrigblieb, war verhältnismäßig einfach, und auch das hatte er mit der gleichen methodischen Sorgfalt vorbereitet wie alles andere bisher. Am Bahnhof New Street würde Walton plötzlich und endgültig verschwinden. Sein Koffer würde in die Gepäckaufbewahrung wandern und zweifellos im ordnungsgemäßen Verlauf der Nachforschungen entdeckt werden, wenn die Jagd nach ihm begonnen hatte. Durch sorgsam ausgekundschaftete Nebenstraßen würde Brackley sich vom Bahnhof zu dem möblierten Zimmer begeben, um dort Kleidung und Identität zu wechseln. Am nächsten Tag, in London, würde der Lieferwagen, in dem Waltons Körper zur Zeit steif wurde, unauffällig von Boulter's Gasse zu einer Garage in Kent fahren, wo ein Ruheplatz für ihn unter einer fünfzehn Zentimeter starken Schicht frisch gelegten Zements vorbereitet war. Nichts würde diese unverdächtige Fahrt mit einem jungen Mann in Verbindung bringen, den man zum letzten Mal hundertsechzig Kilometer weit weg am anderen Ende von London gesehen hatte.

Die Spur würde sich in Birmingham verlieren, und dort

enquiries would begin – and end. Walton's parents, who were expecting him for the night, were unlikely to inform the police when he failed to arrive. The first alarm would probably be sounded by Watkinshaws, when the diamonds they were expecting were not delivered in the morning. Whether Walton's disappearance was held to be voluntary or not was an academic question which it would be interesting to follow in the newspaper reports. But he judged that when the state of Walton's finances was revealed the police would be cynical enough to write him off as yet another trusted employee who had yielded to temptation when his debts got out of hand. A hunt for a live Walton, fugitive from justice, would be an additional assurance that Walton dead would rest undisturbed.

As the lights of New Street showed through the carriage windows, Brackley tested in his mind the links of the chain he had forged. Were they adequate? The newspaper seller – the taxi-driver – the porter – the waiter – would they come forward when required? Would they remember him with certainty? Human testimony was fallible, after all, and the chain might snap somewhere. Yet short of proclaiming himself aloud as Walton on the station platform there was nothing further he could do.

He was gazing absently at the elderly lady who shared his compartment when it suddenly came to his mind that there was still something that might be done, a last artistic touch to put the issue beyond a doubt.

Her suitcase was on the rack above her head, and his – Walton's – lay next to it. He noticed for the first time that they were remarkably alike. (It was a cheap line from Oxford Street, he knew. He had bought the twin of it himself, in case it was wanted for his impersonation but he had not

würden auch die Nachforschungen beginnen – und enden. Waltons Eltern, die ihn an diesem Abend erwarteten, würden wohl kaum die Polizei benachrichtigen, wenn er nicht eintraf. Als erste würden wahrscheinlich Walkinshaws Alarm schlagen, wenn die erwarteten Brillanten nicht am Vormittag bei ihnen abgeliefert wurden. Ob man Waltons Verschwinden für freiwillig oder unfreiwillig halten würde, war eine rein akademische Frage, die er mit Interesse in den Zeitungsberichten verfolgen würde. Aber er nahm an, daß die Polizei nach Aufdeckung von Waltons finanzieller Lage zynisch genug sein würde, ihn als einen weiteren Fall des ‹vertrauenswürdigen› Angestellten abzuschreiben, der unter dem Druck seiner Schulden der Versuchung nachgegeben hatte. Eine Jagd nach dem lebenden Walton würde eine zusätzliche Sicherheit dafür bieten, daß der tote Walton ungestört ruhen könnte.

Als die Lichter von New Street durch das Abteilfenster zu sehen waren, prüfte Brackley in Gedanken noch einmal die Glieder der gefälschten Beweiskette, die er geschmiedet hatte. Waren sie stark genug? Der Zeitungsverkäufer – der Taxichauffeur – der Gepäckträger – der Kellner – würden sie mit ihrem Zeugnis zur rechten Zeit in Erscheinung treten? Letzten Endes war auf keine menschliche Aussage hundertprozentiger Verlaß, und die Kette konnte an irgendeiner Stelle brechen. Doch außer sich öffentlich auf dem Bahnsteig als Walton auszugeben, blieb nichts mehr, was er noch tun konnte.

Geistesabwesend starrte er die ältere Dame an, die mit ihm im Abteil saß, als ihm plötzlich zum Bewußtsein kam, daß er doch noch etwas tun konnte: er würde seiner Leistung den letzten künstlerischen Anstrich geben, die sie über alle Zweifel erhaben machen mußte. Der Koffer lag im Gepäcknetz über ihrem Kopf, und seiner – Waltons – lag daneben. Er nahm jetzt zum ersten Mal wahr, daß sie sich bemerkenswert ähnlich sahen. Sie stammten beide aus dem billigen Angebot eines Geschäftes in der Oxford Street; er wußte es, denn er hatte sich dort den gleichen gekauft für den Fall, daß er ihn für seine Verkörperung Waltons brauchen sollte. Er

needed it.) Seizing the chance which a kind fate provided, he rose quickly when the train stopped, took her bag from its place and stepped out on to the platform.

It worked like a charm. Before he had limped half the length of the train his late companion had overtaken him, carrying his case and calling on him to stop.

"Excuse me," she piped, in a high, carrying voice, "but you've made a mistake. That's my bag you've got in your hand."

Brackley smiled tolerantly.

"I'm afraid you've made a mistake yourself, ma'am," he said. "You've got your own bag there. You see how alike they are."

"But I'm *positive!*" the old lady shrieked. She was doing her stuff magnificently, as if she had been coached for the part. "It was right above my head and you took it. That's my bag you've got. I'd know it anywhere."

Just as he had hoped, the form of a railway policeman loomed magnificently on to the scene.

"What's going on here?" he asked.

The lady drew breath to speak, but Brackley got in first. He was not going to lose the opportunity he had worked for.

"This lady seems to think I've stolen her bag, officer," he said. "I've done nothing of the sort. I'm a perfectly respectable person. My name is Walton, and I'm employed by Mallard's, the London jewellers. I've my business card here if you'd like to see it, and −"

"That'll do, sir, that'll do," said the constable goodhumouredly. "Nobody's said anything about stealing yet."

"Of course not," the lady put in. "It's a mistake, that's what I keep telling him. But I want my bag, all the same."

hatte ihn jedoch nicht benötigt. Die Gelegenheit ergreifend, die ein günstiges Geschick ihm bot, stand er rasch auf, als der Zug hielt, nahm das Köfferchen der alten Dame aus dem Gepäcknetz und trat damit hinaus auf den Bahnsteig.

Es kam, wie er es vorausgesehen hatte. Bevor er die halbe Länge des Zuges entlanggehinkt war, hatte seine ältliche Begleiterin ihn eingeholt. Sie trug seinen Koffer und rief ihm nach, stehenzubleiben.

«Entschuldigen Sie bitte», rief sie mit einer hohen, weittragenden Stimme, «aber Sie haben sich geirrt. Das ist mein Koffer, den Sie da in der Hand halten.»

Brackley lächelte geduldig.

«Ich fürchte, Sie haben sich selbst geirrt, gnädige Frau», sagte er. «Da haben Sie ja ihren eigenen Koffer. Sehen Sie selbst, wie ähnlich sie sich sind.»

«Aber ich bin völlig sicher!» kreischte die alte Dame. Sie spielte ihre unfreiwillige Rolle so großartig, als ob sie sie einstudiert hätte. «Er lag genau über meinem Kopf, und Sie haben ihn genommen. Das ist mein Koffer, den Sie da haben. Und außerdem erkenne ich ihn auch.»

Genau wie er gehofft hatte, erschien ein Bahnpolizist auf der Szene seines kleinen Theaterstückes.

«Was geht hier vor?» fragte er.

Die Dame holte Atem, um zu sprechen, aber Brackley kam ihr zuvor. Er war nicht gesonnen, die günstige Gelegenheit zu verschenken, für die er gearbeitet hatte.

«Diese Dame scheint zu denken, ich hätte ihren Koffer gestohlen, Wachtmeister», sagte er. «Ich habe nichts dergleichen getan. Ich bin ein völlig unbescholtener Mann. Mein Name ist Walton, und ich bin bei dem Londoner Juwelier Mallard beschäftigt. Ich habe meinen Personalausweis hier, wenn Sie ihn sehen wollen, und –»

«Schon gut, schon gut», unterbrach ihn der Polizeibeamte lächelnd. «Niemand hat bisher etwas von Stehlen gesagt.»

«Selbstverständlich nicht», warf die Dame ein. «Es ist nur ein Irrtum, und ich versuche es ihm klarzumachen. Aber nichtsdestoweniger bestehe ich darauf, meinen Koffer zurückzubekommen!»

"Quite so, madam." The officer was enjoying himself hugely. "Now let's have a look at them." He laid them side by side upon the platform. "They *are* alike, aren't they? No labels, no marks. You careless people! That's the way luggage gets lost, and then it's all blamed on to the railways. What do you say, Mister –"

"Walton is the name."

"Have you any objection to my opening one of these? That will settle it once for all."

"Not the smallest."

"And you, madam?"

"Not at all."

"Here goes, then."

He took Walton's suitcase, put it upon a bench and unfastened the catch. The lid opened and the pitiless glare of the station lights illuminated what it held. They shone down upon the myriad facets of a mass of jewellery, hastily crammed together, and on top of all a rubber-handled cosh, its tip hideous with a congealed mass of blood and hair – white hair, the hair of old Nicholas Mallard, who even now was lying huddled beneath his counter in Fentiman Street where Walton had left him.

«Natürlich, meine Dame!» Der Beamte genoß seine Rolle. «Wir wollen einmal einen Blick darauf werfen.» Er stellte sie nebeneinander auf den Bahnsteig. «Die sehen sich wirklich sehr ähnlich! Keine Anhänger, keine Kennzeichen. Ihr sorglosen Leutchen! Genau auf diese Art und Weise geht Gepäck verloren, und dann wird die Schuld der Eisenbahn zugeschoben. Was meinen Sie, Mister . . .»

«Walton ist mein Name.»

«Haben Sie etwas dagegen, wenn ich einen der beiden öffne? Das wird die Sache wohl endgültig klären.»

«Nicht das geringste.»

«Und Sie, meine Dame?»

«Ganz im Gegenteil.»

«Na, dann wollen wir mal sehen.»

Er nahm Waltons Koffer, legte ihn auf eine Bank und öffnete die Verschlüsse. Er schlug den Deckel auf, und der Schein der Bahnsteiglampen fiel erbarmungslos auf den Inhalt. Myriadenfach brach sich ihr Licht in den Facetten einer großen Menge Juwelen, die hastig zusammengerafft waren. Und obenauf lag ein gummiüberzogenes Kabelstück, dessen eines Ende mit einer scheußlich verklebten Masse von Blut und Haaren besudelt war. Mit weißen Haaren – den Haaren des alten Nicholas Mallard, der zur Zeit zusammengekrümmt unter seinem Ladentisch in der Fentiman Street lag, so wie Walton ihn verlassen hatte.

Wie der Titel unseres Buches es bereits sagt: es geht hier vor
allem um Detektiv-Geschichten, um *investigations*, d. h. um
die Auflösung/Aufklärung von «Fällen». Es ließe sich darüber philosophieren, was denn einen Sturz in den Rang eines
«Falls» erhebt. Wer fällt? Nur das Opfer, oder auch der
Täter? Oder ist es der Täter, der, indem er die Regeln des
Miteinander-Lebens mißachtet, uns das grauenerregende
Bild unserer eigenen Freiheit vor Augen führt, nämlich – wie
Chesterton und Graham Greene sagen würden – den Abfall
von Gott? Wie auch immer, diese Fragen berühren uns hier
so wenig wie sie den Detektiv berühren dürfen. Seine Aufgabe liegt weniger im philosophischen als im mathematisch-
logischen und zuweilen wohl auch im psychologischen Bereich. Die geistigen Quellen, die ihn nähren, heißen Kausali-
tät und Eingebung und eben manchmal auch Einfühlung.

Berühmte Fälle berühmter Detektive eröffnen den Band:
Sherlock Holmes und Father Brown (den wir Father nennen,
weil er kein Pater war und weil Vater zu familiär klänge)
verstricken sich in sonderbar unstimmige Verbrechens-
abläufe. Auf der Hand liegt nur das Verbrechen selbst. Die
Unstimmigkeit des Geschehens ist der Anlaß aller guten Detektiv-Geschichten nicht nur in diesem Band.

Sowohl bei Chesterton wie bei Agatha Christie und Doro-
thy Sayers haben wir frühe Geschichten ausgewählt, die eine
gewisse Jugendfrische ausstrahlen. Bei Sayers ist der Detektiv nicht der legendäre Lord Peter Wimsey, der den Fall löst,
sondern der weithin unbekannte Sprirituosen-Vertreter
Montague Egg.

Besonderen Wert haben wir darauf gelegt, dem deutschen
Publikum auch ein paar weniger altbekannte Autoren vorzu-
legen. Dies gilt für Cyril Hare ebenso wie für den englischen
Dramatiker und Romancier Roland Pertwee, der das schul-
buchmäßige Beispiel einer *investigation* schreibt. Die Leser
und Leserinnen sollten sich durch den herabsetzenden Ge-
brauch des Wortes *Jazz* in seiner Erzählung nicht irritieren

lassen: es ist der Geschmack, der Ruch der Zeit um 1920, den wir hier gewahrt wissen wollten. Heute würden wir wohl Disco- oder Schundmusik für das sagen, was der Autor meint. Das Autoren-Duo Meade & Eustace, das auch in anderen Konstellationen – etwa mit Christie – aufgetreten ist, stellt sich mit einer Geschichte aus «The Strand», dem großen englischen Krimi-Magazin der Jahrhundertwende, vor. Die beiden Texte erscheinen zum ersten Mal in deutscher Sprache.

Detektiv-Geschichten behandeln, wie wir gesagt haben, die Aufklärung von Fällen. Wie steht es aber mit dem Davor und dem Danach? Oder, anders gefragt, wie geht ein Verbrechen vor sich und was sind seine Folgen? Wir konnten uns nicht enthalten, auch diese undetektivischen Aspekte in unserem Buch zu berücksichtigen. Cyril Hare, der eigentlich Alfred Gordon Clark hieß und als Rechtsanwalt in London arbeitete, beschreibt auf faszinierende Weise den Hergang eines Mords. Die Folge davon, nämlich den Prozeß vor Gericht, greift Graham Greene als Berichterstatter auf.

Die Erzählungen dieses Buchs stammen aus dem Zeitraum von 1900 bis 1940. Es ist also die mittlere Generation von Kriminal-Autoren, die hier zu Wort kommt. «Classic» ist also im weiteren Sinne zu verstehen – strenggenommen paßte das Wort vielleicht nur auf die Begründer der Spezies: Poe und Collins.

Die Leser/innen sollen sich von diesem Nachwort nicht über Gebühr langweilen lassen, sie sollen sich, vom Nebel und Nieselregen abgeschreckt, in ihre Kammer zurückziehen und, nah bei Heizung respektive Kamin, nicht ohne erwärmendes Getränk, sei es nun guter Tee oder Grog oder Sundowner – die so vorzeitig untergehende Sonne lädt ja immer früher zu nachdenklichen Getränken ein –, verführen lassen von der Spannung dieser Geschichten: wie konnte das geschehen, wer war es, könnte ich dies lösen, könnte ich der Täter/die Täterin sein? Und ein Vorzug ist, daß in diesem Buch sich die Fragen auch auf englisch fragen lassen.

Andreas Nohl